大魚讀品
BIG FISH BOOKS

让日常阅读成为砍向我们内心冰封大海的斧头。

Lasarna i Broken Wheel rekommenderar

偷心书店

[瑞典] 卡塔琳娜 · 碧瓦德 著
康学慧 译

北京联合出版公司
Beijing United Publishing Co.,Ltd.

图书在版编目（CIP）数据

偷心书店 /（瑞）卡塔琳娜·碧瓦德著；康学慧译
.—北京：北京联合出版公司，2021.2
ISBN 978-7-5596-4601-9

Ⅰ.①偷… Ⅱ.①卡… ②康… Ⅲ.①长篇小说—瑞典—现代 Ⅳ.①I532.45

中国版本图书馆 CIP 数据核字（2020）第 189340 号

北京市版权局著作权合同登记 图字：01-2020-7127

偷心书店

作　　者：[瑞] 卡塔琳娜·碧瓦德
译　　者：康学慧
出 品 人：赵红仕
责任编辑：夏应鹏
特约监制：冯　倩
封面设计：肖　雯

北京联合出版公司出版
（北京市西城区德外大街 83 号楼 9 层　100088）
嘉业印刷（天津）有限公司印刷　新华书店经销
字数 321 千字　880 毫米 × 1230 毫米　1/32　12 印张
2021 年 2 月第 1 版　2021 年 2 月第 1 次印刷
ISBN 978-7-5596-4601-9
定价：49.90 元

每一本书都有合适的读者，
每个人都能找到喜欢的书。

目录

二〇〇九年四月十五日

莎拉·林奎斯特　收

亲爱的莎拉：

希望你喜欢路易莎·梅·奥尔科特[1]的《传统的女儿》，虽然比起《小妇人》有较多的说教意味，但这个故事很可爱。

至于钱的问题，请不要担心，这些年来我收藏了很多本书，我很高兴帮这本书找到了新主人，而且还千里迢迢远赴欧洲呢！我没去过瑞典，但我相信那一定是个很美的国家。

我的书竟然去到我没去过的地方，真是太有趣了！但老实说，我不知道该感到欣慰还是懊恼。

顺颂时绥！

艾美·哈瑞斯敬上

1　路易莎·梅·奥尔科特（Louisa May Alcott，1832—1888），美国作家。《传统的女儿》讲述的是一名乡下少女前往波士顿拜访富家千金好友，从而体会到传统价值的意义的故事。

书本和人生：一比零

站在希望镇那条主街上的陌生女子实在太平凡，几乎平凡到了惹人非议的程度。她身材纤瘦，穿着秋季大衣，在这个季节显得太灰暗也太厚重。她脚边放着一个大背包，巨大的行李箱靠在小腿上。那些碰巧看见她到来的人，心里都忍不住觉得，竟然有人能忽视外表到这种程度，实在太瞧不起人了，看来这女人一点也不想在他们心中留下什么好印象。

她的头发是那种毫不独特的棕色，随便用发夹固定在脑后，纠结的卷发垂落在肩头。原本应该看到脸的地方，也只是以一本路易莎·梅·奥尔科特的《传统的女儿》遮着。

她似乎完全不在乎自己身在希望镇，感觉她只是带着书本、行李与乱发随机落在这里，即使不是希望镇也行，世上随便一个城镇都无所谓。

话说回来，她也并非完全不在乎。每隔一阵子，书本上缘便会冒出一双灰色大眼睛，有如抬头的牧羊犬，要确认一切平安。她会稍微放下书，猛地往左边看，然后在不用转头的范围内尽可能地向右看，接着又重新举起书本，沉溺在故事中。

事实上，街上的大小细节莎拉都看得一清二楚，她能够详细描述所有的景物，午后最后一抹阳光就照在打过蜡的车上，闪耀生辉，就连行道树的最顶端也一样干净整齐。五十米外有一家发廊，塑胶的招牌采用象征美国的红、蓝、白条纹设计。空气中满是苹果派刚出炉的香气，香气来自她身后的咖啡馆，两个坐在露天雅座的中年妇女正打量着她，眼神表露出明显的不齿，至少莎拉是这么觉得的。每当她由书本中抬起头，她们都会蹙眉、轻轻摇头，仿佛在街头读书违反了不成文的礼仪规范。

她拿出手机重新拨号，响了九声之后挂断。

艾美·哈瑞斯稍微迟到了一下，她相信一定有非常合理的原因，说不定是车爆胎，也可能是没油。她再次看看手机，迟到了两小时三十七分钟，并不算太奇怪。

她并不担心，至少现在还不用着急。艾美·哈瑞斯的信件端正合宜，而且使用的还是老派的信纸——货真价实的米白色重磅纸。无论莎拉的妈妈怎么说，她都坚信用正式米白色信纸写信的人绝不会将朋友扔在陌生的城镇，也绝不可能是变态杀人狂。

“亲爱的，打扰一下。”

一个女人来到莎拉身边，故意装出很有耐性的表情看着她。

“你需要什么帮助吗？”那个女人问，装满食物的棕色纸袋靠着髋部，一个番茄汤罐头太靠近袋口，似乎随时会掉出来。

莎拉说：“不用了，谢谢，我在等人。”

“当然啦。”妇人的语气带着笑意与容忍，而坐在咖啡厅门外的那两位太太拉长耳朵，偷听着她们的对话。

“第一次来希望镇啊？”

“只是经过，我要去破轮镇。”

或许是莎拉想太多，但这个答案似乎让对方不太满意。

番茄汤罐头弹跳一下，处境非常危险。片刻之后，妇人说：“破轮镇恐怕很难算是个镇吧，你认识住在那里的人吗？”

“我要去拜访艾美·哈瑞斯，去她家住一阵子。”

一片沉默。

“我相信她已经在路上了。”莎拉说。

“亲爱的，看来你被扔在这里了。”她一脸了然于胸地看着莎拉，“打电话给她，快打啊！”

莎拉再次勉强地拿出手机，那个陌生的妇人靠在莎拉耳边听着嘟嘟声，她很想躲开，但极力制止自己。

“看来她不会接你了。”莎拉将手机收回口袋，妇人后退一些，“你去那里打算做什么？”

“度假，我要租一个房间。”

“看来你被扔在这里了，这样开始的假期可真是棒极了，希望你没有先付订金。”妇人将纸袋改放到另一只手臂上，朝咖啡馆露天雅座弹弹手指，对那里唯一的男士大声说：“汉克，开车带这位小姐去破轮镇。”

“我的咖啡还没喝完呢。”

“外带吧。”

那个男人不甘愿地嘟囔着，但还是乖乖起身走进咖啡馆。

妇人接着说：“我劝你千万不要先给钱，要回家时再给就好，而且要藏好钱，离开前不要拿出来。”她用力地猛点头，番茄汤罐头再度摇摇欲坠，“我也不是说破轮镇的人都是贼啦，我可没那个意思。”为了保险起见，她又急忙解释，“不过呢，他们和我们不一样。”

汉克端着装有咖啡的纸杯出来，将莎拉的背包与行李箱扔进汽车后座，接着，他谨慎但坚定地将莎拉本人带往前座。

“汉克，送她过去。”妇人用空着的手拍了车顶两下，然后弯腰探进车窗。

“如果你改变心意，随时可以回来。”

“你要去破轮镇？”汉克冷淡地说。

莎拉双手抓住书本上缘，努力装出轻松自在的模样，车上有着廉价古龙水与咖啡的气味。

“去那里做什么？”

“阅读。”

他摇头。

“算是度假。”她解释。

“等着瞧吧，我只能这么说。”汉克冷漠地说。

她看着窗外的景色变化。草坪变成原野，闪亮的车辆消失，整洁的小平房也不见了，道路两旁长满高大的玉米，有如两面墙壁，往前延伸好几千米。玉米田不时会被另一条路隔开，同样笔直，仿佛有人在一望无际的田地上用尺画出公路。

“那个镇应该只剩几个人了。”汉克说，“我有一个朋友在那里长大，现在搬去狄蒙市卖保险了。”

她不知道该回什么，只好说：“真不错。”

“他很喜欢那里。”汉克附和，“比留在破轮镇经营家族农场好多了，一点也没错。”

说完之后他没有再开口。

莎拉伸长脖子看着窗外，寻找艾美信中所描述的小镇。她听过太多关于破轮镇的故事，几乎可以期待着安妮老师骑着三轮车呼啸而过的画面，或是看到罗伯站在路旁，双手挥舞着新出刊的杂志。一瞬间，她几乎可以清楚看见那些人，但转眼又变得模糊，随着车轮扬起的尘埃被风卷走。眼前出现一座老旧谷仓，但立刻被更多玉米田淹没，仿佛谷仓一开始就不存在似的。离开希望镇有十五分钟的路程了，那是路上唯一的建筑。

破轮镇和想象中一样吗？现在她终于即将亲眼见识，莎拉太兴奋，甚至忘了艾美没接电话所引起的焦虑。

然而，当他们终于抵达时，要不是汉克将车停在路边，她可能完全不会留意这个小镇，大街两旁只有几栋建筑，在夕阳余晖下显得空洞、灰败。有几家店面的橱窗钉上了木板，不过，餐馆似乎还开着。

汉克闷闷地问：“你打算怎么做？要载你回去吗？”

她张望四周，餐馆肯定开着，霓虹招牌上“餐馆”的红色字样发着淡淡的光，一个男人独自坐在最靠近窗户的位子。她摇摇头。

“随你吧。”他的语气清楚表明，万一出事只能怪你自己。

她下车，搬下后座的行李，将平装书夹在腋下。她一关上车门，汉克随即将车开走，在镇上唯一的红绿灯前来了个大回转。

红绿灯挂在马路中央的电缆上，而且亮着红灯。

她站在餐馆前，行李放在脚边，背包挂在一边肩头，紧紧抓着书。

一定没问题的，她对自己说。一切都可以解决的，这个状况不算灾难……她更正了一下，只要有书、有钱，没有什么状况会是灾难。假使需要住旅社，她身上的钱也够支付，不过，她相当确定破轮镇没有旅社。

她推开门，里面却还有另一道门，而且是货真价实的双扇木推门，跟西部片里的那种酒吧大门一模一样，真奇怪。进去之后，她发现店里只有坐在窗边的男子与柜台后的老板娘，除了他们就再也没有别人了。那个男人消瘦而单薄，他的身体仿佛哀求大家原谅他的存在。她进门时，他连头都没抬，只是握着咖啡杯，一圈又一圈地缓缓转动。

而老板娘恰恰相反，她立刻将所有注意力转向门口。她的体重至少有一百五十千克，粗壮的手臂就搁在面前的柜台上。深色的木制柜台就算放在酒吧里也不会显得突兀，但此刻柜台上放的并非啤酒杯垫，而是不锈钢纸巾盒。塑封的菜单上印着食物的照片，每道菜看起来都像是橡胶做的。

老板娘以行云流水的动作点燃一根烟。

“你一定就是那个游客吧？”她说，呼出的烟直冲莎拉的脸。在瑞典，已经很多年没有人在餐厅抽烟了，这里的作风显然不太一样。

“我是莎拉。”

“你来得真不是时候。”

“你知道艾美·哈瑞斯住在哪里吗？”

老板娘点头，说道：“真不是时候。”一大截的烟灰就落在柜台上。

她说："我是格蕾丝。老实说，我的真名叫作玛德莲，但你这么叫我的话，我可不会理你。"

莎拉并不打算以任何名字称呼她。

"你可终于来了。"

莎拉可以很清楚地感觉到，这位不是格蕾丝的格蕾丝觉得这一刻很有意思，所以正在拖延这一刻。格蕾丝对她点了三次头，深深吸一口烟，然后由嘴角呼出一道盘旋而上的烟雾，她前倾并靠在柜台上。

"艾美死了。"她说。

在莎拉心中，艾美的死讯将永远让她联想到日光灯管、香烟以及油炸味。太不真实了，她站在这家美国小镇的餐馆中，被告知素未谋面的人死了，这整个情形太像梦境，所以她不觉得害怕，因为诡异到不像是场噩梦。

"死了？"她重复说，即使是由她口中说出，这个问题依旧愚蠢至极。她沉沉地坐在吧台凳上，想起希望镇的那位妇人，自问刚才是否应该跟汉克回去。

艾美不可能死啊，她是我的朋友，真是的，她那么喜欢书！

莎拉的感受并非哀伤，而是人生无常的震撼，那种奇怪的感觉越来越强烈。她从瑞典跑来艾奥瓦州，就是为了让人生得以喘息，甚至可以说是为了逃离人生，没想到却遇上了死亡。

她心中一部分想问艾美是怎么死的，但另一部分却不想知道。

她还没决定好到底要不要发问，格蕾丝就继续说下去："葬礼应该正在举行，现在这年头，葬礼少了一些节庆气氛。我认为有太多宗教性的狗屁了，我外婆过世的时候可不是那样。"她看了看时钟，"你最好快点过去，和她交情比较好的人应该知道怎么安顿你。我尽量避免牵扯到这个镇的问题，而你绝对是这个镇的问题。"

她捻熄香烟："乔治，你可以帮忙送莎拉去艾美家吗？"

窗边的男人抬起头，那一瞬间，他看起来像是身体瘫软了，就像莎拉内心的感觉一样。接着，他站了起来，将她的行李半扛半拖地搬到车子旁。

莎拉正准备跟上时，格蕾丝抓住她的手肘。“他是可怜虫乔治。”她一边说着，一边朝他的背影点着头。

艾美·哈瑞斯的家位于小镇外，距离并不远。屋内空间够大，厨房与客厅相当宽敞，但同时又够小，葬礼后在那里聚会的人虽然不多，感觉却像到处都是人。餐桌与厨房料理台上满是装着食物的烤盘，有人准备了色拉和面包，摆好餐具，将餐巾纸插在水杯中。

有人塞给莎拉一个盛着食物的纸盘，然后，基本上就没有人理她了。乔治还在她身边，没想到他竟然这么照顾她，她内心十分感动。感觉他有些怯懦，程度上可能和她不相上下，但他跟着进来了，而且陪她走来走去的，像她一样有着迟疑的脚步。

昏暗的门厅里有一个五斗柜，不知道谁在上面放了照片，照片中的人应该是艾美，左右各放着一面旧旗子，分别是国旗与州旗，旗子上绣着艾奥瓦州的格言：“珍惜自由，捍卫权利。”虽然旗子绣上了金线，但颜色已经暗淡，一侧边缘都已磨旧了。

照片中的人大约二十岁，头发扎成两条细细的麻花辫，脸上挂着拍照才有的那种生硬的制式笑容，看起来完全是个陌生人。虽然她的眼眸中闪耀着一丝笑意，表明她知道这一切不过是笑话，莎拉由她的信件中感觉到相同的个性，但仅限于此。

她很想伸手摸摸照片，但这么做感觉太唐突了，于是她就站在阴暗的门厅里，小心端好手中的纸盘，那本书依然被她夹在腋下。她的行李不知道被搬去哪里了，但她没精力烦恼那么多。

三周前，当她决定来艾美家住两个月时，她感觉和艾美是那么亲近，但现在她们的友谊仿佛随着她死去，不留半点痕迹。她从来不认为必须见过面才能当朋友，毕竟她的许多良朋益友甚至不存在。但忽然间，她觉得不能再继续坚持她们之间曾经有的友谊，那样感觉太假，甚至有些不敬。

在她四周，人们在屋内缓慢慎重地走动，仿佛纳闷自己在这里做什么。不过，他们似乎并不感到震惊，也不感到讶异，也没有人哭泣。

大部分人都好奇地打量莎拉，但不知为何没有人找她搭话，可能是因为这个场合的性质不太方便。于是他们在她附近转来转去，每当她不小心对上他们的视线，他们便报以微笑。

突然有个女人从人群中冒出来，在客厅与厨房中间处堵住莎拉。

“我是卡洛琳·罗德。”

她的仪态以及握手的力道都很像军人，但她比莎拉想象的要漂亮很多，有双深邃的杏眼，犹如雕塑一般的立体五官。在天花板灯光的照射下，她高耸颧骨上的肌肤几乎会反光。她的头发浓密但夹杂几许银丝，她的脖子上系着一条黑色丝巾，质料是薄透清凉的蚕丝，系在别人身上应该会很奇怪，即使参加葬礼也显得不自然，但在她身上却显得风格隽永，甚至相当亮眼。

莎拉看不出来她的年纪，但她的气质很特别，好像从不曾真正年轻过。莎拉有种强烈的感觉，卡洛琳·罗德的青春岁月可能很短暂。

卡洛琳一开口，旁边的人立刻噤声了，她的外形和语调很搭，坚决、刚毅，而且只说重点。虽然她的语气透露出一丝欢迎的笑意，嘴唇却没有扬起笑容。

她说：“艾美说过你会来，我不会说我觉得这是个好主意，但以我的立场，也不能说些什么。”然后她补上一句，仿佛突然想起来，“你应该也同意吧？以她的状况，这种安排不太……可行。”

“可行。”莎拉重复着说，但她不明白艾美怎么可能知道自己快死了。

其他人围在卡洛琳身边，呈现松散的半圆，全部面向莎拉，仿佛她是来镇上短期演出的巡回马戏团。

“艾美……离开之后，我们不知道该怎么联络你，结果你就来了。”卡洛琳做出结论，“唉，好吧，只好看着办了。”

“我需要住的地方。”莎拉一开口，所有人往前倾身。

“住的地方？”卡洛琳说，“你当然要住在这里啊！反正这房子都空了，对吧？”

“可是……”

一位戴着牧师领圈的男士对莎拉露出温暖的笑容，解释说：“艾美特别交代过，要我们告诉你，这计划依然照旧。”

照旧？她无法判断谁比较疯狂，是牧师、是艾美，还是整个破轮镇？

卡洛琳说：“当然啦，这里有客房，今晚你先睡那里，然后我们再研究该如何安排。”

牧师点点头，不知不觉间大势已定了，她就要独自住在艾美·哈瑞斯死后留下的空屋里。

她被大家拱上楼，卡洛琳一马当先，有如三军总帅，而莎拉紧随在后，接着是乔治，他有如一抹影子默默从旁支持。大部分人跟在后面，有人先帮她将行李搬上楼了，她不知道是谁，总之，当她进入小客房，背包与行李箱就奇迹般地出现了。

在门口的卡洛琳说：“我们去确认一下，看看你需要的东西是不是都有了。”她语气相当亲切，然后她就将大家赶出房间，对莎拉挥挥手之后便关上门。

忽然只剩莎拉一个人，她沉沉地坐在床上，纸盘还在手中，一本书就孤孤单单地躺在旁边的床上。

唉，随它去吧。

二〇〇九年六月三日

莎拉·林奎斯特　收

亲爱的莎拉：

非常感谢你寄来的礼物，真是太贴心了！这是一本我应该不会想到要买的书，因此这份礼物也正合我意。这真是个可怕的故事啊，我不知道瑞典会发生那种事，但再想想，也没有理由不会发生吧。我认为，相对于大城市，小镇上的性、暴力以及丑闻会更常见。既然小镇都如此了，那么，同样的道理或许也适用于小国吧？我猜想，大概是因为人与人之间的距离比较近吧，我们破轮镇也发生过不少丑闻。

不过呢，我们铁定没有莉丝·莎兰德[1]这样的人物，她真是个了不起的女人。据我所知，这套书还有两本续作，能否请你帮忙将另外两本也寄来呢？我得快点知道她后来怎么样了，否则我一定睡不好。当然啦，还有那勤劳的年轻人布隆维斯特，我也很想知道他怎么样了。

不用说，我当然会支付这两本书的款项。既然提到小镇、谋杀以及性的议题了，我会寄上哈珀·李的《杀死一只知更鸟》[2]当作头期款。

顺颂时绥！

艾美·哈瑞斯敬上

---

1 莉丝·莎兰德和后述的布隆维斯特皆为瑞典小说家斯蒂格·拉森（Stieg Larsson，1954—2004）的悬疑小说“千禧年三部曲”中的主角。

2 美国作家哈珀·李（Harper Lee，1926—2016）的小说，内容涉及种族等美国南方社会议题。

《破轮镇通讯报》

您有四则新留言，今日清晨五点十三分。

“女儿！是妈……什么？……好啦好啦，你爸爸也在，他当然也在。我们刚从安德斯和冈奈尔家回来，记得他们吗？是我们以前的邻居，他们搬去提瑞索了，新的别墅很漂亮。你一切可好？你到了吗？在乡间感觉如何？艾美是不是神经病呢？你有没有搭对公交车啊？我真不明白为什么你要跑去……”

清晨五点十五分。妈妈接着说下去，好像不曾被打断一样。“那种乡下地方……等一下，我还没说完……好啦，换你爸，他吵着要跟你说话，也不管我有没有说完。”

有短暂的停顿，有大声清嗓子的声音。

“莎拉！你该不会打算整天都待在屋里看书吧？你得出去找人说话，这趟旅行是非常好的机会，以前我和你妈……”

清晨五点十八分。

“这语音留言是怎么回事啊？都不让我说完！好吧，那就先挂了……等一下，你妈还有话要说。”

“你知道吧？如果你想通了，随时可以改去纽约，或洛杉矶也不错。”

留言再次被打断。三小时之后才有新留言，又是妈妈：

“莎拉！你怎么不接电话？艾美是不是杀人魔啊？我知道美国人都不太正常，万一你已经被分尸了，我永远不会原谅你的。马上打给我，不然，我要打给中情局……”爸爸在后面嘀咕了一句：“还是联邦调查局？分不清。”

莎拉打回去，电话终于接通时，妈妈的情绪还是一样激动。

她劈头就说："我不喜欢你跑去什么小镇，一点也不喜欢。"即便这件事她们已经讨论过很多次了。

莎拉揉揉前额，往后躺在床上，这客房不大，差不多长三米、宽五米。除了床铺之外，窗户正下方还有张扶手单椅，加上一个床头柜和一个小五斗柜，家具只有这些。壁纸上的花朵原本应该很鲜艳，感觉至少二十年没换过，窗帘印着另一种花色，长度短到遮不住整个窗户。

"小镇那么……无聊，明明有很多地方可以去。"

真讽刺，妈妈总是唠叨着说她该出国度假，现在她真的出发了，妈妈却还是不高兴。

"而且非常危险，天知道有什么疯子啊。"

她无法判断哪个问题比较严重，是枯燥无聊呢，还是一不小心就会遇上躲在角落的杀人魔？妈妈的话勾起莎拉的回忆。

"在这里，人们之间的距离比较近。"她说。

"老实说，你对人能有多少了解呢？你整天埋头看书……"

这件事她们也讨论过很多次了。

妈妈老是因为长女头痛，或许并不奇怪。毕竟她的小女儿约瑟芬很有成就，在南泰利耶市的地方法院实习，以后将成为律师——一份社会上人人羡慕的工作，上班时会穿昂贵的套装。至于莎拉……她在书店上班，而且还是郊区购物中心里的书店，那份工作只比她现在的状态好一点点，目前她是失业的前任书店助理。好不容易要出国看看了，却跑去美国乡间一个鸟不生蛋的小地方，还住在一个老太太家里。

妈妈觉得她很无趣，而且表现得十分明显。但莎拉不太在乎，毕竟妈妈的想法也没错，莎拉这辈子的确没做过什么刺激冒险的事。不过，莎拉受不了妈妈一直说艾美的坏话，她出发之前妈妈就说个不停，加上葬礼才刚结束，她内心还有深厚的悲伤，她的耐心迅速消耗殆尽。

妈妈似乎也察觉到自己太过分了，所以急忙补上一句："好吧，至少你没有被分尸。”她毫不掩饰悲观的语气，甚至不需要说出“至少现在还没有”。“艾美是怎样的人？对你好不好啊？”

“艾美她……”莎拉停顿了一下，“她人很好。”

她确实人很好，只是过世了而已。

莎拉溜出房间，在黑暗的走廊上悄悄移动，像个无胆的小贼。她的房间外面是条窄窄的走廊，先通往浴室，接着是艾美的房间，之前卡洛琳带莎拉来客房的时候曾指给她看。她加快脚步，尽量不去看那扇紧闭的门，不知道还会不会有人来打开那扇门，至少她不想。

到了楼梯前，她停下脚步聆听，然后才慢慢往下走。

每经过一个房间，她都会略微迟疑，然后小心翼翼地探头张望里面，她不知道自己会看到什么。是躲在沙发后面的镇民，还是堵在走廊上，指责她白住的愤怒家属呢？艾美的幽魂会在厨房徘徊吗？但屋里没有半个人。

她在艾美的家里走来走去，进出艾美生前住过的房间，触摸艾美触摸过的家具，屋里死寂的气氛令她害怕。日常生活留下的小小痕迹，总在最意想不到的时候令她大吃一惊。

有人留下一罐雀巢即溶咖啡和一加仑[1]装的牛奶，就放在厨房料理台上。厨房里有昨天的面包，她打开冰箱发现一大堆食物，仔细包着保鲜膜，标着名称和昨天的日期。

她啃白面包果腹，然后偷溜上楼进浴室洗澡。淋浴设备很老旧，悬在椭圆形小浴缸上面。她脱下睡衣仔细叠好，放在马桶对面的旧凳子上，她希望衣服不会被弄湿，但排水孔和浴帘感觉不太可靠。

水管不停地哀怨呻吟，开了热水，也顶多是微温。

---

1 这里指美制加仑。加仑，容积单位，1 加仑约等于 3.785 升。

莎拉想，状况真的不该是这样的。她将头发扭起来用小毛巾包住，整理好行李之后再次去到厨房。除了昨晚过夜的卧房，她至今还不曾在一个空间待着超过二十分钟，不知道为什么，一直换地方让她比较有安全感。

她只花了十三分钟就整理好行李，现在十点半，但她完全无事可做了。外面的空气变得湿热，纱窗飘进来干涸的土地与枯死的植物的气味，屋里则有着空气不流通的闷闷的味道，以及木头与旧地毯的气味，两种味道仿佛要一较高下。

她坐在厨房的餐椅上，寻找艾美人生里的蛛丝马迹，却只看到老旧的橱柜门与窗边枯死的盆栽。

这趟旅程应该是她的冒险，她应该和艾美一起坐在这里，很可能就坐在这把椅子上，聊书本、破轮镇，以及艾美所认识的人们，那该有多么美好。

她说："艾美，你到底跑去哪里了？去做什么了？"

厨房有扇通往门廊的门，旁边摆着两双尺寸不同的橡胶雨靴。草长得很高，被夏季艳阳晒得枯黄，菜园久久无人打理，杂草间应该藏着许多珍宝，但莎拉只能勉强辨认出两棵歪斜的苹果树、一小块无精打采的香草园，以及两株无比壮硕的西红柿。

她重新回到屋内，花一个小时将带来的书放在屋内各处，想借此制造一点温馨的气息，但十三本书实在不够分给所有的房间。

在家里，她有将近两千本书，以及三个朋友，如果书店的老同事也算是朋友的话。

从十七岁开始，她就在那家书店工作，一开始只是打工实习，在圣诞节和夏天时的瑞典全国书籍大折扣期间去帮忙，没多久她就转正了，之后便一直留在那家店，距离她出生的地方只有短短的三十分钟路程。她的人生没有太多刺激。

书店里的一个年轻女店员说过，所有故事的开端，都是一个人来到或离开一个地方。从来没有人去约瑟森书店找莎拉，更没有人去过她在汉宁格的小公寓，会造访的只有信件，美丽的手写信件。有一段时间，莎拉确信那些信件会带来一小部分的艾奥瓦样貌，提醒她世上有另一种更隽永的生活，充满冒险与机会，那气息虽然幽微，但绝不会错。

现在她终于来到这里，却只闻到发霉的木头与老旧的地毯的怪味。

她说："打起精神，莎拉。"听到人的声音能让她镇定一点，即使只是自己的声音也一样。如果不说话，就只能听见长树枝扫过楼上窗户的声音，以及水管偶尔发出的莫名怪声。

她都已经来到几千里之外，怎么还是跟在家时一模一样？莎拉无法理解。

当然还是有差别，现在她只有十三本书，没半个朋友。

"打起精神，莎拉。"她重复道，但这次没什么效果。

* * *

莎拉一直觉得，她所认识的人如果要定义她，大部分的人八成只会觉得她利用书本在躲避人生。

这件事或许没错。从高中时期开始，她便意识到，只要躲在书本后，就不会有人注意你了。虽然偶尔得抬头闪躲飞过来的尺子或其他东西，不过，至少那些玩意儿不是用来丢她的，她几乎和书本形影不离。当同学们忙着霸凌或被霸凌，在课桌上刻些毫无意义的图案，乱画彼此的置物柜时，她体验到的是澎湃、激情、死亡、欢笑，以及异国风土，就这样一天天过去。其他人只能坐困在汉宁格市一个枯燥无趣的高中校园里，她却在日本当艺伎，在中国和末代皇后一同游走于狭小封闭的紫禁城内室，与红发安妮在绿屋顶之家一同成长，一次又一次地历经谋杀、恋爱与失落。

没错，书本确实是一道防御的城墙，但并非仅仅如此。书本保护莎拉不受周遭的世界侵扰，但也将世界变成一道道变换的背景，衬托出她人生中的真正冒险。

或许有人会觉得在书店工作十年之后，书本的魔力应该会消退，但对莎拉而言恰恰相反。现在，每本书都在她心中留下了两种记忆：出售的记忆与阅读的记忆。几年之前，她卖出一大堆特里·普拉切特[1]的作品，数都数不清，最后她认输了，她就看了其中几本，却因此认识了当今最出色，也绝对最可靠的作家。她记得有一年夏天，感觉好像每天都在卖同一本书，就是尤拉－卡林·林奎斯特的自传《无桨行舟》[2]，讲述了她对抗不治之症的心路历程，三年后的一天晚上，她终于读了这本书。她记得封面主图是个黑色剪影，是低调的大地色系，有如太阳刚下山的高温傍晚，那本书轻薄短小，但读过的人都忍不住要讨论，像是“那个新闻女主播”“那个病死的主播”“她在电视上表现那么好”，仿佛他们没想过电视上的人也会死，因此伤心欲绝。有些书在阅读之前就能感动人心，莎拉知道这本书就是如此。

她从仓库搬出一堆又一堆丹·布朗[3]的作品，多到她不忍回想；哈利·波特系列更是至少卖过三种不同的平装版本；她目睹瑞典犯罪小说兴起风潮，一路壮大至今。当卡米拉·拉克伯格[4]崭露头角时，她没有特别注意，但出平装版之后才终于发现有这个作家，莎拉经常这样。

她卖出的书至少上万本，甚至可能几十万本，没必要去计算。那些年里，她很少想到未来，就算想到了，她也以为自己会在那家书店老

1　特里·普拉切特（Terry Pratchett，1948—2015），英国奇幻文学作家，著有《碟形世界》系列等图书。

2　尤拉－卡林·林奎斯特（Ulla-Carin Lindquist，1353—2004），瑞典新闻主播，被诊断出罹患肌萎缩性脊髓侧索硬化症，《无桨行舟》记录了其对抗病魔的经过。

3　丹·布朗（Dan Brown，1964—），美国作家，知名作品有《达·芬奇密码》。

4　卡米拉·拉克伯格（Camilla Läckberg，1974—），瑞典推理小说作家，有“瑞典推理女王”之称。

去，渐渐变得比万年库存书更灰暗蒙尘，平静地出售平装书与圆珠笔替芯，就这样过完一辈子。在退休之后，就靠多年来以员工价购入的大量藏书度日。

然而，约瑟森书店倒闭了，她变成无业游民，现在更只身来到这里，孤单一人在美国。

一辆车开上车道，她很庆幸终于有别的事可做了。下车的人是葬礼时见过的那位牧师，他走过来的路途中，莎拉对着镜子试了几种不同的笑容。

“正常就好，莎拉。”她对镜中的自己说，然而，镜中回望她的那个人却一脸惊恐，活像包着头巾的吓呆的老鼠，真是可悲。她在屋里走来走去超过一个小时，却完全忘记要拿下包头发的毛巾。她将毛巾扔进橱柜里，努力用手指整理头发，然后去门廊上迎接牧师。

她提醒自己，莎拉，别忘了微笑。

牧师似乎相当紧张，差不多跟她一样紧张。他的白色牧师领本来应该能让他显得仪表庄严，可惜他头发稀薄乱翘，又穿着廉价的橘色羽绒外套，很像是二十世纪八十年代清仓大拍卖时的货物。

“对我们小镇来说，艾美过世是个很大的打击。”他站在门廊前，一脚踏着台阶，好像无法决定要上来还是要离开，“真的是很大的打击。”

她说：“是，她……是怎么走的？”

或许这个问题不太恰当，但她确实很想知道，牧师含糊地说是“因病”。那么，就不是意外身亡了，但她应该走得很突然。短短三周前，莎拉才通知她旅程的相关安排，艾美的回信中只说会去希望镇接她，此外没有提到其他事情。

她不确定是否该请牧师进来喝杯咖啡，这样白住在一个已逝之人的家中，该以何种方式待客呢？

“我不知道该去哪里。”她说。

“去？”牧师感觉更加紧张，他刚才已经够紧张了，没想到还能更严重。他的脚离开门阶，“你不是要留下来吗？”

她没有反应，于是他接着说：“你知道，大家都很爱艾美，她的房子有人住，不至于空置荒废，我们都很高兴。对了，你需要什么吗？有没有东西吃啊？”

“家里的食物可能够吃上好几个星期了。”她告诉自己，这不代表她答应留下，只是目前她不清楚还有什么选择。牧师应该不会愿意开车送她去别的地方，更何况她也不知道该去哪里。

“好，好，那其他东西呢？你应该需要车吧？”

“我没有驾照。”

他吃了一惊。“呃……好吧，嗯，好……我和卡洛琳商量一下。”能够做出决定，似乎让他松了一口气。莎拉还来不及决定是否该请他进来喝咖啡，他就急忙道别离开了。

她还没想通咖啡的问题，下一个访客又上门了，但这次不用她操心。

这次来的是说“大家都叫我阿珍”的珍妮弗·贺布森太太。她是一个美国家庭主妇，但气势足以堪称副总统。她有着完美的深色头发，仿佛头发自己有生命一样。她的笑容有种快崩溃的感觉，花太多时间和孩子相处的人往往会这样。她直接走进厨房启动咖啡机。

在准备杯子与汤匙的声响中，她说：“我负责编辑《破轮镇通讯报》。”

她打开橱柜底层的抽屉找糖，弯下腰时甩了一下头发。“我们会报道镇上的大事。两年前，有个人从新泽西来到这里，好像是个自由工作者，说什么要寻找自我，结果才住两个星期就搬去希望镇了，而且还拒绝接受采访。”

莎拉不太确定阿珍失望的原因，是因为那个人搬去希望镇，还是因为他拒绝受访呢？

“我以前在史班赛市有个朋友是族谱专家。”阿珍回头继续说，“我原本住在史班赛市，结婚以后才搬来这里。”她脸上闪过毅然决然的表情，“总之，她做过研究，发现了一群住在瑞典的亲戚，她很得意。我跟她说，瑞典亲戚比爱尔兰或德国亲戚好多了，很多人都有那两国的亲戚，瑞典就新奇多了。”

她瞥了莎拉一眼，然后摇了摇头，大概因为莎拉本人太平凡而失望。

“你姓什么？说不定你也是她的亲戚呢。天下无奇不有，而且瑞典人口也不多，对吧？”

“九百万。”

“你们有橡树吗？”

“橡树？”

“橡树是艾奥瓦的州树，我们这里的橡树很棒喔。”

“有，我们……我们有橡树。”

“有没有什么话想对大家说呢？”

并没有。

“都没有？连打个招呼都不要啊？不然，你说说你对我们镇上的第一印象吧。”

“我只去过那家餐馆。”

阿珍说：“看来还是我自己来编写一点好了，等你熟悉环境之后，一定会爱上这个小镇。”接着又补上一句，“别担心，在文章里，我会以优美的文字来表达你的想法，但我得先想出来你要说什么。”

二〇〇九年八月二十三日

莎拉·林奎斯特　收

亲爱的莎拉：

很高兴你喜欢哈珀·李的作品，我觉得瑞典版的书名没什么不好，但《死亡罪孽》这样的书名，确实会让人觉得像廉价的惊悚小说，你应该会比我更有感觉吧。

既然你喜欢《杀死一只知更鸟》，我接着会寄给你凯瑟琳·斯多克特的作品《相助》[1]，至少这两本书同样触及种族歧视的议题。我知道有些人觉得，现在种族歧视应该已没那么严重了，但我认为只有中年人才会那么想，因为他们长大成人，可以塑造世界的面貌了，所以自以为世界会自动变得更好，但其实他们根本没有做出什么实质的贡献。现在能惹我动怒的事情不多了，但歧视依然能让我愤慨不已。我的好友约翰总说我太激动，他是黑人，而且早已过了中年，他说现在的状况已经改善很多了，至少在破轮镇上没什么问题，约翰这个人很少对事情一概而论。我不认为他的想法能真正反映出现实，因为镇上的人早就习惯他了，他是镇上唯一的黑人，也是唯一一家杂货店的老板，镇上只剩他的店还卖牛奶，就算有人讨厌他，我也无法理解为什么。我觉得没有人会不喜欢他，但他并不同意我的这个看法。

顺颂时绥！

艾美·哈瑞斯敬上

1　凯瑟琳·斯多克特（Kathryn Stockett，1969—　），美国作家，《相助》描述的是20世纪50年代美国南方黑人女佣遭受的不公正待遇的故事。

凡是来到艾奥瓦的瑞典游客总想找个男朋友，这是举世公认的真理

破轮镇上有一家旧电影院，就在格蕾丝餐馆的对面，那栋建筑有着二十世纪五十年代的经典风格，为主街增添了一丝堂皇的气派，不过，电影院早已不再上映院线电影，后来更是完全不播放电影。现在放映机坏了，只有镇议会开会时才会使用这栋建筑。

将在这里聚会的那几个人被称为“镇议会”，就好像将这家电影院称为“电影院”一样名不副实，虽然过去曾经是真的，但现在已经不是了。以前人们必须通过选举才能当议员，而且还有几分尊荣。当时议会有经费可支配，也会为了如何支配而争吵，例如，要在哪家教堂外面装设新长凳、设置新路灯、改长凳颜色或是路灯的种类，甚至讨论电影院究竟是小镇之光，还是只会败坏风俗、教坏孩子。

现在镇上的六百三十七位居民中，只有一小群人参与镇上事务的运作，而且再也没有可用的经费。

尽管如此，议会依然在隔周的周四开会，成员坐在电影院第一排座位上。

卡洛琳略带一丝沮丧，看着台上的阿珍，她站着的地方后面原本是银幕，她亢奋地指手画脚。

阿珍说：“我们有个游客呢！”卡洛琳很想揉揉前额，但努力克制着。

镇上新来的游客是今天唯一的一项议程，卡洛琳早已觉得厌烦透顶。

卡洛琳想念艾美·哈瑞斯。她知道大家认为她心肠太硬，对关于上

帝与耶稣的每件事都要求太高，总之，她很无趣。但她也知道，小镇需要有人监督管理，也要有帮助镇民的人，一个知道怎么做才对的人，以及知道怎么做才好的人。卡洛琳是其中一人，而艾美则是另一人。艾美在世时一切运作顺利，但现在卡洛琳感到孤掌难鸣。

她不像艾美那样懂得帮助别人，艾美好像永远都明白大家想要听什么。卡洛琳只知道他们应该听什么，而两者往往不尽相同。

她们两个缺一不可，但现在只剩下卡洛琳孤军奋战，还得照顾那个害羞的游客，每次有人和她说话，她就发抖。

都是艾美惹的麻烦，不过，还是希望她安息。

她当然可以安息，毕竟所有的苦差事都落到卡洛琳头上了，她确信镇议会的其他人不会帮忙。

现在议会只剩下三个人。卡洛琳猜想阿珍之所以加入，是因为她梦想将破轮镇打造成像希望镇那样的中产阶级通勤天堂，吸引锡达拉皮兹市[1]的上班族入住。阿珍来自艾奥瓦州西北部的史班赛市，她老爱说那里有多好、多舒适，卡洛琳忍不住觉得她不如留在家乡，反正破轮镇没有她也不会有太大的损失。但阿珍的丈夫是破轮镇镇民，而且不管怎么看，他都是贺布森家族最有出息的一个。这个家族一向不以智力见长，但那是他们无法控制的，卡洛琳不喜欢以这样的事情评价一个人。世上有那么多刻意犯下的罪孽，说都说不完了。然而，她总是隐隐约约地怀疑着，阿珍很可能将移居破轮镇视为人生一大失败，并且感到很不快。她很难想象，史班赛市有什么东西是破轮镇没有的，更何况，阿珍在这里也才只住了十年。

当然，破轮镇也有它的问题或缺陷，若要说的话，卡洛琳本人也会毫不犹豫地指出不足之处，但外人看不起这个镇，想要将整个镇改头换面……对此，她只能摇头。

---

1 锡达拉皮兹市位于艾奥瓦州东部，为该州第二大城市。

不过卡洛琳不得不承认，至少阿珍不怕做事，可惜她精力虽充沛，却欠缺常识，否则一定能有更多贡献。她是《破轮镇通讯报》的负责人，也是唯一的记者兼主要新闻来源。她还经营“破轮镇博客”，卡洛琳懒得研究博客是什么玩意儿，不过，她确信那种东西没什么用处。据她所知，只有阿珍的亲戚会看《破轮镇通讯报》，他们全住在史班赛市。尽管看了《通讯报》，他们依然没有意愿迁居破轮镇，也可能就是因为看了《通讯报》才不想来的。

她没有时间应付议会的其他成员。安迪是沃许家族唯一还留在镇上的后代，而卡洛琳真的超讨厌安迪的父亲，老安德鲁·沃许。光是因为安迪没有跟他爸一样的德行，卡洛琳就更愿意包容他一些了，但也绝不是没限度。

安迪经营广场酒吧，那是镇上最受欢迎的酒吧。他和好友卡尔合伙，但两人的关系有点太过亲密。安迪还曾经搬去遥远的丹佛市。卡洛琳不喜欢八卦，但她也不赞同刻意招人议论，像安迪这样，特地从丹佛回来经营酒吧，还带来他的……好朋友。

今天安迪穿着亮蓝色牛仔裤搭配格子衬衫，腰带扣感觉和他脚上的牛仔靴一样重。他穿起来有模有样，但所有衣服感觉都太新。在卡洛琳眼中，他就像刚从东岸来的游客，但实际上他的家族一直住在破轮镇，已经好几代了。

“破轮镇的游客。”他离开座位走上台，和阿珍站在一起。

她接着说：“真奇怪，我们不该只有一个游客。”

“没那么奇怪吧？”卡洛琳说，她经常用强调语气，“而且这位游客还没有驾照呢。”

她留在原处，坐在舒适的电影院座位上。这里已经足足十二年没有放映过电影了，但隐约还飘着爆米花与熔化奶油的气味，这里并没有勾起卡洛琳青春时代约会的记忆，但她非常赞叹座位的布料竟然能保持得这么好。

阿珍说："我们得帮她找点事情做，要让她玩得愉快。"

"但有什么能让她玩？"安迪问，"这才是最大的问题。"

阿珍回答："主打短程旅游，我们有那么美的自然风景，还有宝贵的橡树！"

"还有玉米。"卡洛琳酸溜溜地补上，她喜欢橡树的程度绝不亚于任何人，她甚至担任橡树保育协会的主席，但橡树很难吸引到游客。

安迪说："不只玉米，也有黄豆。"

"或许可以请汤姆开车载她。"阿珍的语气仿佛刚刚想到这个主意，"当然只限他不用上班的时候。"

卡洛琳闭上眼睛，阿珍故作天真无邪的语气并没有唬到她。她想，老天爷啊，那女的才来不到两天，阿珍已经在动歪脑筋想献出镇上的年轻人。镇上的单身男子很难吸引游客，就和那些橡树一样。

难得一次，安迪和阿珍波长不一致。尽管阿珍打的算盘那么明显，谁都能一眼看穿，他却呆呆地问："汤姆？"

她迟疑了一下。"对，汤姆……"她说，"我在想，说不定他们……能合得来？"她的视线锁定卡洛琳头顶上方，"来段旅行中的艳遇，一定能让她在这里的时光非常愉快，你们不觉得吗？"

安迪大笑。"嗯，有何不可？汤姆一直很不会谈恋爱，而这位莎拉好像也很需要有人推一把。我会去找汤姆，提醒他该尽的责任。"

阿珍似乎不想走到这一步。"我在想，让他们自然发展会不会比较好……"

"完全不要发展更好。"卡洛琳说。度假时的艳遇已经够糟了，但她了解阿珍，她绝不会就此放弃，她很可能已经在梦想举行婚礼，让镇民再添一员，以后说不定还能增添更多，而《通讯报》也能制作各种特刊，婚礼、出生、受洗什么的，一个接一个。

"无论如何，可以请汤姆开车接送她。"阿珍说。

"乔治可以接送她。"卡洛琳说，"我们可以付他钱，反正顶多只是象征性地意思意思，我们可以发起募捐。”

值得做的事，就值得发起募捐。

她看到安迪和阿珍互使眼色，但她不在意，每个镇都需要一个能监督大小事的女强人。她知道大家都在背后取笑她，但至少她能把事情做好，而且没有人敢在她能听到的地方取笑她。

“可怜虫乔治……”阿珍似乎想找个比较委婉的说法，但最后放弃了，“……他不是有酒瘾吗？”

卡洛琳说：“他已经整整一个月滴酒不沾了，他的手几乎不抖了。他需要找点有意义的事情做，不能整天待在‘那个人’的店里喝咖啡。”

“他是好人。”阿珍含糊地说。

“就由乔治接送她吧。”卡洛琳做出决议。

二〇〇九年十月九日

莎拉·林奎斯特　收

亲爱的莎拉：

破轮镇其实很难称得上是个镇，因为也没什么新奇有趣的事物。老实说，大致上没什么东西。但我喜欢这里，我在这里出生、成长，这便足以让这个小镇意义非凡。

镇上有一条大马路，名称很简单，就叫作“主街”，另外有三条路交会，分别是二街、三街与吉米·库根街。最后那条街的名称可能需要稍微解释一下。在一九八七年之前，那条路原本叫作四街（我们就是一群没有情趣、没有文采的人，不喜欢花哨或是太冗长的字词）。现在的街名是为了纪念一个非常搞笑的人，我很高兴有这样的一条街，整个镇也多了一点不凡的气势。

顺颂时绥！

艾美·哈瑞斯敬上

柏油与水泥

阅读是一种不错的生活方式，但最近莎拉开始怀疑，那到底是怎样的生活。她第一次有这个想法，是听说约瑟森书店即将要倒闭的时候，那感觉就好像十年的生命随着书店要一起消失了。满是灰尘的店铺、灰白色的书架、夏季抢购买三送一平装书的客人，还有圣诞节期间只要亮晶晶、有包装就什么都好的客人，少了这些，她的人生也不复存在。

当然，她可以去另一家书店找工作，然而，在那些漫长无尽的夏日时光中，在那家郊区购物中心里，随着书店倒闭的时间逐渐逼近，她自问，这样的人生真的足够吗？她感到惶惶不安，除了书本与工作，她还有什么？

说真的，真的没其他的了，只有艾美和那个在艾奥瓦的小镇，那个仿佛由芬妮·傅雷格、安妮·普鲁[1]书中跳出来的小镇。在一个卖家可以自行销售的二手书网站上，她买了一本艾美的书，那时艾美不肯收她的钱，于是莎拉就鼓起勇气，寄送了一本书过去，从此两人开始鱼雁往返。艾美的信件很有趣，讨论书本以及她所居住的小镇上的人们。那年夏天，这些信是莎拉唯一的慰藉。在她开始感觉人生毫无意义、空虚到难以招架时，艾美的信犹如救生索。

于是，当莎拉终于到了破轮镇，自然也转向书本求助。她一直以来

1　芬妮·傅雷格（Fannie Flagg，1944—　），美国作家，知名作品有《油炸绿番茄》，描述的是美国南方两位女性英吉与露丝的情感，曾被改编为电影。安妮·普鲁（Annie Proulx，1935—　），美国作家，其长篇小说《船讯》以及《近距离：怀俄明故事》中的短篇《断背山》都曾被改编为电影。

都是这样的。

那天早上，莎拉带着《BJ 单身日记》，端着咖啡往门廊走去，虽然即溶咖啡难以下咽，但她已经喝到第三杯了。她快步在走廊上前进，双眼注视前门，尽可能不看那个小祭坛。她希望至少有人可以把两面小旗子拿掉，但她不认为自己有资格动手。

外面感觉好多了，摇椅很舒适，凌乱的花园温馨可爱，不像被弃置荒芜。她前后摇动，椅子发出悦耳的嘎嘎声响。

或许艾美没死？她会不会只是在厨房忙着整理花呢？会不会只是在楼上某个地方看书？说不定真有可能。

莎拉叹息，这种想法就像企图改变书中不幸的结局。即使努力说服自己，那只是一个残忍作家的无情安排，照理说，结局不该那样，但永远缠绕在心头深处的就是悲剧。当郝思嘉正要变成配得上白瑞德的好女人时，他却甩了她，即使完全不合理，完全违背他的角色性格、爱情本质，以及那些他说过的话，于情于理都无法解释。即使凶恶的父亲干预，也不能阻止夏洛蒂・勃朗特赐死《维莱特》的男主角保罗，尽管夏洛蒂想方设法要蒙骗父亲，将结局写得模糊无比，但保罗还是死了。

难以理解。

世事如此，只能尽量不去想。玛格丽特・米切尔[1]是大笨蛋，夏洛蒂・勃朗特很顽强，而艾美・哈瑞斯死了。

她拿起放在腿上的《BJ 单身日记》，强迫自己继续看下去。这本书和在瑞典的时候一模一样，让她感到莫名安慰，内容毫无改变，布丽吉特同样无法实现新年新希望，而达西先生同样穿着难看的圣诞毛衣。当丹尼尔・克里弗终于登场时，莎拉已经隐身在安全的书本天堂中，可惜一辆车开上艾美家的车道，将她从故事中唤醒。

乔治身上穿着和周六一样的格子衬衫，而且依然皱巴巴的，而他的

1 玛格丽特・米切尔（Margaret Mitchel，1900—1949），小说《飘》的作者。

手比之前抖得更厉害。她想起他陪她走进正在举办守灵会的艾美家，于是抬头，用书本上缘的脸庞对着他微笑。

“我来通知你，我负责当你的司机。”

她缓缓放下书。

他解释说：“我会开车接送你，你想去哪里都可以，打个电话给我就好。”他报了电话号码，“如果我不在家，我就一定在格蕾丝的店里。”他也说了餐馆的号码，两次都没有等她抄下来。

“我可以用走的。”她说。

“他们叫我载你。”

“谁？”

“阿珍、安迪，还有卡洛琳。”

一猜就知道。

他问：“那么，要我载你去哪里呢？”

车子开往镇上，他说：“现在已经没什么可看的了。”

一路上最多的东西就是玉米。现在是八月底，是一年中玉米最茂盛的时候，一望无尽的玉米田有如高耸围墙包围着他们，阳光将田地变成汹涌的金绿色汪洋，炫亮到莎拉头晕眼花，破轮镇出现时她松了一口气，眼睛终于能休息了。到了小镇边缘，玉米田消失，换上一排灰色水泥房子和一个拖车营地。

“我住在那里。”乔治说。她希望他指的是那排房子，因为拖车营地看起来像是全然荒废了一样。车子经过一道破掉的围篱、一个停车场、几棵孤单的树，以及一小块什么都没有的空地。乔治的住处与城镇中心之间，只隔着一个荒废的加油站，里面有个浪板铁皮屋，旁边有人丢弃了两个牵引机轮胎和一台坏掉的手推车。

道路变宽了，就出现更多的建筑物。“以前有比较多的店面，”乔治语带歉意，仿佛是他害小镇没落一样，“可是金融危机之后大部分都倒闭了。人口不够多，成本就赚不回来。”

她提醒自己，至少她可以亲眼看看吉米·库根街，至少有点收获吧，但她还是很难振奋起来。她刚来的时候小镇给她的感觉很糟，现在她睡饱、洗过澡，能够慢慢参观，竟然感觉更糟了。

平坦、广阔的大平原激发出独有的建筑风格，房屋低矮而占地广大，融入周围的大草原，城镇中心铺设着美观的木栈道，形式介于门廊与步道之间，让人可以悠闲逛街看橱窗，这种特色为很多小镇营造出静谧温馨的气氛。

然而，破轮镇只是白费砖块、柏油与水泥。建筑确实低矮，但只是因为从来不需要超过两层楼的空间，最近甚至连一层楼都用不到。四周没有开阔的大草原，粗糙的红砖建筑融入一条派不上用场的大马路，那条马路几乎没有车辆，州际公路就在附近，因此变得很多余。

乔治让她在镇上下车，自己则躲进格蕾丝的餐馆。莎拉随意乱逛，没多久便停下脚步，小镇的气氛让她感到无力。破轮镇有种悲哀的色彩，仿佛建筑与道路都染上一代代的艰苦与失望。有一群男人站在街角，他们的年龄肯定超过五十岁，甚至可能已六十好几了。他们全都穿着旧 T 恤，一脸疲惫沧桑，很难判断年纪，但他们散发出一种无所事事却又坐立不安的氛围，很像聚集在购物中心的青少年。她在书店上班时经常看到这样的人，仿佛生活已经无法带给他们什么，而未来却又遥不可及。

这里真的是艾美的破轮镇吗？艾美的弟弟曾经在这里办过《歪农报》，而一位小学老师用三轮车载着书本充当流动图书馆，但这里真的是同一个地方吗？

无论如何，她继续在街上走，主要是为了避开那些人的视线。他们并没有恶意，只是过于专注地看着她，因为没有其他东西可看了。只要找到吉米·库根街，说不定艾美的小镇就会神奇现身，有木造墙面、裙装妇女，像阿米什人[1]一样过着遗世独立的生活，如她看着艾美的信件时所想象的一切。

正午烈日无情地照着一间间空店面，许多店面确实有着漂亮的老旧木造墙面，隐约能看出这个镇曾经那么有魅力、那么有活力。但店面本身破坏了这个印象，一些橱窗被胡乱地遮起，一些更是破了没修复，也没有钉上木板。

几家店面外面种了树，不知是多久以前种下的，枝干很瘦弱，感觉根从来就没有长好，而十字路口一边的尽头有片空地，感觉好像要建公园却没成功，这个镇没有其他可看之处了。

她来回走了两趟，终于找到吉米·库根街，而且是靠删除法找到的。这里没有路牌，而且街道本身只是条暗巷，两边耸立着砖墙。

经过这次打击，她彻底泄气了。她在餐馆前停下脚步，大门上方有块招牌，红底金字，虽然字迹模糊，但隐约能看出“神奇格蕾丝”字样。格蕾丝本人招手要她进去，能有人替她决定应该做什么，她心中非常感激。

没等她点餐，格蕾丝就直接倒了一杯咖啡给她，接着拿出一大块粉红色的绞肉，便往身后的煎盘上一拍。

餐馆里没几个人。外面只停着三辆车，两辆是布满灰尘的褪色蓝色小卡车，以及一辆充当修路车的白色厢型车。有一张桌边围坐着三个穿黄色反光外套的男人，他们吃着煎蛋培根、喝着咖啡，感觉像是提早的晚餐，而不是晚吃的午餐或非常晚吃的早餐。乔治坐在最里面的角落，独占了一张桌子。

“没什么好参观的，对吧？”格蕾丝说，将壮硕的手臂再次搁放在柜台上。

1　阿米什人，基督新教再洗礼派门诺会中的一个信徒分支，以拒绝汽车及电力等现代设施，过着简朴的生活而闻名。

“很漂亮的小镇。”她自己也觉得言不由衷。

“根本是个破烂坑，换作是我，我才不会留下来。”她停顿一下，以加强效果，“听我的劝，趁能跑的时候，就快点离开吧，我从来不懂外婆为何要留下来。”她点起一根烟，几乎毫无中断地说下去，“乔治是你的司机吗？我不爱八卦，但是他状况不太好，可能需要一点鼓励。他老婆跑了，从那以后他才开始喝酒，你知道的，也不是每天喝啦，但他就喝一阵子、戒一阵子，勉强保住了屠宰场的工作，继续做了几年。”

格蕾丝毫无顾忌地大声说着，但乔治完全没有反应，好像没听见一样，或许选择性耳背是他被迫训练出的特技。

“其实他被炒鱿鱼也是好事，手会抖的人不太适合那份工作。”她对莎拉挤眉弄眼，“搞不好一闪神，手就没了。”她急忙澄清，“现在他戒酒了，已经一个多月没碰酒，真是个好家伙。”

她强迫自己喝一口咖啡，但味道太淡了，而且有股隐隐的焦味，是在保温板上放太久的结果。

“你为什么自称格蕾丝呢？”

“我老妈叫格蕾丝，她老妈也叫格蕾丝，而她老妈的老妈也叫格蕾丝。”莎拉担心她会一直追溯下去，“可是偏偏我叫作玛德莲，有教养的老派淑女才适合这个名字，那种一碰就会昏倒的女人，或是结婚成家后，就乖乖在手帕上绣上姓名缩写的女人，而且还是冠夫姓之后的缩写。取这个名字的女人不适合成天煎汉堡，也不适合用锯短枪管的猎枪赶跑酒醉的粗工。”

“或许她希望你觉得你该从事其他的工作？”莎拉小心翼翼地问，并战战兢兢地从咖啡杯上缘的角度偷看格蕾丝，生怕这句话激怒她。

格蕾丝似乎不以为意。

她说：“这不只是工作，这是家族传统。我家族的女人每个都很强悍，每个都卖酒，每个都叫作格蕾丝。”

她将煎好的汉堡肉往面包上一拍，力道非常大，莎拉有点担心会反弹出去。接着她盛起一堆薯条放在汉堡旁，最后用力把盘子往前推，虽然有些摇晃，但还是平安抵达莎拉的面前。

“我妈爱上一个男人，他在破轮镇外面有个小农场。”格蕾丝接着说，“你知道那个笨女人做了什么吗？”

莎拉不敢猜，但格蕾丝立刻说了下去。

“她结婚了，两年后我出生时他们还是夫妻，不是私生子的格蕾丝。这下可闹得谣言满天飞了，那时外婆还在世，也还在经营酒吧，我妈和她老公从来没有被接纳，我个人觉得这样也好。”

格蕾丝点起一根烟，莎拉怯怯地咬一口汉堡。

“我妈很努力想让外婆接受他们，你有过这种经验吗？”

莎拉思考片刻后，接着回答：“不确定。”不过，她猜想每个人一定都会面对这个问题，可能只是在不同的人生阶段。

“毫无意义。”格蕾丝说，“假使你照他们的规矩来，他们每次都会把你打得落花流水。俗语说得好，不要和白痴吵架，否则你的水平会被拉到和他们一样低，然后他们再凭经验打败你，这个道理也适用于人生。”她将烟灰弹进已经爆满的烟灰缸中，“千万不要照白痴的规矩生活，因为你的水平会被拉低，他们会赢，而你在过程中会非常痛苦。”

她注视着莎拉。“看看卡洛琳吧，她比她老妈还无趣，这可不容易。罗德老太太乏味至极，不过她至少还有点态度，够高傲。卡洛琳年轻时，总委屈自己满足别人的期望，现在则是一直将她的期望强加在别人身上。”

莎拉没有说话，她觉得卡洛琳不像是会为了别人的期望而委屈自己的人。或许，她只会为了自己的期望而委屈。

二〇一〇年一月十四日

莎拉·林奎斯特　收

亲爱的莎拉：

书店！在书店上班一定很愉快吧？破轮镇从来就没有书店，但以前曾有三轮车的流动图书馆，镇上教小学的安妮老师决定在学校开设图书馆，每星期六把书载到镇上分享。书的数量一直都不多，但我们所有的，就堆在安妮老师的三轮车上，乱糟糟的。书中的冒险故事多么精彩啊！我借到流动图书馆的《小妇人》，作者假道学的语气很适合故事里的氛围。还有《汤姆叔叔的小屋》，我猜大概是不小心混进去的。虽然破轮镇很多人的祖先支持废奴运动，但他们大概猜不到我从哈丽叶特·比切·斯托[1]的书中学到了很多自由派的价值观。对一些人而言，基督信仰、自由主义与共产主义只有一线之隔。可想而知，车上也有一本《圣经》，但那时候我已经读过里面的故事了。

流动图书馆在镇上一直延续着，直到我上小学时才被废除。不过，到了图书馆留存的最后那段时间，它也和以前不一样了。政府给了我们一笔款项来购买指定的书籍，学校图书馆总让我们觉得很没劲。同一本书的教学版就有二十本，好像所有人都该读一样的书。我们镇上的人本来就不爱读书，大概是因为我们太务实。必须爱做梦才能享受阅读，这是基本的条件，我猜想大一点的城镇或许不一样吧。希望镇有图书馆，但没有书店，一个镇上都有三间家居饰品店了，却没有书店，这种感觉很奇怪，你说呢？我说的是希望镇。我们没有家居饰品店，原本还有茉莉小铺，但关门大吉之后就一家都没有了，不过，反正她也只卖陶瓷玩偶。

我的好朋友卡洛琳·罗德刚刚来拜访，她人很好，但是非常热衷教会活动。她告诉我，其实镇上有类似书店的地方，《圣经》协会（卡洛

---

1 哈丽叶特·比切·斯托（Harriet Beecher Stowe，1811—1896），美国作家，知名作品为《汤姆叔叔的小屋》。

琳是破轮镇分会会长）在教区会所有个专区，里面放了二十本《圣经》，一本卖五美元，但只要能证明家中没有《圣经》，就能免费拿到一本。

抱歉，我今天写得太长了，目前我被命令要卧床休养，因为有太多时间了，所以我就可以巨细无遗地讲这些事情。

关于我的人生，没什么可说的，不过，很感谢你问起。年轻的时候，我相信所有老人家都有精彩刺激的故事，大概是因为我在乡下长大吧，所有家族好像都有黑暗的秘密、神秘未解的怀孕、差点儿被耕耘机或收割机撞死，不然就是自然灾害。这些事通常都有《圣经》里的故事那么大的规模，有一次还真的发生了《圣经》里的场面，好像是一九三四还是一九三五年吧，我们遭受了大批蝗虫的袭击。然而，现在我们的生活似乎变得平凡无奇，我对年轻人的生活比较感兴趣，那样才真是精彩刺激呢。

当然，镇上所剩的年轻人不多了，我认为那些“我那辈”眼中的小朋友也都长大了，所谓那些小朋友，就是他们还小的时候，我已经是成人了，而克莱尔、安迪、汤姆都已经三十多岁了。汤姆是我的侄子，我弟弟罗伯的儿子；而克莱尔有个十七岁的女儿，她就是神秘怀孕的案例之一。我认为孩子的爸爸应该不是汤姆，我从来不认为是他，不过，我曾经怀疑是否为安迪。不过，他在差不多同一个时期搬去丹佛了（有人觉得他离开的时机很可疑，但我个人有时觉得是他父亲故意散播这种谣言，不过，还是没有人相信）。安迪带了一个叫作卡尔的朋友回来，他们非常亲密，卡尔人很好，虽然他英俊得让人受不了。我很难原谅有人能长得那么好看，不过卡尔是个特例。

卡洛琳想知道你有没有《圣经》，我擅自说你应该有。

顺颂时绥！

艾美·哈瑞斯敬上

一位我们小镇上的游客

倘若莎拉知道她在镇上引发了多少讨论，一定会感到万分诧异，她无趣、平凡，长相又不是特别漂亮。

真要说的话，莎拉绝对会第一个先承认她并没有特别出色的美貌。七岁那一年，她就被逼接受自己老鼠色的发色，根本无法否认。即使你人再怎么好，也说不出那是金红色或栗棕色，或者像她阅读的那些书中所描述的女主角发色的字眼。除此之外，她对时尚风格向来毫无概念，至少她妈妈曾给她最大的赞美还有“干净整齐”。

然而，破轮镇第一次有一位真正的游客。

莎拉初次造访“神奇格蕾丝”之后，第二天镇上最年长的两位居民便以她作为谈资。她们去餐馆喝咖啡，单纯是为了打听镇上新来的游客有什么新八卦。

“她来得正是时候。”其中一个人说。她坐在吧台尽头，从远处很难看到她，原因之一是她天生就清瘦的骨架，而年老之后又严重缩水了。另一个原因则是她烟瘾很大，随时被烟雾包围。尽管表面上，公众场所禁烟早已施行了好些年，但因为格蕾丝自己开了先例，于是葛楚德也觉得没必要客气。即使葛楚德没抽烟的时候，烟雾依然不会完全散去。葛楚德也爱喝酒，烟、酒和她的料理（她热爱酒和脂肪，能够两者合一更理想）都没能要她的命，而她的两任丈夫都巴不得她早点死，但最后是饮食和二手烟让他们先一命呜呼，她当了两次寡妇。

葛楚德接着说：“刚好在办葬礼，办葬礼的时候镇上最体面了，有事总比没事好。”

她的朋友阿梅挥手要散开烟雾。

她说："而且寓意好，每个人都穿上好看的黑衣服，还有很多的食物。"

葛楚德说："我送了我的独门玉米料理过去，当然啦，我特意多加了培根。"

两个女人满怀期待地望着格蕾丝。

格蕾丝往前靠在吧台上，说："她是个不错的女人，昨天来过，至少待了一个钟头。她刚到镇上我就见过她。"

"是吗？"葛楚德说，这样便足以激励格蕾丝继续说下去。

"人很不错，可是稍微有点怪。她进来的时候抱着一本书，紧紧抱在胸前，仿佛只能靠那东西对抗世界。第一个见到她的人是我，所以我最清楚。不过是一本书，哪有什么保护作用啊！但一把好猎枪就不一样了……"她一派睿智地留个话尾要等人接，但葛楚德和阿梅都很清楚她的毛病，不想让她又说起家族逸闻。既然没人接话，格蕾丝只好自己说，"好吧，那也没啥好说的，我们格蕾丝家族每一个世代都有自己沉迷的东西。有位格蕾丝老祖宗迷上一个警长，结局不太妙，大家应该都猜得到，最后她被赶出了那个镇。"

阿梅对故事没有评论，反而问："她会留下来吗？"

"有什么理由不留啊？"葛楚德不耐烦地反问，因为她自己想不出其他可能。

阿梅有一头单薄的白发，绾成一个松松的发髻，一副温柔老祖母的模样，五十年来没有变过。她没有结婚，只能说是大自然残酷的安排。如果真的子孙众多，那么长得像个老祖母当然没问题，但对于还想"有搞头"的人而言，未免不太合适了，还非常讽刺，阿梅向来喜欢男人胜过小孩，小孩一点都不浪漫。

"我觉得她会遇到好对象。"她说。

"遇到好对象？"葛楚德语带戒备。

"你知道的，人们都会遇到的。"阿梅辩驳。

“人们到底是谁啊？”

“来到新城镇的单身年轻人啊，故事都是这样的，就连男人也不例外。”

“男人呀。”格蕾丝说，她的语气显然觉得没必要为男人多费唇舌，“假使她脑子稍微清楚一些，就该立刻闪人，不值得留在这个小镇。”

“有哪个镇值得留下呢？”葛楚德问，“无论如何，我们比欧洲好多了。”

书与人

一个瓦斯炉。

究竟要怎么打开瓦斯炉呢？万一出错可怎么办？

莎拉这辈子第一次碰到瓦斯炉。住在父母家时，那里的炉子非常一般，但看得出来很贵，表面是闪亮的黑色大理石所制，搭配镀铬的炉具。后来，她独自住在汉宁根的公寓，那里也有一个比较旧却很常见的炉子，老式的电热盘曾经是白色的，到她手上时早已发黑。

她在艾美的厨房里观察了好几天，在瓦斯炉前转来转去，就是不敢点燃。她脑中隐约有个概念，就是点瓦斯炉要用到火柴，她甚至鼓起勇气，也在橱柜抽屉找到一盒火柴，但勇气很快便弃她而去。

有时候，她觉得这房子就是要恶整她。或许，是因为她没付房租所以良心不安，导致她疑神疑鬼的，她总是想摆脱一个直觉，就是艾美还在世时，就已有很多房间存着不快乐的气氛了。客厅里连一本书也没有，只有一张黑色皮沙发，这并不足以为任何人带来快乐。

她思考了半天，就在即将要下定决心再吃一次冰冷的晚餐时，电话响了，她整个人呆住了。

快动脑，莎拉。

电话继续响个不停，尖锐刺耳，没完没了。

无论怎么做，一定都万分痛苦。很多人知道她住在这里，但一定还有人不知道。她突然接了电话，万一是不知情的人打来的，一定很尴尬。万一对方根本不知道艾美已经过世了，那更会尴尬到难以承受。

铃声停了。

她很后悔没有接，她现在几乎可以笃定，应该要接才对。这时电话再次响起，她再次陷入犹豫不决，最后她接起电话，说声“我是莎拉”，单纯是因为不想继续伤脑筋了。

电话另一头传来温暖开朗的声音：“莎拉，我是安迪，我们在葬礼上见过。”

“安迪！”她一说完立刻担心会不会表现得太热络。她其实不记得在葬礼上曾见面，但艾美在信中说了不少他的事。

“今天晚上要不要来广场坐坐啊？来喝几杯，和破轮镇的人聊聊，随性放松一下，保证啤酒冰凉，人很和善。”

她看看瓦斯炉，但炉子不回应她，于是她结巴了一会儿。

当然，陌生人很可怕，不过，她感觉好像已经认识这些人了，更何况这是个可以出门的好机会。

她回答：“谢谢，我很乐意。”

“太好了，我们六点去接你。不会麻烦啦，不用客气。”他急急忙忙地说，而她甚至还来不及顾虑会不会麻烦到他。

五点，她已经尽可能做好准备。她完全将晚餐抛在脑后，花了一些时间翻找衣物，想找出不错又不会太隆重、漂亮但又不会太过头的装扮。她很满意这样的结果，有笔挺折线的灰色长裤，让她看起来几乎可以算是高雅。黑色 V 领上衣稍微收腰，展现她纤细的身段，秀出锁骨与一点点乳沟，也涂了淡淡的睫毛膏和眼影。

此刻，她正坐在厨房里，挺直背脊，尽可能不弄皱长裤，也不弄花睫毛膏。但她心中欢喜若狂，终于能见到艾美口中的小朋友了。虽然她亢奋的情绪与飞快的脉搏，部分可能的确是因为紧张，但那不同于她平常那种怕面对陌生人的畏惧。这次，她突然觉得什么事都可能发生，就好像艾美透过她的那些年轻朋友回到人世。莎拉认识他们，就像她也认识伊丽莎白・班奈特、杰克・李奇、攸瑟娜西雅・邦德森[1]这些主角那样。这些人从不曾让她失望，她深信安迪和其他人也是一样，吉米·库根街带来的失望情绪瞬间烟消云散。

一辆红色小卡车停在屋外，她急忙站起来，叮咛自己不要表现得太白痴。“他们又不认识你。”她提醒自己，“对他们而言，你只是个陌生人，不仅对他们一无所知，对艾美的小镇也一无所知。”想到这里，她不禁莞尔。

她十分确定，从车上下来的那个人并不是安迪，他的动作有种紧绷又不甘愿的感觉，完全不符合电话里那个温暖的声音，也不符合艾美信中所描述的模样。

“我是汤姆。”他说。

“我是莎拉。”她惯性地回答，同时困惑地呆望着他。他的双眼周围有细细的笑纹，但他没有笑容。他的眼睛是很深的灰绿色，像十一月的大海，眼神也同样冰冷。他的肢体语言流露出疏远与烦躁，她不知道自己究竟做错了什么，竟然让素未谋面的人讨厌她。毫无疑问，他确实讨厌她。

一瞬间，她的世界失去重心，就好像看到吉米·库根街时那样，虽然不严重，但已足以让一切感觉扭曲而不真实，却又无法确切地指出究竟发生了什么改变。

他穿着牛仔裤和T恤，相形之下，她的灰色长裤显得非常荒唐、突兀。她原本觉得这条长裤让双腿显得优雅，但此时幻想破灭了，她的腿变回瘦巴巴的竹竿腿，整个人也回到原本平凡至极的模样。

莎拉，这样的事情不是早就发生过了吗？如果只是因为见到艾美的那些“小朋友”，你就以为会有什么不同，那是你自己的问题，谁叫你

1　伊丽莎白·班奈特为英国作家简·奥斯汀（Jane Austen，1775—1817）的小说《傲慢与偏见》中的女主人公。杰克·李奇为英国作家李·查德（Lee Child，1954— ）的小说《杰克·李奇系列》中的主人公，为一名退役宪兵。攸瑟娜西雅·邦德森为小说《巴比之街》中的女主人公。

这么蠢，涂什么睫毛膏？大白痴。

她稍微感到安慰，至少她习惯了。

“安迪要我来接你。”汤姆语带指责，好像认为是她的错。

“我可以用走的。”

“是吗？”

她很想转身回屋里去，万一安迪也这么不友善，她恐怕会受不了。但汤姆已经开了车门，扶了她的手肘一把，好帮她坐上车。

“那么……你就是莎拉啊。”他的语气很疲惫，显然认为对方要回话才有礼貌。

莎拉不擅长聊天，她想不出该说什么，于是干脆不开口。她不知不觉抓住外套口袋，里面塞了一本平装书，只是以防万一。汤姆显然不想和她说话，但她恐怕也不能真的拿出书来看。人实在很奇怪，他们明明对你毫无兴趣，但只要一拿出书来，就变成是你没礼貌了。

车子一驶出艾美家门前的小路，四处的玉米田立刻包围上来，她不确定是该感到安心还是感到危险。

“爱读书的莎拉。”

一瞬间她怀疑他是不是会读心术。

“你在口袋里藏了一本书吧？”他的语气越来越淡漠了。

“书里的人都很不错。”她嘀咕着，说得非常小声，以为他不会听见，但她偷瞄他一眼，却发现他的一条眉毛在抽动，“你不觉得吗？”

“不。”他说。

她知道大部分的人都不会那么想。“可是书里的人比较有趣、比较迷人、比较……”和善，她在心里想。

“安全？”

“也是。”她笑了出来。

但他似乎再次失去兴趣，既不想说话，也不想理她。“但他们不是真实的。”他说出这句话，好像就此为这个话题画下句点。

真实，真实有那么重要吗？艾美过世了，莎拉和一个明显讨厌她的人同车。在书本的天地里，她想做什么人都可以，想去哪里都没问题。她可以强悍、美丽、迷人；她可以在最佳时刻说出最佳台词；她可以……体验，真实的体验，发生在真实人们身上的真实体验。

书中的人和善有魅力，生命循着一定的模式发展。如果一个人有梦想，几乎百分百可以实现，到了故事尾声，他一定在做他梦想的事，而且一定能找到相伴逐梦的人。在现实世界里，那个人几乎百分百会做与梦想无关的事情。

“书中的人本来就该比现实好。”她说，“更伟大、更风趣、更美丽、更悲惨，也更浪漫。”

“换句话说，一点也不真实。”汤姆的语气很不屑，以为她像小女生一样满脑子罗曼蒂克的幻想，英雄、佳人、真爱。

“当书本谈到现实的时候，会比真实人生更现实。假使故事的主题是毫无意义、灰暗无趣的平凡日子，那么一定会比你我最毫无意义、灰暗无趣的日子，还要毫无意义、灰暗无趣。”

莎拉觉得他好像拼命在憋笑，但他的笑容出现得突然，消失得也一样快。“在葬礼前两天，艾美跟你订的书寄到了。”一说出这句话，他们肯定聊不下去了。

那一瞬间，莎拉脑中冒出一个想法，让她觉得自己好自私。书在哪里？她的十三本书撑不了多久。最近她整天在看书，这样下去很快就会看完了。

广场酒吧的建筑巨大而厚实，周围有许多空荡荡的停车位，酒吧堂皇矗立在柏油路面上。汤姆停车之后张望一番，仿佛第一次看到这家酒吧。然后他摇摇头，帮她开车门。“我好像应该先讲一下安迪和卡尔的事。”他说，“他们……呃……在一起。大家都很体谅，不太提这件事。”

“我知道。”她说。汤姆扬起一条眉毛，但没有多说什么。

整间酒吧除了他们只有两个客人，一个好像睡着了，另一个则不停地吃装在碗里的花生。莎拉没想到，原来美国人真的会戴牛仔帽，她转身兴冲冲地想告诉汤姆，但他一副司空见惯的表情，于是她决定现在不说这些。

他打手势要她继续往前走，然后跟着她走向吧台。她小心爬上高凳，他将另一张高凳拉到她身边，一个潇洒的动作轻松坐上去。

看到安迪，汤姆笑了。她第一次看到他真心诚意的笑容，他一笑，看起来年轻多了。

她根据艾美信中的描述所想象的安迪，与真实的安迪完全不同，唯一相似之处是眼眸中孩子气的神采，似乎暗示他依然期待生命充满冒险刺激。

他对她露出大大的笑容，好像深信他们一定会变成好朋友，那个笑容令人难以抗拒。然后，他来回看着汤姆与莎拉，那眼神令她脸颊发烫，汤姆调整一下凳子拉开距离。

“欢迎光临广场酒吧。”安迪说，“历史性地标、源源不绝的酒，我接手之前就是破轮镇的欢聚场所。”他指指四周。

莎拉愣了一下。

“我接手经营才……多久？”他用眼神问汤姆，“七年吗？真的有那么久了？亚伯逝世之后我就接手了，那时候他严重沉迷乡村女歌手，到了令人忧心的程度。”

莎拉渐渐放松，显然她不必参与谈话，安迪一个人就够热闹了。

他拉长上身越过吧台。“他老婆跑了，他寻求安慰的对象不是凯许、威廉斯、尼尔森，而是桃莉、爱米罗、佩西、罗瑞塔、塔米。整整五年，那些女歌手失恋悲伤的歌声让广场气氛低迷，直到迪克西女子乐团发表反战宣言，终于一举结束了他的痴狂。”

“噢，安迪，真是够了。”这个故事汤姆显然听过太多次。

"他是烧唱片的先锋，为了抗议她们对布什与伊拉克战争的诋毁，他在前院用一个绿色垃圾桶烧她们的唱片。我还留着，那是历史，你懂吧？一星期后他就过世了，没有人当真以为是这件事造成的，但很难不去联想，对吧？那时候我带着卡尔从丹佛回来，就在这里定居下来了。"

"音响再次放送起乡村音乐。"汤姆悄声对她说。

确实如此，但莎拉不知道到底是哪位歌手的哪首歌。

"在那之后，我们就一直在这里了。"

汤姆点了两瓶啤酒，莎拉想付钱，但没有成功。汤姆只是默默拿出他的钱，安迪当然不会收她的钱，汤姆很清楚。

她希望汤姆可以让她付钱，因为被讨厌自己的人请喝酒，有种悲哀的感觉。他坐在那里，一言不发，动也不动，似乎觉得不管身在哪里，都比在酒吧里坐在她身边好。她慎重地喝了一小口啤酒，后悔不该离开艾美家的厨房。

安迪说："卡尔，过来跟艾美的客人打声招呼吧。"

卡尔从吧台的另一头走来，莎拉满怀期待转头看，整个人都愣住了，原本要喝的啤酒停在半空中。他真的太帅了，就像是从禾林[1]爱情小说的封面里走出来的。虽然他穿着朴素的白T恤而不是紫色丝质衬衫，但并没有影响整体效果。

她努力隐藏震撼，对他伸出一只手，然后才想到认识新朋友时好像不该面无表情。

于是她挤出轻松的笑容。

卡尔匆匆握一下她的手，然后退到墙边，好像担心她会扑上去，即使中间隔着整个吧台还不够安全。她能理解，有那种长相，最好还是谨慎为上。

1　禾林出版公司（Harlequin Enterprises Limited），总部位于多伦多的出版公司，以出版爱情小说为主。

“像禾林小说一样。”她低声说。汤姆对着啤酒嗤笑。

“你常看爱情小说吧？”他问。

“每个女人至少都看过一本。”她说，“禾林的销售量超过六十亿本，每个月都会推出一百本新书。光是在瑞典便卖出过一百五十万本，我们的人口只有九百万。相信我，即使算上那些藏书塞满好几个抽屉的爱情小说书迷，这依然是一个统计学上的事实，每个女人至少都看过一本。”她看着汤姆，“很可能，大部分的男人也看过。”

“啊！”他似乎有点惊讶。

她耸肩。“之前我在书店工作。”

“你卖过很多禾林小说吗？”

“其实也没有，吉莉·古柏和朱迪思·克兰茨[1]的作品，算是我们店里最类似禾林小说的书了。”

安迪再次为他们送上啤酒，她拿出钱，但他只是摇头。

“那么，莎拉，你来这里做什么？”汤姆说，关于书本的话题显然结束了。

“来度假。”她断然说，“我想找人商量一下艾美房子的事，我一直在那里白住，不付房租感觉很怪。”

“付房租？”安迪说，“你打算付给谁？汤姆吗？”

汤姆似乎觉得这件事很倒胃口，但免费白住就是不对。

“艾美希望你住在那里。”安迪说。

“一定有人可以收我的钱吧？”

“她不会让你付的。”安迪说。

“可是我们讲好了，她保证我可以支付相关费用。要知道，我不可能带那么多书来抵偿，北欧航空只有二十三千克的行李额。”

1　吉莉·古柏（Jilly Cooper，1937— ），英国爱情小说作家。朱迪思·克兰茨（Judith Krantz，1928—2019），美国爱情小说作家。两人作品均属该类型经典，曾被改编为电视剧或迷你影集。

“即使如此，你真的来了以后，她绝不会让你付钱。”安迪说，“有什么关系？她希望你住下。她病了那么久，既然邀请你过来玩两个月，一定想过她可能会在这段时间死去。抱歉，汤姆，不过事实如此。”

“她知道自己快死了？”莎拉呆滞地问。

艾美知道自己快死了？她用力握紧啤酒瓶。

“她一直生病，好几年了。”安迪的语气有些不自在，“只是最近更需要经常卧床，她走的时候没有人觉得意外。不过呢，你倒是个大意外。”

既然艾美知道她可能在这段时间过世，为什么还邀请她来呢？谁会邀请人来陪伴自己过世呢？莎拉莫名产生了一种被背叛的感觉。对她而言，认识新朋友一直是个挑战。当初，要在别人家里住上整整两个月的主意也曾让她很害怕，但艾美的书信有种令人安心的感觉，而且她知道艾美和她一样都很爱书，这让她鼓起勇气，想要把握这次机会。

“不然你去希望镇好了。”汤姆说，“那里有家很正派的汽车旅馆，你在那里应该会比较舒服。”

“希望镇？”安迪气冲冲地说，“她干吗去那里？这里明明就有免费的房子可以住。”

他将一小杯烈酒送到她面前，她试探地尝了一口，然后做了个苦脸。是威士忌，说不定有帮助。她一口喝干，呛得咳个不停，安迪给她重新斟上，她点头道谢。

酒吧后面有个冰柜，上面贴着酷尔斯啤酒和百威啤酒的海报，顶端挂着一串彩色小灯，灯光在她眼前闪烁，倒映在镜子中非常美丽，节日气氛欢乐到令人心烦。

“你真的没必要留在镇上。”汤姆的语气感觉很疏远。怎么会有人明知道自己可能在客人停留期间死去，却还邀请一个素未谋面的陌生人来家里？太莫名其妙了，莎拉再次大口干掉威士忌。

“汤姆，你不是一向最爱破轮镇的吗？就连我们年轻的时候，你也没想过要离开。我想出去看看，体验外面的世界，克莱尔想做一番大事，可是你……你一直打算留在镇上，帮助你爸爸——”

“对，可是他过世了。”汤姆说。

莎拉抬起头。“很遗憾。”她含糊地说，并没有特定的对象，四周所有东西都在转。

“经营农场。”

“可是农场已经卖掉了。”

“帮助麦克维持家族事业，你总是那么尽心，总是在这里。”

“对，看看我的下场。”汤姆显然不想继续说下去，“你究竟为什么想来这里？”他问莎拉，但她不知道如何回答。

干脆喝到不省人事好了，她想，便猛灌几大口啤酒。她从来没有喝醉过，所以不确定这是否有助于解决问题，好像常常有人喝醉，所以或许有些帮助吧。不过呢，假使她的同事可以作为参考，喝醉似乎通常会造成更多问题。

“莎拉？”汤姆说，她抬起头，“要再来一瓶啤酒吗？”

她点头，就算会造成问题应该也很有限吧。

“有那么多地方可以去，你怎么会来这里？”这次换安迪问。

还不是因为艾美。“有什么不好？”

“你以前知道世界上有艾奥瓦这个地方吗？”

“当然。”

“你对我们有什么了解？”汤姆问。

她知道他父亲曾经办过报纸，但就在快说出口时，她决定还是别说比较好，改口说：“我知道有只猫。”

他们的反应不如预期。

“图书馆里的猫。”她解释，“杜威·乐读·布克斯[1]，你们应该听说

---

1 杜威·乐读·布克斯（Dewey Readmore Books），史班赛市图书馆员工于还书箱中拾获的小猫，后来成为馆猫，该馆馆长将相关故事写成《图书馆的猫》一书。

过吧？”

安迪说：“老天，你怎么会知道史班赛市的猫？”

“艾美——”莎拉说到一半停住。

“有一本相关的书，八成是这样。”汤姆轻蔑地说。

她猛灌威士忌，或许真的有帮助。

那天晚上散场时，因为她笨手笨脚的，在爬下高凳时差点儿摔倒，汤姆不得不出手搀扶。她知道自己喝醉了，但没有醉到可以让所有问题烟消云散。她很失望，如果不能让心情变好，为什么大家要喝酒呢？可能是她还不够醉吧。

汤姆也得帮她扣上安全带，她看着他，不知道他究竟是好是坏，她摆出奇怪的表情。

他察觉到她端详的眼神，扬起一条眉毛，然后转动钥匙，发动车子。

“其实你也可以对人很好？”她更像在评论，而不是发问。

他微笑说：“听说是这样的。”

她点头：“真不错。”

她将头靠在冰凉的车窗上，闭起眼睛。

他送她到门口。“你没问题吧？”他问。

“当然。”她信心满满地说，加上一句“晚安”来强调她没事。现在喝醉了，她确实觉得比较有勇气，这种感觉棒透了。但并非因为威士忌，而是因为艾美的欺瞒，既然艾美明知来日无多，还把她拐来美国，那么，她住在这个房子里也就没什么好愧疚的了。她这么告诉自己，然后东倒西歪地大方走进去，完全当成是自己家。

她要先去睡了，明天早上再决定该怎么办，然而，经过艾美的卧房门前时，她停下了脚步。

书！

这栋房子里一定有书。她带来的那几本书虽然不多，但已经是她所能塞进行李箱的最多数量，她甚至拿出了几件衣服和备用鞋，而且其中几本她已经看过了，对她而言，比较像熟悉的旧识，而不是刺激的新朋友，艾美一定有更多可以让她看的书。

她站在门口片刻，身体摇摇晃晃的，她嘲笑自己摇晃的动作，同时缓缓打开门。

她沉沉地坐在床上，惊奇地看着四周。

艾美的卧房就像她梦想中的图书馆，正中央有张大床，艾美最后的时日一定整天躺在这里，因为她口中“无聊的小毛病”而渐渐死去。每面墙都排满书架，床头柜上有一堆书，最上方是一本艾奥瓦空拍摄影集，封面上有玻璃杯留下的一圈水渍。

有人拿走了玻璃杯，整理了床铺，也打扫吸尘了，但房里依然有种密不通风的感觉，艾美在世的时候一定不是这样。

一边的墙上有扇没有窗帘的窗户，那是整面墙唯一没有被书本覆盖的地方。由莎拉坐着的地方可以看到树梢在风中摇曳。房间转个不停，书本在她眼前闪动，至少有几百本，甚至可能有几千本。

书本就像七彩霓虹，有厚有薄，有些书很华丽，图文并茂，有些是便宜的平装版，也有真皮封面的全套典藏版旧书，类型各不相同。有些书按照字母顺序排列，有些照类型排列，有些则完全看不出分类依据。

她呆坐在床上，看着那些书本、色彩、生命与故事，瞠目结舌。

这里有简·奥斯汀的全套作品，以及一本传记、一本书信集。勃朗特三姐妹的作品一应俱全，但她显然特别偏爱夏洛蒂，光是《简·爱》就有三种版本，还有一本《维莱特》和一本传记。有好几本美国总统的传记，就连共和党总统的也有，以及一本本大部头的民权运动记录，当权派与反对派之间取得合适的平衡。

还有保罗·奥斯特、哈丽叶特·比切·斯托，很多本的乔伊斯·卡罗尔·欧茨，以及几本托妮·莫里森。此外，还有一本王尔德的戏剧集，几本狄更斯，但没有莎士比亚。[1]哈利·波特系列一本也不少，全是精装版。旁边的书架上放着安妮·普鲁的作品，这些莎拉全都看过，而普鲁是她最喜欢的作家。《船讯》同时有精装版和平装版，其他则都是平装版，看得出来经常翻阅。

几本菲利普·罗斯，菲茨杰拉德的《夜色温柔》，另外，还有大批惊悚小说，各家各派都有：丹·布朗、约翰·葛里逊、李·查德。莎拉非常开心，不亚于刚才发现普鲁作品的时候。书架上也有几本克里斯托夫·鲍里尼的书，有《龙骑士》《长老》，以及《帝国》[2]。莎拉不得不暂停休息，往后倒在床上。

过去这几年艾美的生活也许很平淡，整天关在房间里，但她一定与死神搏斗到最后。莎拉能理解她为何一直不肯承认自己病重。那么多书她再也无法拿起，那么多故事她无缘阅读，那么多作家她永远不会发现。她一定很害怕吧。

那天晚上，莎拉在艾美的图书馆待了好几个小时，思考着人类写下的字可以永远流传，但人的生命却那么有限，并且为这个她从未见面的女人而哀悼。

1　保罗·奥斯特（Paul Auster，1947—　），美国作家，善于描写人生之无常与无限。乔伊斯·卡罗尔·欧茨（Joyce Carol Oates，1938—　），美国作家，主要描写美国各阶级现实生活。托妮·莫里森（Toni Morrison，1931—2019），美国作家，1993 年获诺贝尔文学奖。王尔德（Oscar Wilde，1854—1900），爱尔兰作家及戏剧家。

2　菲利普·罗斯（Philip Roth，1933—2018），美国作家，知名作品有《再见，哥伦布》。菲茨杰拉德（F. Scott Fitzgerald，1896—1940），美国作家，知名作品有《了不起的盖茨比》。约翰·葛里逊（John Grisham，1955—　），美国作家，作品多为与法律相关之惊悚小说。克里斯托夫·鲍里尼（Christopher Paolini，1983—　），美国奇幻小说作家。

二〇一〇年二月二十六日

莎拉·林奎斯特　收

亲爱的莎拉：

我完全赞同你对《圣经》的看法，其中有那么多精彩的故事，可惜没有被妥善编辑。我能够理解，第三、四本《福音书》会让人觉得很腻。读到这里，已经很清楚故事的结局。我一直觉得最棒的故事都在《旧约》里面，那个时代的上帝多么严酷，倘若我父亲将我拿去献祭[1]，我绝不会认为那是信仰虔诚的证明。当然，我父亲不可能这么做，他和我弟弟罗伯一样，人太好了，但有时反而会吃亏。有时候，我觉得汤姆或许逃过了家族的这个缺陷。不要误会喔，他人很好，对我更是好得没话说，但他不喜欢多管闲事，这一点我父亲和罗伯都做不到，他们两个都很年轻就过世了。

我擅自告诉卡洛琳你有《圣经》，而且已经读过了，请见谅。将《圣经》当成故事书来读，她应该不会认同。我们可怜的牧师威廉·克里斯托夫被她牵着鼻子走，倘若上帝降临破轮镇，铁定也会被她吃得死死的。不过，话说回来，好像真的该有人管管上帝，万一你有机会见到卡洛琳，请不要告诉她我说过这些话，好吗？

顺颂时绥！

艾美·哈瑞斯敬上

1　出自《圣经·旧约·创世记》，以色列人始祖亚伯拉罕奉上帝旨意将儿子带到沙漠中献为祭品，然而，就在他即将杀死儿子的前一刻，上帝派天使前往阻止，表明只是考验他对上帝的信仰。

在《BJ单身日记》中寻求慰藉

“这附近啊，有很多不错的地方可以去参观。”

阿珍的声音像一把开朗的大槌，不断敲击莎拉的耳朵。

“例如，我们有条河，来趟夏末野餐之旅吧？我会请汤姆准备艾奥瓦特色美食，这样，你们两个可以一起出去玩，同时体验艾奥瓦的一流美食与美景。”

“不了。”

莎拉一手掩着脸，她头很痛，还严重宿醉，而且已经在汤姆面前丢过一次脸了。

她在艾美的床上醒来，全身僵硬，摄影集的尖角戳着她的背，脑袋底下枕着四本李·查德的小说。她搓搓脸颊，刚才应该检查一下，说不定《此地不宜久留》凸起的书名会印在脸上。

“他可以带你去看烧森林。”阿珍身穿橘红色杰奎琳·肯尼迪风格套装，一副神清气爽的样子，“我知道橡树保护协会正在计划要烧森林。”

“什么……烧森林？”

“好像是为了清除矮树丛。”阿珍说，“火势当然会受到控制，不过应该很刺激，汤姆可以载你去。”

“不了。”她再次拒绝，瞬间她恍然大悟，由咖啡杯后方抬起眼睛，阿珍的表情很热衷，而且一大早就跑来，提了一大堆建议，而且没有一个不扯到汤姆。

她惊愕地坐正，她在那么多书里看过这种情节，足以怀疑阿珍想帮她和汤姆牵红线，但，怎么会选上她？

"森林漫步？"阿珍满怀希望地问。

莎拉大笑："不了。"

他们在想什么？她这么平凡，而汤姆……一点也不平凡。她一直努力做个讲理的人，所以尽可能不因为外貌而对他反感，但事实依旧是事实，她本能地对健壮结实的肉体抱有疑虑。这样的肉体往往与其他特质无法兼容，例如智慧、善良，甚至基本的礼仪。

话说回来，她也很清楚，平凡的外表下也不一定有宜人的性情。

她的笑容消失了。老天啊，他们该不会跑去跟他说了吧？难道就是因为这样，昨天他才会被强迫来接她，完全不顾他的意愿，一切都是阿珍密谋的疯狂计划吗？安迪是不是也插了一脚？安迪确实很像是会想出这种馊主意的人，难怪汤姆的态度会那么疏远。她很后悔，不该说他是好人的。

现在只有一个办法，就是尽快转换话题。

"你有没有找到可以让我付房租的人？"这个问题一出，阿珍立刻变得一脸苦恼。

乔治开始每天一早来艾美家，看看莎拉需不需要去镇上，或是去办什么事情，他非常认真地看待司机这个角色。

今天他来的时候，她坐在门廊上看书。

他过来坐下，她放下书抬头看他。

"你在看什么书？"他问。

她举起来给他看。"是《BJ单身日记》。"

他点点头，好像听过这个书名。

"要喝咖啡吗？"她问，"要加牛奶和糖吗？不过，我不确定有没有牛奶。"

"没关系。"他急忙说，"黑咖啡也行，没问题。"

"可见平常你都会加牛奶和糖？"

“有时候。”

“我猜你应该喜欢两种都加。”她说。

“嗯……不过，我加的其实不是牛奶，我承认，通常我会加奶精，如果非得二选一的时候，那我会只加糖，很奇怪吧？”

她能体会他的意思。

“有时候我觉得人生有太多选择。”他接着说，“实在太难了。”他转向她说，“有时候我好希望自己是病人，这样就可以整天躺在床上，什么都不必做，好几天不需要选择。”

“书本就是为了这种时候存在的。”她对他微笑着说，“有借口可以什么都不做，什么都不选。”

“真的？”

“当然，要不要借一本？”

莎拉原本只是开个玩笑，但他有些迟疑地认真回答：“书？”

“对啊，书。”这个主意其实挺不赖，莎拉想。

“你现在看的这本好看吗？我可以借吗？”他急忙说，“当然是等你先看完。”

“我已经看过好几遍了。”次数多到她不想承认，应该有超过两位数。

“好几遍？那一定很好看。”

她把书拿给他，内心有些矛盾，她希望这本书不会浇熄他对阅读的兴趣，下次还是推荐比较剽悍的作品好了，像是硬派的推理小说，如麦克·康纳利[1]，有满满的阴郁男人味、暴力，还有酗酒的警察。这样看来，康纳利好像不太适合。仔细想想，很少有硬汉推理小说不涉及酗酒。

她瞥他一眼，他应该不会喜欢杰克·李奇，不过，李奇很少喝酒，顶多偶尔来瓶啤酒，或许没问题，还是慢慢想吧。

乔治有些狐疑地碰碰那本书，封面上，布丽吉特蜷起身体坐在窗台

---

1 麦克·康纳利（Michael Connelly，1956— ），美国重量级侦探、犯罪小说作家。

抽烟，这是改编成电影之前的早期平装版。

“送你。”她说。

他略带犹豫地把书放在腿上。“需要我载你去什么地方吗？”他问，好像受人恩惠必须立刻回报，这种想法很不合逻辑，因为他已经开车接送她好几次了，完全没有要求任何回报。

“乔治，”她缓缓地说，“有件事要请你帮忙，是瓦斯炉。”

他一脸不安地看着她。“坏掉了吗？”

“我不会用。”

他似乎松了口气。“我会。”说完之后，他率先走进屋里。

在揭示瓦斯炉的奥秘之后，乔治载莎拉去镇上买食材回来煮东西。他将她放在“五金行”前面，神奇格蕾丝就在旁边，他晃进去喝今天的第三杯咖啡。

这家店之所以叫作“五金行”，是因为很久以前这里曾经专卖工具与机械，这里有每个有自尊的男人与农夫所需要的东西，也有那些有自尊的男孩想要的东西，但现在更像顺便卖榔头的超市。

她打开门，一个小铃铛叮咚作响，柜台里面的人抬起头。莎拉在门口犹豫了一下，仿佛在等待艾美给予指示，现身告诉她该说什么、做什么，接着，她紧张地对老板颔首致意，然后走进店里。

这家店感觉很舒服，有种特殊的气氛，除了各式各样的工具、钉子、螺丝和老式钓竿之外，冰柜里陈列着乳制品和少量肉类，几个货架上放着面包和蛋糕，一个货架都是罐头食品。此外，还有少量的冰激凌与糖果。她缓缓逛了一圈，由货架拿取她需要的东西：很多面包、一些绞肉，还有一个西红柿罐头。店铺前面有个箱子，里面放着零售的鸡蛋，她挑了几个。

到了柜台前，她再次停下脚步，看着坐在里面的老板。店门口有几个老旧的提篮，刚才她没有拿，所以现在得小心站稳，以免怀中的东西掉落，他一定就是“艾美的约翰”了。

他满头白发，络腮胡也夹杂着银丝，他整个人仿佛和身后蒙尘的货物融为一体，应该并非因为衰老，而是因为悲伤。他穿着羊毛厚西装，垫肩巨大到看不出他原本的身材和体形。

她终于开始将选购的东西放在柜台上，他默默地一一结账。

他的动作完全不经思考，以前她在书店站柜台的时候也是这样。她想起圣诞节的购物狂潮，店员早已精疲力竭，全靠无数次经验累积才能撑下去。请问还需要什么服务？要不要包装？需要提袋吗？谢谢惠顾。在圣诞节期间最忙的时候，她连去买咖啡都会对店员说：“谢谢，请问还需要什么服务？需要提袋吗？”

约翰有着同样的表情，空洞而略带绝望。她犹豫片刻，但最后还是伸出一只手。

“我是莎拉。”她说。

“艾美的客人。”他的声音很像在清喉咙，没有和她握手，于是她只好放下。

“你应该是约翰吧？”她说。

“是。”

“艾美常在信中提到你。”这句话很傻，但此刻她只能想到这个。

她怀疑他是否知道她这个人。她掏出钱，这几张皱巴巴的美元钞票塞在口袋里好几天了，她一直想花却没人肯收。这时他的眼神终于起了变化，真正专注地看着她。

他说：“不，不，这次我请客。”

她抗议说：“你不能免费送东西给人吧。”一杯咖啡不算什么，啤酒还可以接受，但免费的西红柿罐头也太奇怪了吧？假使她要在镇上待那么久，他们一定得让她付钱。

但约翰挥手不收她的钱。“你的信让艾美很开心。”他说，“你带给她很多安慰，尤其是最后那段时间。”

*　　*　　*

在五金行与格蕾丝餐馆之间，隔着一间废弃的店面。莎拉站在那间店面门口，抱着美国味十足的棕色纸袋，等乔治喝完咖啡。

她一眼就被这间店面吸引住，但又说不出为什么，街上还有很多空店面，至少有一半都空着。破轮镇感觉如此荒废，这也是原因之一，这个镇的设计原本可以容纳更多事物，马路上可以容纳更多车辆，房屋可以住更多儿童，主街可以开设更多的店面，而现在仅存的店面也不该只有这些顾客。

或许是因为这间店面的橱窗很完整，也可能是因为没有那么重的荒废感。虽然很脏，但堆积的灰尘顶多只有两三年的厚度。

乔治一出来，她立刻问："这间店为什么关掉了？"

她靠近橱窗，抹去一圈的灰尘，往里面看，店面正中央有个柜台，靠墙处放着几个货架，两把椅子被扔在店里，看起来相当完好，照明设备只有一个灯泡，没有灯罩，虽然阳光能够穿透橱窗上的灰尘，但依然很难看出墙壁和陈设是什么颜色。

"你说艾美的店吗？"他问。

"这是艾美开的店？"应该说以前是，但他没有察觉她的时态错误。

"对。"他一边说，一边把玩着车钥匙。他看看左右，好像担心有人会听见，"她丈夫买下这间店面，他在世的时候生意不太好，不过，这样至少能让他每天离开家几个小时。"他的表情很严肃，很不像他，"他一过世，艾美立刻把店收了，早该这样了。"

她无从分辨，他是说这家店该早点收掉，还是说艾美的丈夫该早点死。

"那是多久以前？"

"快十五年了，可是她常会来打扫，我不明白为什么。我不认为她想出租，当然，后来她……病况恶化，就不能来了。"

莎拉可以想象，艾美来丈夫遗留的店面打扫，年复一年，都是整齐而干净的。

“这里原本是什么店？什么时候开的？”

乔治的表情变得更难看。“五金行。”他没有继续说下去，一言不发地送她回家。

那天晚上，莎拉坐在厨房里享受来镇上之后的第一顿热食。她将艾美的一本书塞在盘子边，这样就可以边吃边看。

热食为莎拉带来了全新的一股勇气，甚至在天黑后也未将所有灯一一打开，她只需要厨房里这盏灯。她渐渐觉得，说不定可以好好过下去，可以照原计划来一个阅读假期，终究可以创造故事、体验冒险了。

她告诉家乡的人，要来破轮镇待上一阵子，真正地度个长假，来见见艾美，但其实不只这样而已，她想要体验……巨大的事物。她希望有一天，她能对人们说，她曾经在美国的一个小镇住了两个月，虽然她也不知道要对谁说。

她说：“艾美，你知道吗？美国每年出版超过三十万本新书，然后呢，我终于来到这里了。”

尽管状况与预期不同，但她决心要有一番作为。

两个小时后，她将艾美的书搬出来，所有可以摆书的平面空间都放上了几本，然后心满意足地坐在门廊的摇椅上，旁边搁着一杯忘记要喝的茶。

她腿上放着三本书，但一本也没看，她聆听晚风在老屋嬉戏的声音。不知为何，自从发现艾美的藏书后，这栋房子的气氛和感觉就截然不同了，仿佛重新变回艾美的家，而莎拉是她的客人。屋里总是有各种声音，刚开始的几天让她非常紧张，但现在种种声响感觉就像令人安心的陪伴，陪她度过夜里的时光。树枝轻擦楼上窗户的声音让她觉得不孤单，就好像树和窗户在陪她说话。嘎嘎作响的管路，还有经常发出声音的木地板，感觉好像这栋房子永远不会真正空下来，就算她回家之后也一样。

九点左右，外面的气温逐渐下降，但不至于太冷，她之前在衣橱里找到的毯子和工作外套便足以保暖。

首先，她看到的是车头灯，两束光线有如探照灯一般扫过荒芜的花园，再转到她身上片刻，然后完全消失，这时她才想到是汤姆的车。

他下车，但没有走向她，他靠在驾驶座的门上，双手抱胸。

“我只是来看看你有没有事。”他说。

“我没有喝那么多。”她应该没有喝那么多吧？还是说他认为她也加入了阿珍的疯狂计划，所以特地来让她明白他没兴趣？正想开口要他放心，她绝不会答应和他一起做戏，但他接着说下去。

“艾美走了，你得一个人住在这里，刚到的时候一定吓坏了吧？”

她别扭地挥挥手，说道：“我找到艾美的藏书了，也见到约翰了。”这两件事似乎冥冥中有所关联，他点头却没多说什么，似乎不急着要走，她稍微将毯子和外套裹紧。

沉默不语还是让她不自在，他站在她面前，只有厨房窗户透出的光微微照亮，他的表情也不太轻松。尽管如此，相较于昨晚，莎拉觉得他们之间多了种平静的感受，或许是因为在艾美家，也或许是因为他接受了她要住下的事实了。或许吧，但莎拉个人认为是因为艾美的灵魂，现在这栋屋子里能清楚感受到艾美的心灵。

她说：“汤姆，乔治告诉我，五金行隔壁的空店面是艾美的。”

他点头。

“他说以前她丈夫开过店？”汤姆依然不发一语，于是她接着说，“乔治说他开的是五金行？”

“乔治跟你说了不少。”

“汤姆，约翰已经开了一家五金行了啊。”

“嗯。”

“那么，他们就是……竞争对手？”

“艾美的丈夫……”汤姆停顿，仿佛需要思考。他调整姿势，注视着车子前方的一小块碎石地，“艾美的丈夫是个不开心的人。他头脑不清楚，脾气不好，很多事情都看不顺眼，尤其对约翰特别有意见，因为他是黑人，也因为他……被大家所接纳。”

他好像原本想说别的，却临时改变主意，她不敢问为什么，怕话题一岔开就回不去。

他一手随意搭在车上。“艾美的丈夫以为能让约翰的生意做不下去，这个想法很疯狂，因为大家都喜欢约翰，而且对艾美的丈夫没有好感。当他买下那间店面时，大家都已经习惯在约翰的店里买东西了，所以要买东西当然会去他的店，就这么简单。到了最后，那家店成为她丈夫又一个失败的生意计划，他继续撑了一阵子，但最后还是放弃了。”

莎拉希望他继续说下去。

“他很不受欢迎，只会连累艾美，而他过世时应该没有多少人为他哀悼，很可能连艾美也没有，但她是一个非常善良的人。”

他笑了一下，太过短暂，她怀疑是不是自己看错了。“我肯定没有。”他的语气表明不想继续讲这件事。

于是她换个招数。“这里的店如何平衡收支呢？”

“大部分都做不到。”

“但还是继续开下去啊？”

“有一些。”

“不过，茉莉小铺倒闭了。”莎拉不确定提起这个是否明智，艾美在信里告诉她很多小镇上的事情，她依然无法决定该不该让镇上的人知道。

汤姆只是大笑。“你怎么会知道茉莉小铺啊？”她运气不错，他没有等她回答，便接着道，“那家店歇业已经二十年了。我小时候，那家店里总是卖些瓷鸡之类的小玩意儿，店主不准小男生进店里，反正我们也不想进去。”

他摇头，仿佛想甩开回忆。他站直，往前踏出半步，她不确定是因为他成功逃脱了感伤，还是干脆放弃了。他缓缓往门廊走来，在她身边坐下，她移动椅子面向他，但他只是定定地望着前方。

“你知道我真正察觉到改变，是什么时候吗？”

他甚至不用说出“改变”是变差而不是变好，莎拉已经看出这个镇从来没有变好过。

“是我的母校废校的时候，我小时候总觉得上学很痛苦却又非去不可，比死亡更难以逃避。我爸也被那所学校荼毒过，也应该会接着一代代荼毒我的子孙才对。”

“为什么要废校？”

“学生不够，家庭农场一家家倒闭，大部分人都搬去比较大的城镇了。以前破轮镇周围有一些更小的镇，他们把孩子送来这里上学，现在我们得把孩子送去希望镇。没有人，也就没必要开学校。下次去镇上的时候，看看玉米田，数数看有几间农场吧。茉莉小铺关门的时候，我一点也不觉得有什么。”他接着说，“原本镇上有家卖冰箱和冷冻柜的店，可是希望镇的另一头开了沃尔玛大卖场，那家店就倒了，大部分的人早已习惯去大型连锁店买东西，但学校不一样。那时候我还很年轻，以为童年的事物会永远存在，所以我感到非常惊讶。说来好笑，那时候我爸已经过世了，我早该学到世事无常的道理。”

他对她微笑，但并非愉快的笑容。

“欢迎光临破轮镇，已经没有什么可以看了。”他说。

她说：“约翰还在，还有格蕾丝、安迪、卡尔。”

他耸肩。

“艾美不在了。”她轻声承认。

“是啊，艾美不在了。”

说完之后他站起来，对她颔首道别，然后回到车子旁，他一手握着门把说：“我已经十多年没有回去学校看看了。”他略带笑意补上一句，

“当然啦，部分原因是那里现在变成制毒工厂了。”

她真的不确定他是否在说笑。

“我只是不希望你对这个镇抱持任何的幻想，我可是先警告过你了喔。”

她还是不确定他是不是在说笑。

汤姆离开之后，她收拾那些拿到外面的东西，自言自语：“噢，艾美，制毒工厂啊，原来小镇一点也不安逸浪漫。”

二〇一〇年四月八日

莎拉·林奎斯特　收

亲爱的莎拉：

关于你的问题，我的答案是："我认为自己很幸福，我知道我这辈子很幸运。"我身边有很多好朋友和善良的人，虽然没有自己的孩子算是一大缺憾，但其实我觉得这样也好。自从我终于接受现实之后，就不再感到太过懊恼了。别人家的小孩也够让我忙活了，所以我很少想到这件事。就说安迪吧，他和他父亲的关系并不尽如人意，但是我自己有时间，而家里也有空房间，所以我很乐意让他在离家的前一天来窝一晚，再给他两百块钱好让他在丹佛的头几个星期有着落。

当然，我也有悲伤，但没有严重到无法面对。有时候，我觉得重点并非悲伤的程度，而是人究竟能承受多少。或许有些人天生多愁善感，也可能每个人都有他们多愁善感的时候，但我也看过人们在遭受严重打击后重新站起，甚至是像失去孩子这样的痛（我母亲在我和罗伯之间失去过两个孩子，但那个时代本来就比较艰难）。我也见过有人从此一蹶不振，仿佛身体内部被蚕食殆尽，以致打击造成的反应比打击本身更加严重，他们也可能会变得尖酸刻薄，让人有时同情不起来。

我并不是那种凡事都永远可以和善以对的人，这或许让我躲过人生的许多悲伤，我应该努力改善性格，但恐怕不太容易了。我老了，学不会新把戏。

总而言之，我觉得悲伤与生命之间的关系，就犹如农田与雨水。降雨太少，农作物就无法生长，但正确的水量是多少呢？我认为不可能测量出来，人们说得再天花乱坠，也无法产生任何轻微的变化。

祝顺心！

艾美·哈瑞斯敬上

关于人情，出来混都要偿还的

自从来到破轮镇，她一直觉得亏欠大家很多。至今，虽然房租问题仍让她困扰，但不只这些，还有咖啡、啤酒，以及约翰给的西红柿罐头。

莎拉的强项绝非经济，无论宏观经济学，还是微观经济学，她全都不懂，所以没有察觉镇上自有一套细腻而复杂的系统。以约翰的店为例，店里货品偶尔略微蒙尘，但每个人仍可互通有无、彼此依赖，将所有镇民紧密联结。

事实上，破轮镇之所以能够存活，是因为全靠小心维持平衡，现金主要是从外地来。方圆数英里内，格蕾丝店里的油腻餐点是最便宜的，所以仍有外地人会来吃；同样的道理，无论广场酒吧的位置有多么偏僻，依然会有人特地前往，因为卖酒的地方总会有死忠的常客。部分破轮镇居民有工作和存款，有钱的人帮没钱的人埋单，而那些没钱的人则以劳力偿还，帮忙修理东西之类的。

这里的商店大多习惯此种模式了。以约翰为例，他能卖出的东西并不多，因为没几个人能买得起新钓具，经常买螺丝、起子更是一种奢侈。但如此一来，店里也不需要进太多货，渔网卖不出去，反而是帮约翰省钱。在艾美病况加剧之前，他偶尔会贴出供应商寄来的广告传单，制造出生意繁荣兴盛的假象，但其实根本没有人订购东西。

希金斯夫人是镇上唯一一家服装店的老板，可以确定的是，她从二十世纪六十年代之后就没有进过新货了。店里挂满着难看又无法修饰身材的礼服，但这种款式永远在时尚界有一席之地。每个女人一辈子都迟早会遇到一次得穿蓬蓬裙礼服的场合，但很可能就只穿那么一次，当礼服再也派不上用场时……就可以再卖回给希金斯夫人。

问题在于，莎拉没有经历过这种经济体系，更惨的是，她无以为报。每次她想付咖啡钱、啤酒钱时，总是有人会抢着帮她付，而老板们也不收她的钱。每次她都觉得一定要想办法回报，虽然她没有察觉，但每次都让她更加纠结。

让她崩溃的最后一击来自乔治，他想帮她付午餐钱。

乔治！他没有工作，正在戒酒，而且还要整天开车载着她跑来跑去的。

那一刻，在格蕾丝的店里，莎拉心中涌出前所未有的强烈坚决。她是成年人了，她有权利自己付钱。她不但要付自己的饭钱，还要连乔治的那份也一起付。

“可……可是……”乔治结结巴巴。

莎拉绝不动摇。“我来付。”

她拿出钱，这次是平整的新钞，没料到就在这时，格蕾丝由他们桌边走过，落下一句：“嗨，这餐我请。”

必要的时候，莎拉可以非常有决心，还有充沛的想象力。

一开始，她毫无办法。

她让格蕾丝请她吃午餐，让乔治载她回家，然后整个晚上在厨房来回踱步，念念有词、自言自语。她能想到的可以收房租的人，她都找过了。每次吃饭、喝东西她都拼命想付钱，但至今毫无成果。她换的那些美元完全用不到，一沓新钞就放在汇兑公司给的黄色信封中，至今还在抽屉里动都没动过。

但她说什么也不肯放弃。

第二天，她再次踏上主街。

既然没人肯让她付钱，那么，她帮忙做事总可以吧？她要造访所有还在营业的店，问他们需不需要帮忙。她有时间，有经验，除了书店的工作之外，也曾经在学校餐厅打过工，有一年暑假还去坟场打过工，她从事收银工作也超过十年了。只要他们需要，她可以一周工作七天，白天、晚上都没问题，没几天的工夫，她就能偿还人情债了。

她决定从五金行下手，如果没成功，第二站就去广场酒吧，再不行，就去找神奇格蕾丝。

她相信，约翰总需要休息的时间吧。

"嗨，约翰。"

"莎拉。"或许是她想太多，但他好像已经有点紧张。他大概怀疑她要做些他不喜欢的事情，或许他不想和她谈艾美的事吧，总之，他看起来就是有些畏缩。

但她还是开口了。"有什么我能帮忙的地方吗？"

"帮忙？"

她努力装出自信满满、冷静沉着的样子。"什么忙都行，补货、收银啊，我以前在商店工作过。"

"可是我不需要帮忙。"

"你不想休息一下吗？只要告诉我该做什么，我就能打理得很好，你可以尽量休息。我也知道如何开关保险，也有独自看照看柜台的经验。"

"我没有保险。"

"那好吧。"

"我没办法多雇一个人，假使你需要钱，那么……"他一脸困惑地停顿，然后以不知所措的语气说，"你要不要去找卡洛琳商量呢？"

"不是不是。"莎拉急忙说，"我不需要钱，而且我的签证禁止工作，我只是想说，你可能需要……帮忙。"

"不用不用。"约翰同样着急地说，"我不需要帮忙，完全不需要。谢谢你的好意，莎拉，假使我需要人手……一定会找你。"

她从五金行撤退，拼命保证她不需要赚钱。老天，要独立自主怎么这么难啊？

她不确定有没有勇气去问格蕾丝，最后还是决定算了。

去安迪那里碰碰运气好了。乔治送她去酒吧，但没有进去。

“帮忙？”安迪说，“可是我们不需要帮忙。”

她看看酒吧，几乎没有客人，只有一个人，但他也不需要帮忙，他拿着一杯满满的啤酒，就快睡着了。

在白天冷酷的光线下，她发现之前没看到的一些细节，像老旧的浅色木地板、吧台上的刮痕，以及啤酒与臭汗积成的陈年怪味；墙上挂着艾奥瓦小熊队的球衣，旁边贴着警方的宣传海报，告诉你如何辨识吸食安非他命的人。

“没有我能做的事情吗？打扫？洗盘子？”

“你是不是需要——”

莎拉抢着说：“我不需要钱，我需要有事情忙。”

“这我恐怕帮不上忙。”

他天生慷慨好客，就倒了一杯啤酒给她。她叹着气想付钱，但她甚至来不及拿出那张可恶的钞票，他就已经说：“这杯我请。”

她再次叹息，这次更加无奈了。

“要威士忌吗？”他兴致勃勃地问，“要吃晚餐吗？”

“乔治等一下会绕回来接我。”她说完之后低声自言自语，“这样不正常吧？”

安迪一脸惶恐不安的模样。

阿梅说：“听说莎拉缺钱。”

“缺钱？”葛楚德说，“有意思。”

她们再次相聚在格蕾丝的店里，在午餐人最多的时段，她俩各点了一小杯咖啡，就坐着不走，她们早已将耗时间的工夫磨炼到淋漓尽致。

葛楚德的秘诀是将咖啡放凉，这样她就不会想喝了。阿梅的专长则是以和气老祖母的模样唬人，靠免费续杯混下去。

“年轻人啊。”阿梅说了一句完全是老太太会说的老派论调，而葛楚德白了她一眼。

葛楚德说：“我这么说没有什么意思，但每个人都会有手头紧的时候。”

就在这时候，格蕾丝走出柜台，从门口探出半个身体，大声说：“莎拉！你肚子饿了吗？我请你吃午餐好不好？”

葛楚德和阿梅转身拉长脖子，眯起眼睛往窗外看。她们似乎希望莎拉会立刻接受，这样她们就能近距离偷偷观察她了，目前她们两个都还没这机会。但假使僵局持续这样下去，她们说不定就得采取激进的手法了，例如在街上拦住她，和她正面交谈之类的。但是，莎拉只有一脸的内疚，含糊说了句“不，谢了”，然后就匆匆离开。

葛楚德摇头。“有人请客，为什么要拒绝呢？第一次听说这种怪事。”

自从那天晚上顺路去探望之后，汤姆就一直没有见到莎拉。看到她在镇上出现，他停车下来。

他弄不清自己的想法，不知该如何看待她以及她老是在读书的毛病。她显然喜欢书本胜于人，不知为何，这件事会让人感觉有点心理不平衡，而且他刚好有一件事要问她。

目前她没在看书，而是站在艾美的旧店面前，以奇怪的姿势弯腰，探头探脑的，把脸贴在脏兮兮的玻璃橱窗上。

“听说你缺钱，是真的吗？”他问。

“缺钱？什么……当然没这回事，我才刚来没多久呢！”

“确实，没有钱还跑来未免太傻了。”

“我当然有钱，可是没有人肯让我花钱。”

她站直转身看他。

“天啊！”她说，“难道就是因为这样，所以大家都不让我花钱？约翰免费给我食材，格蕾丝请我喝咖啡，而安迪也请我喝酒，为什么他们会觉得我身上没钱呢？”

她睁大灰色眼睛的样子有点可爱，好像以为他知道所有的答案似的。

“他们之所以不让你付钱，大概是因为他们认为你是艾美的客人，但现在可以说是整个镇的客人了。”

“但这样太荒谬了，我身上明明有钱。他们老是动不动就请客，这样怎么有办法维持生意呢？”

“好问题，但我不会用‘荒谬’这个词形容，他们是好意。”

她的眉间出现一道皱纹。“所以，当我问他们需不需要帮忙时，他们以为……那么，为何他们给我那么多东西，却不接受我的帮忙当作回报呢？”

“帮忙？”

“对啊，我可以帮约翰补货、收银，也可以帮安迪洗碗——”

“你说要帮他洗碗吗？”他想确定没有听错，老天，他真想看看安迪当时的表情。

但莎拉的语气听来就好像那是最天经地义的事。“对，我很会洗碗，还不只会洗碗而已。”她接着说，“我也会收银、补货，我有丰富的工作经验。虽然我没有在酒吧工作过，但我曾经在学校餐厅打工，所以很会洗碗。我在书店也有很多年站柜台的经验。”

“当然。”他说，“但这是两码子事，请客人喝酒、喝茶，客人却说要洗碗作为报答，这不太对吧？”

他看得出来，她正在努力想该如何辩驳。

最后她只好说：“或许吧，可是他们一直对我那么好，我得想办法回报，我迟早得开始自己付钱。”

“你已经觉得无聊了吗？”

“我无所事事太久了。我要在这里住两个月，总不能光是看书，被人请喝咖啡吧？这样要怎么过日子？”

汤姆看看手表，他上班要迟到了。“可是你来之前，就知道破轮镇是一个怎样的地方了吧？”

“嗯……”她欲言又止，她的表情泄露出她其实不清楚，“问题不在于这个小镇，而是我根本没事做，我这辈子从来没有真正度过假。”

她转身背对他，再次弯腰靠在橱窗上。他再看看手表，他真的该走了。

莎拉几乎要忘记汤姆就站在身旁了。这么一间好好的店面，弃置不用也太可惜了，但是她说不出这间店面和其他有何不同，也不知道它又为何不该被弃置。她试着想象，这间店面若用来卖游戏机或其他新潮玩意儿的样子。游戏机不行，她断然地想通了，面包店或许还可行，大家都喜欢刚出炉的面包啊，但破轮镇的顾客群不足以支撑整家店的生意。

她自顾自地想象着，这间店面若变成星巴克的样子，会有很神经质的青少年穿着绿围裙，就站在那脏脏的灰色柜台里，而乔治则会努力想弄懂“低卡、低脂、加倍浓缩、摩卡、拿铁”究竟是什么玩意儿，并犹豫要不要来一杯。她瞥了汤姆一眼，她说不上来为什么，她觉得他不会愿意见到这里开家星巴克。他回望了她，露出无奈的幽默浅笑。莎拉不确定他是在笑她，还是想到什么好笑的事情却不想跟她说。

在艾美的空店面外，她脑中隐约有了一个主意。这个想法还太模糊，不能说给别人听，甚至不能对自己承认。但她有个想法，确实有个想法。

她说：“汤姆，可以送我回家吗？”

二〇一〇年五月十一日

莎拉·林奎斯特　收

我亲爱的莎拉：

我很难告诉你有哪些美国经典是必读的，事实上，我也曾像你一样，常常思考所谓的“经典”是什么，不过，至少选出那些经典书单的书评很有幽默感。马克·吐温曾经说：“所谓经典，就是每个人都得读，却没有人想读的书。”然而，他们却将他的绝妙作品列入经典书单之中，这不是幽默感是什么呢？不是的话，就是他们想借此暗损他，不过，他们应该没这么小心眼儿吧？

我并不认为，经典书单的问题在于是否公正。或者说，问题确实在于公正与否，但我并非为那些未能挤进书单的书抱屈，而是为入选的那些书感到遗憾。再次以马克·吐温为例吧。汤姆念初中的时候，有一天跑来找我抱怨说学校逼他读《哈克贝利·费恩历险记》，那可是《哈克贝利·费恩历险记》！那明明是一个充满叛逆精神、刺激冒险与胆识勇气的故事，但在孩子眼中竟然变成无聊的学校指定的作业，那些书评和教育家得负起大部分责任。你懂我的意思吗？这些书单真正的错误，并非在没选中值得列为经典的书，而是将神奇的文学冒险变成了一种强加的义务。

我很乐意提供几个我最喜欢的美国作家，但你千万要答应我，不要因为觉得有压力而非读不可。

作家保罗·奥斯特，比起他最知名的《纽约三部曲》，我更偏爱《布鲁克林的荒唐事》，虽然这样说或许有些亵渎。

今年夏天，我重读了菲茨杰拉德的《了不起的盖茨比》，我年轻的时候也读过，当时我虽将这本书视为“经典”，但不曾领略其中的意义，现在我才明白这本书有多么了不起。不过，女性作家才是我真正的心头好，或许是我的立场偏颇吧。

从来没有一本书可以像托妮·莫里森的《宠儿》那样深深打动我，没有作家能比欧茨更令我景仰崇拜。我认为，她之所以到现在还没有得到诺贝尔奖（他们那些人到底在搞什么鬼？你能不能去找那些人谈谈啊）——像她这样作品多产的人、有这般的创作力——一定是威胁到男性书评人的自尊了，她写得太快，他们根本还来不及评论。如果没能读完她的五十本旧作，要如何评论她的新书呢？

祝安好！

艾美

当镇上出现了一家书店

“我和你爸商量过了，我们觉得你还是回家比较好。”

“回家？”莎拉说。她不能现在就回家，拜托，她才刚学会用瓦斯炉呢。

“我们觉得这样比较好。”

当父母用“我们”自称，就表示他们组成阵线联盟，并借此强调他们人数比较多。

“为什么？”莎拉问。

“你已经去很久了。你想见的那个叫艾美的人，现在也见过了，不是吗？”

莎拉叹息，看来得告诉他们了。“这个嘛——”她刚开口就被母亲打断。

“待那么久会不会失礼啊？我知道她一定说没关系，可是说真的，谁会让没见过的陌生人在家里住好几个星期呢？博尔和古妮拉……”

“谁？”其实莎拉并不想知道，妈妈每次和她说话时，都会扯到她不认识的人。

妈妈完全不理她，自己说得很高兴。“博尔和古妮拉的美国亲戚来玩，他们只待了两天，而且还住饭店！他们可是有血缘关系的呢，好啦，至少是远亲。我敢说，艾美做梦也没想到你会待那么久。”

“艾美死了。”莎拉说。

有生以来第一次，她让妈妈哑口无言。双方都没说话，沉默拖得太长，最后莎拉说：“喂？”确认妈妈是否还在线。

“死了？”妈妈说，莎拉听见她向爸爸报告这个大新闻，不过，爸爸一定刚才就听见了，因为电话背景里突然传来他激动的声音。爸爸很少管莎拉做什么，但当他想管的时候，一定会让她清楚明白他的看法。妈妈会唠唠叨叨念个没完，无论大小事都一样；爸爸则会大声训斥，但只在特殊状况下才会开口，现在的状况显然很特殊。

“那你现在住哪里？”妈妈问。

“艾美家。”

更长的沉默。电话背景里传来讨论交谈的声音。“这下她非回来不可。”莎拉听见爸爸说，但妈妈似乎还在纠结刚才听到的问题。

“你怎么可以住在那里？谁准许你住的？”

“呃……那是集体的决定。”

爸爸显然抢到电话了，因为莎拉耳边传来他的大嗓门。“太荒谬了！这样合法吗？”

“等一下！”妈妈说，“她什么时候死的？还有，呃……怎么死的？”

“你最好不要被卷进去。”爸爸的语气仿佛警察随时会上门。莎拉很难不察觉，父母完全没有对艾美表示任何关心。

“她是我的朋友。”她说，“而且……而且我在这里交到了其他朋友，我不能就这样走掉。”

“当然可以。”妈妈说。同时爸爸也说着：“快去改机票，马上回来。”

“可以顺便去纽约玩玩。”妈妈说。

“不要，我还不想回去，更何况，我的机票不能改期。”其实莎拉不确定能不能改，这只是她脑中冒出的第一个借口，“我喜欢这里，镇上的人……对我很好。”她回想从抵达那一刻所感受到的种种善意，“我欠他们很多。”

“你欠债啊？”爸爸的嗓门越来越大，音调越来越高，“你被卷进疯婆子的命案，还花光了所有钱，你——”

“她是我的朋友！”莎拉说，“我欠的不是那种债。”她做个深呼吸，强迫自己镇定下来，她说，“这件事我非做不可，我不懂为什么我不能照原计划住两个月。我很抱歉，让你们那么不高兴，但我不会改变主意的。”

刚开始和爸妈说话时，她还没有这么笃定，但现在她留下来的决心无比坚定。父母无意中让她明白了一件事：瑞典没有值得让她回去的东西。一瞬间，心中原本模糊的想法终于成形。她总算知道该如何回报大家，如何尽一份心力了。

父母越是劝她回瑞典，她的心意越是坚决，她不但要留在破轮镇，还要在这段时间做出贡献。

“好吧，既然你坚持要留在那里，就别怪我们不帮你。”爸爸说，“到时候出事了，不要跑回来求我们。”

是“到时候”，而不是“如果”，好像一定会出事一样。莎拉不在乎，她要做这件事。

这个小镇需要一家书店。

“一家书店？”阿珍问。

她的语气或许不算有明显的厌恶，但清楚表达出怀疑。安迪用奇怪的眼神看着莎拉，而卡洛琳只是坐在那里，表情深不可测。

莎拉站在他们面前的舞台上，她多么希望不用站在这里，坐在会议室相对比较轻松。她穿上她最有生意派头的服装，也就是黑长裤，只要稍微用一点想象力应该就很像套装长裤了，以及还算平整的白色七分袖衬衫，几乎像是熨过，可惜这身行头帮不上忙。

“我希望……”她噎了一下，然后一口气说完她的想法，不给自己机会改变主意，“我想用艾美的旧店面开一家书店，摆出她的书，当作对她的一种追思。”

最后那几句她曾在艾美家里练习怎么表达，可惜现场说出来的效果不如预期。

“你要卖艾美·哈瑞斯的书？”安迪问。

“不是为了我自己，而是为了整个镇。书店绝不会属于我一个人，我的签证不允许工作。”

美国大使馆特别强调过，无论在什么状况下，她绝对不准工作，若胆敢触犯，下场会比死更惨。出乎她意料的是，就连要取得旅游签证都很难。大使馆的人劝她使用免签入境就好，瑞典国民不需申请即可在美国停留九十天。

她解释说，之所以想要时间长一点的签证，是为了以防万一，假使她的钱没有花完，说不定可以延长停留的时间，而且她喜欢可以自由选择的感觉。这个理由让他们更焦虑了，她发现美国大使馆不喜欢“延长”“自由”这一类的词。去美国造访一座小镇，而且可能超出计划停留的时间，这种行为太可疑了，很像是打算赖着不走，他们或许比较希望她根本不要来美国。

她说：“比较像是……大家的书店，我只是想帮忙。”

“大家的书店啊。”安迪说。

“书店。”阿珍的语气听得出不赞同。

“店面需要打扫，可能还要重新装潢。”她说，“我可以自己来，钱也由我出。”

“这个想法不错。”卡洛琳思忖，“打扫一下也好，反正不要去做营业登记就没问题。”

“可是——”莎拉抗议，她极为守法。

安迪也跟着说：“当然不能去登记，想想看得缴多少税？”

“没必要。”卡洛琳说，“反正也赚不了什么钱，所以不算是欺骗国税局逃税。”

从她的语气听来，她似乎不认为骗过税务机关是件完全不可能的事。他们比较擅长闪躲、逃避这门艺术，而且经验相当丰富。

莎拉总是循规蹈矩，尤其在税务方面。她这辈子从来没有申报过抵税，生怕会被怀疑造假。然而，此刻她完全不顾忌税务机关还是什么签证规定。要在不熟悉的小镇开书店，可以反对她的理由一定有成千上万个，但她全都不想管。

她只希望可以回馈这个镇，而且这些镇民需要书，无论他们本身是否意识到了，这一点非常清楚。她所想的都是艾美的那些书，总该要再次被阅读、被欣赏，应该这样才对。假使店里还有空间，她可以再订购一些书，二手书就好，不必太贵，由她挑选并出资，大家也可以捐赠书。当然，刚开始规模势必很小，但应该行得通，她有钱，有时间，她一定可以有所作为。

安迪以及阿珍互看了一眼。

“你确定要开书店吗？”安迪问。

“不然，我们就来安排一个温馨的野餐就好，怎么样？”阿珍说，“或者去森林漫游？”

“我要开书店。”莎拉对乔治说。

乔治一开车门，她立刻冒出这句话，乔治只是点点头。

“当然，书店不归我所有。”她急忙解释，她担心大家会以为她是要卖艾美的书来牟利，“我只会帮忙打理，直到我回去之前。我在瑞典时就在书店上班，所以我知道如何经营。”

这句话略有吹牛之嫌，她从来没有负责管理，更没有自己开书店的经验。

“我觉得这个想法很棒。”乔治说。

不过，可能只有他一个人这么认为。

在电影院向议会报告过之后，莎拉察觉到，破轮镇上没有人有闲工夫帮她，安迪也只是暂时性的疯狂，不过，他们同意第二天去店里会合。此刻，他们一脸严肃地观察厚厚的尘土，挂在天花板上的灯泡投下残忍无情的光芒，照亮了被遗弃的空间。往好处想，至少还有电呢。

“我希望以黄色为主调。”莎拉想象眼前变成光线充足、色彩明亮的店面，舒适的空间让人们乐于来此相聚，看书、谈天，可以窝在上面的大大扶手单椅，大家尽情交流的悠闲时光。还有书，好几千本书，拥有所有想象中的颜色和形状。

“你需要买油漆。”卡洛琳的语气不太赞同，“除非刚好有人有没用完的。”

“开朗的黄色。”莎拉说。

“开朗的黄色油漆。”卡洛琳一直想着油漆，她有些勉强地说，“约翰或许可以帮你。”

“我负责打扫。”乔治说。其他人盯着他，因为看太久，他都脸红了，“我会打扫。”他的语气多了一丝犹豫。

安迪、阿珍和卡洛琳显然受够了，他们一个接一个消失，店里只剩下莎拉和乔治。

突然间，这个想法变得好疯狂，可能是因为其他人不在了，她不需要表现出信心十足的模样，也可能是因为现在店里空了，她终于看清楚灰尘有多厚了。她满脑子梦想着缤纷舒适的书店，以至于忽略了棕黄的墙壁，还有灰黑的地板。

她和乔治要来对抗陈年的灰尘与垃圾，但，该从哪里着手呢？

乔治好像没有这些疑虑，其他人走光之后，他立刻说：“从橱窗开始，光照进来后，就比较能看清其他部分的状况。”

他不让莎拉碰橱窗，连第一遍粗洗都不让她碰，他好言解释：“万一没弄好，玻璃会留下一条条的纹路。”不过至少她可以帮忙换水。

他好像都不会累似的，甚至还有力气讲了两个笑话，后来他说：“你知道《BJ单身日记》那本书吧？”他暂时停顿一下，专心对付橱窗上的一块脏污，然后接着说，“真是本不错的书，但女人真的会这么说男人吗？”

仔细想想，莎拉实在不知道。“或许在伦敦是那样吧。”

他点头。“嗯，或许在伦敦是那样。”

午餐时间终于可以休息了，莎拉全身肌肉酸痛，乔治的指令开始变得军事化。他之所以准许她吃饭，完全是因为卡洛琳来叫他们去吃饭。在卡洛琳面前，他新冒出的权威再次泄气，当安迪和阿珍也出现的时候，他又变回可怜虫乔治。

他们在店面外吃饭。太阳决定要发威的时候，天气还是有点热，风中虽然透着一丝秋意，但莎拉因为打扫快热死了，所以也不在乎。

格蕾丝送了汉堡过来，在旁边逗留，凑热闹。

她说：“你不可能在这里开书店吧，太疯狂了。”

大家都懒得回答。

“书店这玩意儿啊……”格蕾丝用上她说故事的语调，大家心中响起警报，因为这表示她又要说家族秘史了。安迪和阿珍紧张地偷瞄她，而卡洛琳一动也不动。果不其然，格蕾丝接着说，“我有没有说过，《圣经》推销员找上我外婆的故事？”

所有人望向卡洛琳，这个故事选得非常不妙，因为卡洛琳特别敬重《圣经》推销员。

幸好阿珍实时反应：“你们打扫得好快啊。”这当然只是一句废话，但至少成功地转移了话题。

“真的很快。”安迪急忙帮腔，“可是还有很多地方要扫，快点继续加油吧。”

他和阿珍一起拉着卡洛琳离开，留下乔治和莎拉继续打扫。

店里的灰尘味逐渐变成清洁剂的强烈气味，以及人工的柠檬香。

傍晚时分，莎拉终于有缘得见地板的真貌——颜色很深、很有格调，但立刻又被铺上一层纸，放上一桶桶油漆。

她来回走动，地板在她脚下发出嘎嘎的声响。已经八点多了，乔治还在，最后他们一起坐在店门口，手中拿着格蕾丝店里的咖啡，自在而沉默，想着那些书本以及节节退败的灰尘，这时天气还算温暖。

莎拉微笑。在傍晚时刻的小镇感觉比较有活力，仿佛找回一丝尊严。

黑暗的笔直的道路往两侧绵延数千米。白天时，小镇被这条路压迫着，甚至威胁着，但一到了傍晚，昏暗的光线就会让建筑物的外墙变得更清晰，成为整体的一部分。白天时，只要一分钟就能开车穿过整个镇，一不留神真的会错过；到了晚上，这个镇悄悄爬上心头，霸道地要人注意。

“你喜欢星星吗？”乔治问，语气很自然，像是在问她喜不喜欢肉酱面。

“应该吧。”莎拉抬头看夜空。

她认不得什么星座，这样反而觉得自在。人类太执着于固有模式了，甚至还要强求将星星组成星座，想想还真悲哀。就拿大熊星座来说吧，小时候她一直觉得这个名称很神奇，像神话故事中雄壮威武的猛兽。然而，当她终于学会看大熊星座时，却发现它原来长得像个长柄汤勺。七颗相距百万米的星星，硬是被地球上的人变成一个勺子。回头想想，又似乎更像是一辆超市手推车。

“我不太清楚要对星星有什么想法。”乔治承认，“有时候，它们让我觉得自己好渺小。”他对她微笑，“我已经觉得自己够卑微了，不需要提醒，不过，有时候我还挺喜欢这种感觉。人是那么小，两个人可以站在不同的城镇，望着同一片天空。”

“你想到什么特别的人吗？”莎拉试探地问。

没想到他竟然说“对”，仿佛再明显不过。“苏菲。”

“是你的太太吗？”莎拉鼓起勇气问。

“天哪，不是。”他笑着说，“看来你听说过她的事了。苏菲是我的女儿，他们没告诉你她的事吗？”

“没有。”

“没有？当然啦，其实她不是我亲生的。假使他们提起苏菲，一定也会告诉你这件事。”他们对话时，他一直望着星空，现在才转过头看她，“随他们说吧，反正她就是我的女儿。”

再次开口时，他的语调完全不同。“有时候，我会幻想她和我在同一刻抬头看星星，只要我看得够久，那时刻就一定会发生。”他苦笑，“很傻吧？”

她对他微笑。“这想法很棒。”

“是啊，几乎像一起看星星一样。”他回答。片刻之后，他接着说，“总之，苏菲被带走之后，我就开始喝酒了，我猜他们应该也跟你说过吧？”

“嗯。”

“既然已经发生，就没必要掩饰。”

“他们说你已经戒酒一段时间了。”她说。

“一个半月了，但有时候还是很难熬。”

关于乔治的经济危机理论

送莎拉回家的路上，乔治没有多说什么，但他下定决心要做好打扫的工作，证明自己值得她的信任。

其实，他和其他留在破轮镇努力生存的人没两样，没有比其他人更奇怪，也没有不奇怪，只是他自有一套生活方式。就像其他人一样，小镇的历史在他身上留下痕迹，然而，人生的诸多小灾难对他造成很大的影响，让他很早就变成"可怜虫乔治"，大家都说他虽然有些毛病，但从"多个方面看来"，他都算是个好人。

美国乡间是由一群勇敢、勤奋、坚毅的拓荒先锋开垦的，他们是寻找肥沃土地的农民，愿意忍受垦荒所带来的考验与磨难，他们也愿意赌上一切，就是要成为率先抵达的人。

据说，在大平原一带垦荒的先民特别疯狂。因为够疯狂，才会选在这种前不着村后不着店的地方定居，在这里讨生活。

在中西部的许多地区，生存变成一种另类的达尔文理论实验，最疯狂的才能生存。人生弄不死他们，只会让他们变得更奇怪。

一百五十多年前，一群英勇的拓荒先锋组成篷车队而来，实现了最早的美国梦。

其中一个车队的轮子坏了，于是就地停留，而这个错误成为这个镇的根基，也以此作为地名。从此之后，小镇的居民似乎想尽办法，要让这小镇的名字活得名副其实。

在破轮镇没有一件事情是轻松的。即使在艾奥瓦农业兴盛的富裕年头也一样，当时家庭农场很有竞争力，有足够的玉米、金钱与苹果派让所有人温饱。但破轮镇的居民依然得拼命奋斗。运气总是有那么一点不顺，他们总是有那么一点落后，虽然依然在比赛场上，但分数始终无法追平。他们为此而努力不懈。

在人们心中，那些年是小镇的黄金时代。然而，即使在那时候，乔治就已经是可怜虫了。尽管他是长子，父亲却不放心将农场交给他，而是交由弟弟妹妹管理。父亲说，这年头经营家庭农场若想要成功，就得有霸气、有魄力，但乔治没有，这点乔治也很明白。接着，他单身了很久，在这样的小镇，根本没有人会用“单身”这个词，如此一来，更是雪上加霜了。

后来，艾奥瓦州的家庭式农业经济的车轮一个接一个掉落，情势每况愈下。

乔治还记得那段时光，他用自己的理论来解释经济危机：他知道自从他失去苏菲之后，一切便开始衰败。

他开始酗酒。

老婆要嫁给他时，他也不太清楚原因是什么，后来原因就变得明显了，结婚七个月后，她生下一个女孩。乔治知道苏菲不是他的孩子，因为他在新婚之夜前一直是处男。

但是无所谓，他有老婆，有超棒的女儿，大家也开始带着一些敬意看待他。突然间，他不再是可怜虫乔治，他是一个丈夫、一位父亲，有担当的大男人。

他从来就不擅长与人相处，而女儿是第一个让他能够好好对待的人。其他人也察觉到了，看到他背着婴儿到处走，大家都会说：“乔治，你真是个好爸爸。”再也没有人提起他是长子却没能继承农场，或是在屠宰场上了十年的班却不曾担任领班，就连只有墨西哥人肯在屠宰场上班的那段时间也不例外。

现在，他又变回可怜虫乔治了，有时他会拼命回想当时几乎算是受人敬重的感觉，不过，他依然记得苏菲。他不在乎蜜雪儿离开，但她带走了苏菲，他的苏菲。他依然清楚记得那张小脸上的每个表情，她的肌肤触感有多么细嫩。他抚摸她的时候，就像砂纸触碰到丝绒，虽然他并不是特别有诗意的人，但他真的这样想过。还有她的笑声、她在睡梦中微笑的模样，当时的他多么温柔，将鼻子埋进她的发丝间，当然得小心不让蜜雪儿看见，不然会被取笑，他已经想不起来蜜雪儿的气味了。

无论如何，自从苏菲被带走之后，状况开始走下坡路。其他人说，经济危机是受原油价格、银行利率的影响，因为贪心的银行业者借贷了太多款项，或是华盛顿的政客不懂又要装懂，随便乱做了一些决定，天知道还有多少原因，但乔治知道那些都不是真正的原因。

苏菲不见了，经过这件难以理解、无法解释的单一事件，世上再也没有道理可言。小镇变得毫无招架之力，突然间什么倒霉事都可能会发生。机器成本和贷款无法反映在货物的价格上，利率不代表任何意义，银行曾经是大伙的好朋友，会不断送钱给乔治和其他人，这时却变得像个陌生人一样，尽管行员是当地人也依然如此。

房子被铲平，种植了更多的玉米，一大堆可恶的玉米。曾经熟悉的农作物，现在变得贪得无厌，甚至难以捉摸。

妻子离开前，她告诉所有人他不是苏菲的爸爸，他立刻变回可怜虫乔治，开始酗酒。

后来，越来越多的人被迫出售农场，再也没有人能扮演好丈夫、好爸爸的角色，越来越多的人变成可怜虫，陪他一起喝酒。

他总说经济萧条是因为苏菲消失而开始的，但从来没有人相信过。现在他戒酒一段时间了，他终于想通了，或许每个人都有自己的一套理论。

他确实戒酒了，一个半月都滴酒不沾。确实，在苏菲消失之后的十五年间，他也曾有不太喝酒的时候，但不喝和戒酒之间还是有很大的差别，但现在的乔治戒酒了。

他要找有用的事情做，他要帮助莎拉，他一定能做到。

“一次只要撑过一天就好。”他经常这么对苏菲说。他不保证永远不会喝酒，他也不打算做出无法遵守的承诺，对苏菲不可以。

开车回家的路上，他满脑子想着该如何打扫，而且在心里对苏菲说：“莎拉真是个好人。”

卡洛琳再次发起募捐

时间才下午一点半，卡洛琳已经造访完五个家庭了。她自愿担起责任，帮忙找到莎拉需要的家具。她忍不住纳闷，书店怎么会需要扶手单椅、阅读台灯和老式台灯？但这是莎拉的计划。她想要，就能得到。镇上终于有间打扫干净的店面，不寻常的装潢只是一个小小的代价。

卡洛琳总是能成功让人捐出她所需要的东西，关键是勤于走动，要去和所有人见面、交谈。过程尽量简短，但必须保持气氛融洽，确定每个人都知道该做什么。然而她今天有点累，说不出为什么，她习惯对身边的人施压，但今天却突然觉得喘不过气。

她来到亨利与苏珊的家，至少这两个人不会有任何问题。亨利和苏珊家中堆了太多东西，他们好像不知道该怎么处理。有时候，她怀疑这对夫妻将人生视为逆向的车库大拍卖，重点不是要卖出，而是要尽可能地收集废物。

她叹口气，小心跨过坏掉的网球拍。她坚定决绝地敲门，仿佛她要说服的人不只亨利与苏珊，还有她自己。

苏珊来应门了，她大概六十五岁，人很好但容易紧张，只要有人施与一点点善意，她就会万分惊喜地感激，但她本身从不吝于与人为善。

卡洛琳说："苏珊，我们要募捐物资。"

苏珊精神一振，整张脸漾出微笑。"真棒！"她说的样子，完全是真心诚意的。

"主要是扶手单椅和桌子。"

通常这句话会让人略微迟疑。每个人都有很多想处理掉的东西，让他们自行决定要捐什么物件比较容易。

“应该没问题。”

她说完之后对着客厅大喊：“亨利！募捐物资！”

她回头问卡洛琳：“要咖啡吗？”

每去一户人家造访，主人都会邀她喝咖啡，所以她已经喝了五杯了，但事关地域问题，于是她点头跟随苏珊走进厨房。主人送上一杯咖啡和一碟饼干。

“我们打算……呃……开家书店。”这个部分让卡洛琳不太自在，因为感觉……太过乐观了，“用艾美·哈瑞斯的书。”她补充说明。

亨利嘀咕：“真令人难过，艾美走了。”

苏珊圆脸上的哀伤表情维持了超过三十秒，卡洛琳终于想到要问起孙子的事，微笑才终于回到她脸上。

苏珊和亨利有三名子女，全都搬到外地去了，孙子也跟着住在外地，从不曾回来探望，而且祖父母的生日也从不记得问候。尽管如此，他们家还是摆满了孙子的照片，而且非常爱聊孙子的事。

聊完之后，亨利与苏珊去翻他们的收藏。卡洛琳在厨房等着，想不通为什么有人想结婚，尤其更令人费解的是，有人还想生小孩。

就她个人来说，两件事她都没有做过。

有时候，她觉得已婚妇女看她的眼神有些高高在上，仿佛她们比她更懂得基督教的精神，因为她们建立了自己的小家庭。有些人更是完全不正眼看她，好像找不到一个白痴男人，女人就没资格存在一样。她参加过的婚礼与受洗仪式多到数不清，场上的其他宾客怕她误会他们在取笑她，所以坚持不看她，以至于她觉得自己像个透明人，就好像未婚女子能够与壁纸融为一体似的。人们的视线匆匆扫过，终于落在带小孩的夫妻身上时才松一口气。

当然啦，现在不会了，她在心里这么想。她喝了一口咖啡，苦得整张脸皱了起来。现在的破轮镇，很少有人要结婚了。

而且现在你老了，她告诉自己。一旦过了四十岁，再也没有人期待她结婚，显然四十岁是那个神奇的门槛。

有些人结了婚就自以为了不起，卡洛琳对这种人敬而远之，她对小家庭没好感。虽然更糟的状况还有很多，但组织一个小家庭绝非什么伟大的成就，真的没必要因此得意扬扬，狗眼看人低，耶稣不就是一个古代的长发嬉皮吗？他离开双亲去流浪，以建立更大的集体家庭。

不过，她对嬉皮也没啥好感，他们也很瞧不起人。

亨利探头进厨房，打断她的思绪，他满怀希望地问："放庭院的家具可以吗？你会想要吗？"

她带着歉意摇头。"我们要的恐怕是室内家具。"出于礼貌上的理解，她补上一句，"这次先这样吧。"

什么物资都可能派上用场的，她一定会为教堂再次举办募集活动，只是迟早的问题。到时候，大家想捐什么他们都会收，并且心怀感激。当然，到时又会是她负责四处奔走，说服镇民捐出老旧的庭院家具，由她负责筹办拍卖，也由她负责写答谢卡，每次都是她。

有时候她觉得自己有如黏胶，让教会不至于溃散，借此撑住整个镇，以延续小镇的历史。她年轻的时候，感觉这样的工作很神奇，像是得以一窥成人世界，发生各式各样的事情，进行各式各样的对话。当时这份工作由所有的妇女分担，各个年龄层都有，每个人都有不同的经历、生活和意见，她们也会互相帮助，当然也会吵架。

她还记得那个废物山谬·古得温，他常常打老婆，有一次下手太重了，已超过人们愿意睁一只眼闭一只眼的程度。卡洛琳当时十二岁，也可能是十三岁，她够大了，妈妈和阿姨不会因为她在旁边而停止低声讨论，她也能理解她们话中的部分含意。她记得，那次所有妇女都来了，就连平常不在乎他静默而忍气吞声的妻子的人们也来了。古得温太太在怀孕后期流产了，这件事仿佛打开了一道门。一时间，所有妇女纷纷现身，去她家探望，送煮好的东西过去，以几乎难以察觉的方式帮忙打扫和照料小孩。事情总得有人做，不用道谢。

那个时代，大家会互相照应。生活虽然纷乱，但乱中有序。当然，当时的人们必须死守着家庭，再痛苦也只能咬牙隐忍，但是当情况太过分的时候，每个人都知道会有人帮忙，一起撑过。

卡洛琳有时候会想，是不是因为那种女人她看太多了，所以她才没有结婚？她看着她妈妈帮忙解决那么多问题，因而对男女关系产生反感，或者说，是对男人反感。虽然世上的问题并非全都由男人造成，但她认为绝对都有男人在其中瞎搅和。

苏珊和亨利依然在地下室忙着，外面起风了。透过厨房窗户，她看到树枝被吹弯，厨房里很温暖，她不急着走进寒风里。她又喝了一口咖啡，耐着性子不叹息。

没有结婚她并不后悔，真的不会。只是有时候她会纳闷，到底是从什么时候开始，自己竟变得这么老了？

或许是母亲过世之后吧。世代交替，权杖由罗德太太手中传到罗德小姐手中。她母亲过世了，但依然有妇女挨打、离婚，依然有少女因为意外怀孕而崩溃，但也有人因为一直没怀孕而崩溃，即便婴儿房早在多年前就已准备就绪，也早就缝制好婴儿服了。艾美负责处理这些妇女的日常问题，给予支援，出大事的时候，便由卡洛琳出面号召大家，出钱出力，并善尽基督徒的责任，一次又一次，一次又一次。不知不觉间，她已满四十岁，一眨眼又变成四十四岁。

但究竟是什么时候，她决定要一个人过完余生的？

她听见地下室传来苏珊开朗的声音，她因为爬楼梯而喘着气。“我们有四张扶手单椅！”

看来她得将所有东西送去教堂，再由她负责找地方存放。

她叹息。

卡洛琳，别傻了，她斥责自己。

这时她想到一个好点子。

她说："太感谢了，我知道一个很适合存放的地方。"

一间与众不同的店

“你想开书店，当然好，没问题，但你有没有想过要开怎样的书店呢？”

阿珍的语气虽然友善，但她站在门内，双手大大敞开，逼得莎拉不得不站在门外。在她身后，可以看到宽敞的楼梯，每一级都堆放着运动服、运动鞋，以及玩具，只有从这些杂物之中才能看出家里有小孩。楼下的所有家具都是不同的咖啡色调，墙壁是卡布奇诺和拿铁的颜色，客厅摆着颜色有如意式浓缩咖啡的真皮家具。

阿珍家里比瑞典一般家庭大两倍以上。在破轮镇，空间显然不是问题，最近的一户邻居相距约二十米，而中间的那块空地并非荒地，只是……什么都没有而已，只是一块多余的空间，没人想理会。

“你们有没有找到家具呢？”莎拉问。当阿珍来电时，她以为是因为大家找到她所需要的东西了，但现在感觉好像不是这样。

“家具也是分三六九等的……”

莎拉说：“我想要温馨舒适的感觉，扶手单椅那一类的。”卡洛琳保证过不会有问题，只要募集就一定能解决，她说得斩钉截铁的。

“找几把扶手单椅是没问题啦，不过，你真的不想要……该怎么说呢……比较有格调的家具啊？”

“不。”

“玻璃小茶几也不要吗？不然，一对皮革小沙发呢？当然是假皮的啦，可是看起来还不错。”

“我希望每一把都不一样，而且要布面的、适合阅读的椅子，可以整个人窝进去的那种。”

阿珍叹口气，不甘不愿地让莎拉进去。“进来吧。”她嘀咕着，慢吞吞地走向客厅，一进去她就打个冷战，表情苦不堪言。莎拉在门口停下了脚步，脸上慢慢展开了笑容。

浓缩咖啡色的沙发（莎拉猜应该是真皮的）之间，四散摆放着一张玻璃茶几、一个光亮的深色木造展示柜、款式各不相同的扶手单椅和桌子。翼式椅背扶手单椅配脚凳，有的纤细高雅，有的硕大厚实，仿佛可以将人整个吞没。木头小茶几、金属桌面圆茶几、红茶几、蓝茶几，莎拉认识的所有木头材质这里都有，还有些她没看过的。

阿珍闷闷不乐地说：“卡洛琳到处去找人捐助，他们大概以为是教会要的，而且她告诉大家把东西送来这里，所以一整天都有人来扔东西。”她无奈至极地看看左右，“我该拿这堆东西怎么办？”

莎拉大笑。“捐给教会吧。”她说，“我只需要两把扶手单椅和一张茶几。”

她也需要书架，不过，这方面不必烦恼。当然，书架是书店不可或缺的东西，但大部分的空间都会被书覆盖，所以无论造型如何都不会太突兀，也几乎不会有人注意到。她在瑞典上班的书店使用金属书架，原本的白色因为长期使用而变得灰灰脏脏的，怎样都比那样好吧。

书架这部分由汤姆负责。第二天，他来艾美家，要带她去看书架。其实，她觉得没必要看，反正差不到哪里去，但她很好奇汤姆的家是什么样子的。

如果她期待能从摆设上看出他的性格，那么，她要失望了，因为他们根本没有进去。

通往他家的是一条缺乏打理的碎石车道，一排落叶松几乎直达大门口。房子的正面似乎永远被阴影笼罩，毫无特色的小窗户透不进什么光线。

汤姆直接带她去后院，房子的设计显然以后方为重点。一绕过屋角，后院立刻在眼前展开，房子就建在小山丘上，树木被修矮了，所以放眼望去是辽阔的玉米田，连远处破轮镇群聚的屋顶也看得一清二楚。

房子侧边装了超大型的观景窗，在这种乡下感觉有点突兀。

门廊绕过整栋房子，融入一座工坊，完全看不出两者的界线何在。远处有间门开着的小屋，莎拉看到里面结实的工作桌与凳子，有几个整齐排着瓶瓶罐罐的架子，还有两张老旧的米色真皮车用座椅。

小屋外面另有一张长工作桌，就放在门廊旁边，还有一个沾满油漆的水龙头和水槽。

后院本身没什么看头，只是被踩过的干土地，但那里放着三个东倒西歪的书架，还是非常难看的红棕色，感觉十分不牢固，莎拉怀疑那可能连童书都放不了。

汤姆说："别担心，我会重新油漆的。"

"可是只有三个。"她藏不住她的泄气。她以前工作的书店虽然小，但也有超过五十个书架，有没有搞错啊，扶手单椅都快比书架多了。

"太多了吗？"

"太多？这些连放半面墙都不太够。"

一阵风吹来，书架颤动着，仿佛因为害怕风吹日晒而抱在一起发抖，这模样实在太可怜，突然让莎拉有点同情。她说："应该很不错，可是我需要多几个，至少六个。"

汤姆愕然看着她："你到底有多少书？"

*　　*　　*

艾美的藏书并不稀有或珍贵，但她成功打造出了一个可以单纯享受阅读乐趣，且不受干扰的空间。每个人都能在这里找到适合的书，包括那些"从不读书""喜欢电影胜过看书"的人。莎拉打定主意，要让她的书店，也是大家的书店，成为同样的阅读殿堂。

她将所有书分成几堆，确认有哪些欠缺的部分，列出要上网订购的图书，但她很难不迷失在书海中。

在整理时，她将书籍散布四周，经常随手拿起一本翻开，大笑着，像是对艾美说话，沉溺于心爱作家笔下的精彩情节，也发现无数的新瑰宝。

阵雨拍打着窗户，但她几乎没有察觉，无数故事的声音将她包围，等候即将爱上阅读的镇民发掘。

这可是实实在在的一见钟情。初次相见，约塞连便疯狂爱上了随军牧师。[1]

此刻我虽然身在玫瑰园安养之家，但在心中，我坐在汽笛镇咖啡馆，大啖油炸绿番茄。[2]

亲爱的席尼：舒珊·史考特是个奇才。[3]

我们的营地距离前线五英里。昨天换防的人到了，我们下来后方休息；此刻我们的肚子装满了豆子炖牛肉，分量充足，大伙饱餐一顿。[4]

四月里一个清凉的夜晚，十一点的钟声响起，一位名叫乔伊·裴隆的女士从邮轮“阳光女公爵号”一处奢华的甲板坠海。乔伊往漆黑的大西洋直直坠落，因为吓傻了而不感到惊慌。我嫁了个混蛋，她想着，一头栽进波浪中。[5]

家住水蜡树街4号的德思礼夫妇总是得意地说他们是非常规矩的人家。拜托，拜托了。[6]

---

1 此句出自小说《第二十二条军规》。

2 此句出自小说《油炸绿番茄》。

3 此句出自小说《亲爱的茱丽叶》。

4 此段出自小说《西线无战事》。

5 此段出自小说《裸泳》。

6 此段出自小说《哈利·波特与魔法石》。

莎拉原本打算留下自己想看的书，可是实在太多，恐怕得等上架归位后，再一一拿下来看了。

那天晚上，她万般不舍地回到自己房间，躺在距离书本两米的床上，翻来覆去睡不好。

第二天早上醒来时，她满怀期待，去厨房喝了杯咖啡，然后回到艾美的房间，准备继续整理。

她在门前停下脚步，说不上来为什么，她竟然以为艾美的房间会像之前一样，床上铺着色彩柔和悦目的厚实百衲被，洋溢着书本静静等候所营造的安详气氛，但现在房间里一团混乱，是她昨天亲手制造出的混乱。

一堆书倒了，底下的床单皱巴巴，还有好几个书架被清空了，只剩灰尘的痕迹，能依稀看出放在那里多年的书被取走。当然啦，目前大部分的书还在地板上，呈铺开的扇形，中间空出一块莎拉昨天席地而坐的地方。莎拉原本将几个压扁的空纸箱靠床边放着，但在昨夜里倒下了。

虽然这只是一种淡淡的感觉，且被她立刻抛开了，但站在这里看着空空的书架，她忍不住怀疑，艾美真的会同意吗？每次莎拉走进这个房间，就仿佛走进艾美的世界，一个时光暂停的另类宇宙，所有事物依然是该有的样子。

然而此时此刻，艾美的存在感逐渐减弱，仿佛莎拉每次搬动她的书，不只是扰动了灰尘，也扰动了她的灵魂。

艾美会跟这些书一起去店里，她告诉自己，但疑虑不断纠缠，始终甩不开。

下午汤姆来的时候，墙边堆着几个装满书的箱子，床单重新铺过。莎拉也掸去书架上的灰尘，但她很后悔，因为感觉好像把艾美也一起清掉了，后来她不得不把几本书放回架子上。

汤姆看到空空的书架，也看到莎拉坐在一堆书本中间，眼神惶惑，几乎快哭出来了，但他没说什么，就靠在门框上默默地看着她。

她很想问他，艾美现在能看见他们吗？她是否会保佑他们的计划成功？假使她看见了，对这么疯狂的举动，又会有什么想法？但她不敢问。

最后他比比那些箱子，扬起眉毛做出询问的表情。

她点头。他弯腰举起两个箱子，但没有立刻搬走，他站在那里看着她，好像想说什么。沉重的箱子让他黝黑臂膀上的肌肉更突出，两天来，莎拉脑中第一次出现与书无关的事情。

“汤姆。”她欲言又止，他再次停下脚步，她说，“没事，小心点，书很重。”

他下楼走远，她几乎可以确定，在他走远前，他的嘴角流露出笑意。

男人啊，她想。

她在书店工作多年，由经验得知搬书比较像马拉松而不是短跑冲刺，每次都是男人先累趴。店里的男员工也一样，从来不听她的话。

老实说，从来没有男人听她的话。

书店开张的前一晚，莎拉独自待在店里。

“好了，艾美。”她站在橱窗旁，镇上仅存的几盏路灯洒落黄色的光芒，整家店染上了朦胧的光晕。从她站着的地方，几乎可以看到吉米·库根街，她不禁莞尔。

粉刷墙壁、搬进家具和书架，再将书本运来并上架，这些工作就整整花了三天。汤姆成功收集到莎拉想要的书架数量，但空间塞满之后还有剩余的书，于是她将那些书装箱收进小小的储藏室，准备以后再陈列。镇上大概只有她一个人相信这家书店有未来可言，但她一定会做给大家看。

一进店门，首先会看到深黄阳光色调的柜台，莎拉觉得这让人有种走进魔法铺子的感觉。有了黄色柜台，一切都有可能，不是吗？

汤姆将所有书架漆成白色，除此之外，每件东西的颜色都不同。墙壁是饱满的黄色，好像能够捕捉阳光，然后散布在整家店里。这种黄色和柜台的黄色不同，但无所谓。那个颜色很开朗，而且反正几乎所有墙面都被书盖住。橱窗前摆着两把翼状的高背扶手单椅，有不同的颜色，一张是褪色的绿格纹，另一张则是深蓝色。她在两把椅子中间放了一张松木小圆几，与深色地板形成了对比。这里的整体感觉比较像大家族的房子，家具由每一代的人们买回来；这里也很像年轻夫妻的家，因为没有钱买新家具，所以全用二手货。两种想法她都喜欢。

乔治、卡洛琳和其他人稍早来验收成果了，现在只剩下她一个人在店里。虽然已经没有事情可做，但她还不想离开。

她在店中央缓缓地转圈，脸上满是笑容。她的书店准备就绪了，自成一格，完美无比。

“你觉得我们在这里会过得开心吗？”她问艾美。

艾美没有回答，她大概还在适应环境吧。

莎拉说：“别担心，我们会一起将书本与故事散播到整个破轮镇。”

一个走向衰亡的小镇

约翰在厨房准备咖啡。汤姆站在客厅窗边，看着下面的主街，但他听见了杯子与碟子精准放在拖盘上的整齐声响。

老实说，要把那里称为“厨房”，是有些夸大了。那空间的大小比较像是橱柜，只是装了小型料理台和两个电热盘，而冰箱是放在客厅里的。

真有意思，这间公寓几乎没有改变。客厅贴着条纹的棕色壁纸，汤姆第一次跟爸爸来的时候就是这样，当时约翰刚刚接手五金行和楼上的住家。屋里有一股浓浓的老旧气味，旧家具、旧衣物的气味消散不去，很可能约翰刚搬进来的时候便是如此。

然而，真正令他惊讶的是过去几周这个公寓竟然毫无变化。艾美过世影响了整个镇，但这里的墙壁、天花板和以前一模一样，或许正是因为如此，约翰才越来越少出门。

最近，汤姆尽可能每个星期来几趟，他总觉得约翰仿佛站在悬崖边，或许常来探望能让他不至于跌落。汤姆总觉得，或许约翰之所以还没有跳下去，只是因为挤不出那么多力气。

这间公寓没有因为艾美的逝去而受到影响，或许是因为这里从来与她无关。艾美过世前，汤姆很多年没有进来过，甚至可能超过二十年，每次见到约翰的时候，都是在艾美家。

那天晚上，艾美的店面亮起灯光，照亮楼下的街道。莎拉一定还在店里，虽然开张的准备工作早已完成了。

“你对这整件事有什么想法？觉得不妥吗？”他提高音量，让在厨房的约翰也能听见，“莎拉住进艾美家，还有开书店的事。”

“书店？”约翰的声音由他身后传来，感觉像在发问。

“对。”

“卖艾美的书。”

“对。”

厨房里的约翰将方糖装进糖罐里，发出叮叮咚咚的声音。汤姆和约翰喝咖啡都不放糖的，这是他们小仪式的一部分。

“我很喜欢她。”约翰终于开口说话了。他正从厨房里端着托盘出来，上面除了两杯咖啡，还有一盘饼干，他们两个都不想吃，“她好像很开心。”

他将托盘放在小茶几上，汤姆依然站在原处。

“开心？”

“可是她不会留下来。”

可想而知她不会留下来。“你知不知道她为什么来？她……艾美有没有告诉你？”

“我觉得不该把她留下来，这样不对。”

“老天，当然了！”他没想到自己的语气会这么激动，但他立刻转身看着约翰问，“为什么不对？”

约翰没有回答，只是端给他一杯咖啡，从他的动作就看得出来他不打算回答。汤姆的视线飘向破轮镇荒凉的主街，约翰在他身后再度开口说话了。

“这里没有未来。”约翰的语气很坚定，仿佛无论如何都必须让汤姆明白。艾美过世之后，这是汤姆第一次看到他这么动情。

当然，汤姆明白，但他不赞同。他很想知道，究竟哪里才有未来？住在大城市的人真的比较快乐吗？他们总是忙于追寻新工作、新房子、新老婆。以他至今所见过的世界而论，与其他地方相比，破轮镇的人们也不见得比较不快乐。

“没有工作就不会有年轻人来，家庭也不会留在镇上，没有家庭就没有新的年轻人，没有年轻人的话，这个镇就完蛋了。老人会死，到最后只剩下像我这样的人。”

“小镇有这样的根基也不错。”汤姆说，“更何况，我们有年轻人。”

“不多了。”约翰说，“他们也快成年啦，蕾西和史蒂芬可能是最后的几个了。”

“阿珍的小孩会长大的。”

“然后他们会搬走。”

汤姆沉默，而约翰看着无人的街头，仿佛那就是证据。莎拉从书店里走出来，却只是站在那里，一派平静，仿佛世上没有任何急迫的事了。

约翰走到窗前，他说：“面对现实吧，破轮镇正在走向衰亡。”

二〇一〇年七月二日

莎拉·林奎斯特　收

亲爱的莎拉：

二十世纪六十年代末期，约翰从亚拉巴马州的伯明罕市来到这里，和他一起来的还有他母亲以及兄弟姐妹。我不知道他父亲在哪里，可能留在亚拉巴马，也有可能早就抛家弃子了，也说不定那时已不在人世。约翰从没提过父亲，也几乎绝口不提亚拉巴马的往事。我只有一次成功引导他谈到，但那次也是因为我先把他灌醉了。

在那个年代，伯明罕这个城市很出名，几乎是种族隔离的国际标志，而州政府还支持种族暴力。“布朗诉托皮卡教育局案”[1]的判决结果出炉，最高法院裁定公立学校不得因种族不同而拒收学生时，穿着制服的学生被强力水柱喷洒的照片却传遍全世界，下手的不是别人，正是警察。那时候发生了很多起暴力事件，烧公交车、炸教堂，将人凌迟之后放火活活烧死。因为白人针对黑人的暴力行为太泛滥，有一阵子人们称那里为“暴明罕”。金博士[2]最知名的那封信，就是在伯明罕市立监狱写的。

真好笑，这年头说到恐怖主义，大家都以为只有穆斯林和阿拉伯人才会威胁我们的社会。以我的认知，早在“9·11”之前，恐怖主义就成形了。那样的恐惧、独断、暴力，所有的种族一律受到影响，包括那些声称不想介入种族纷争的人，以及无意反抗种族隔离的人。对我而言，恐怖主义的象征依然是当年的景象：在社会上有头有脸的白人，站在遭到凌迟、烧成焦炭的黑人遗体旁，一脸得意地欣赏自己的功绩。

约翰说，我太常想这些历史性的不义，或许他说得没错，但对我而

1　布朗诉托皮卡教育局案（Brown v. Board of Education of Topeka），1954 年 5 月 17 日由美国最高法院判决种族隔离为一种不平等，若违反宪法所保障的平等权就会被判决违宪，在美国民权史上有标志性的意义，促成了种族融合。

2　马丁·路德·金（Martin Luther King，1929—1968），人称金博士，美国人权运动领袖，1964 年获得诺贝尔和平奖。

言，那并非历史，我们似乎一直无法为当时的人扛起责任。从前我们说现实就是如此，但后来我们只是漠然耸肩，说那个时代就是那样，现在已经不同了。但是，我很想说，那并非我们的功劳，可惜也没人要听。

破轮镇从来就没有种族问题，很可能是因为根本没有黑人。约翰是第一个在镇上定居的黑人，而我认为他就属于这个地方。我把他灌醉的那天，他说破轮镇是第一个不让他感到恐惧的地方。

现在你明白了吗？这种事情怎么能原谅！

祝安好！

艾美

福斯书店

开张第一天早上，乔治开车送莎拉去书店。她决定十点开门，只因十点是最适合开门的时间，并没有什么特别的理由，但今天她九点半就到了。乔治似乎知道这一刻有多么重大，因为当她打开门锁时，他后退一步让她独自进去，这是她第一次正式踏进她的书店。

她站在店面中央，乔治依然站在门口，正犹豫着要不要进去。

他说："整理好之后真漂亮。"莎拉报以微笑，虽然她知道他看不到。

她缓缓走一圈，打开扶手单椅旁的阅读台灯，以及柜台上收款机旁边的小桌灯，拍拍两把椅子。她伸手抚过神奇的亮黄柜台，然后绕过去站在里面。她以这种方式将这间店变成她的。

乔治说："好了，我想……我去喝杯咖啡。"

莎拉点头。

她将一间灰灰暗暗的店面改头换面，成为温馨舒适的小书店，如果这不算人生中的一大成就，那她真不知道什么才算。

站在柜台里，她的呼吸好像变得轻松了，仿佛书架、柜台、橱窗给予她稳定的力量，让她整个人变得更轮廓分明、更坚强有力。

大部分的书都是平装版，所以书架上五彩缤纷。都会女性小说以粉彩为底色，搭配俏皮的花体字；惊悚小说以黑色为底，搭配金属色调的书名；比较严肃的小说则会采用米色、灰色、白色。一排排的平装书之中，偶尔会出现一本耸立的精装书，除了几本非小说书与摄影集突出书架格子外，也有些因太大放不下而平放。

就几个角度上来说，这都算是她梦想中的书店，其中一点还包括所有书都被阅读过。

被阅读过的书，才是最棒的书。

以前的她可不是这么想的。当她开始在约瑟森书店上班时，她一心向往堂皇亮丽的书店，是大型连锁的那种，新书堆得像山一样高，而平装书的专区中，每本书在架上都有十本存货，封面朝外摆放。排行榜上的畅销书有专门的陈列书架（而不是放在那种灰旧的白色书架上），所有分类标示贴纸都是塑胶印制的，而不是在后面的小办公室里随便拿张黄纸写上然后草草贴上。惊悚作品、小说、平装书排行榜、新书报到，书架上都写得一清二楚。

若真要她坦白说的话，其实她每次看电影《电子情书》，内心总忍不住偷偷觉得，福斯书店的拿铁和商场陈列比较迷人，梅格·瑞恩的小店那么拥挤狭窄，让人喘不过气来。在瑞典，大概只有首都斯德哥尔摩才有类似的书店，位于山谬斯嘉坦街的学院书店，还勉强可以称得上是复合商场，有飘出拿铁香气的韦恩咖啡馆、许多阿珍一定会爱死的黑色真皮沙发，每个人身边都有一摞闪亮的新书，还有一整个特别用来陈列非小说类的专业书籍区域。就算你突然心血来潮，想买一本粒子物理学的专书，在那里也找得到。

但那样的奢华只有大型店面才能实现，福斯书店有可能开在郊区的小小购物商场里吗？恐怕很难。地区性的购物中心需要一间书店，除了卖书也要卖一卷卷的传真纸和圆珠笔替芯，他们还需要一台能将传真发到国外的传真机，甚至有一整柜没用的小玩意儿，好让人可以买回家送给小孩当礼物，或者是白色塑胶箱里装满受损蒙尘的平装书，偶尔可以挖到半价出清的二十世纪九十年代的宝物，就像福斯书店那样的。

她向来就喜欢平装书。她最喜欢的一个故事，是关于企鹅出版社的创立人爱伦·雷恩的，平装书是他的创意。有一天，他在旅途中无书可读，而在那个时代，书报摊上只卖报纸、廉价爱情小说以及犯罪小说，于是爱伦·雷恩想到，可以将好书印制成简单廉价的版本，价格不高于一包香烟，而且只要有卖烟的地方就能买到。莎拉一直觉得这个想法很棒，可惜在今天的瑞典，即使香烟再加上税金，还是比书本便宜许多。

后来他们发起“军队读书会”，而这也是莎拉想到这个故事的原因。读书会将阅读的乐趣传播给远离亲人、朋友的士兵，为他们带来一点快乐与消遣。最棒的是，体积较小的平装书能够轻松放进军服的口袋中。企鹅出版社的社史中还写道：“在战俘营中特别珍贵。”莎拉一直觉得这是一句特别悲哀的话。

无论如何，这个故事说明了书本的力量。虽然说当心爱的人死去时，书本无法减轻痛苦，也无法为世界带来和平，但书本所拥有的并非这种力量。莎拉认为，无论在战时还是平时的日子，无聊是一个大问题，那是一种缓慢而残忍的消耗。那没有什么惊人之处，只是逐渐消磨人的精神与体验人生的渴求。

因此，还有什么比书更棒的呢？而且还是能放进外套口袋的书。

她深信，只要破轮镇镇民开始阅读，就一定会越来越爱阅读。

虽然书店开张了，但她还有很长的路要走，现在只是开始而已。她没有半点疑虑，她绝对能让破轮镇的人们拾起书本，无论现在他们怎么看待这件事的。

阅读或不阅读，这是问题所在

书店的陈设，为小镇带来一些很不一样的氛围。虽然会让人想定义为一种前所未有的坚毅，但老实说，这种精神早已存在了，卡洛琳与阿珍就是活生生的证明。或许，只是这股精神找到了新出口，也可能是因为大家难得有机会凑在一起看热闹吧。总之，在那短短几天内，破轮镇感觉又像一个真正的小镇了。

然而，当书店真正开张之后，似乎没有人知道该拿这家书店怎么办。他们要书店做什么？没有人打算要买书，至少他们是不会自己买来看的。

例如现在，阿珍问安迪说："约翰会不会想要一本书呢？"他们站在书店门外，迟疑地看着店里。莎拉站在柜台内，别扭地对他们挥手，而阿珍也挥手回应。"既然现在艾美——"她停顿了一下，"我的意思是，他可能需要什么来消磨时间吧。"

"当然。"安迪说，"乔治也有很多时间可以看书。"

"我正好也想到他呢。"

"我自己是没有那种时间啦……"

"真的忙死了，那些小孩啊……"

"酒吧啊……"

他们很快便分道扬镳，各自喃喃着"约翰""乔治"之类的话。

格蕾丝说："认清现实吧。"她双腿大开坐在一张单人沙发椅上，左右转头张望，似乎觉得自己身在书店这件事非常不可思议，"你永远赚不到钱的，这里没人要买书。”

莎拉一点也不担心，重点不在于能不能赚钱，而在于每个小镇都需要一家书店。

“相信我，这个镇不值得你留下，所有小镇都不值得。镇上的人会把你卷进他们的问题里，然后他们会想控制你，把你吃干抹净再吐出骨头来。当然啦，有时候顺序不太一样。”

莎拉知道就算她辩驳也没用，于是跑去整理角落的一堆书，虽然其实也不需要整理。

“而现在你就困在这儿了，看来那天我不该叫你去找卡洛琳的。”她耸肩，“反正你也不归我管。”

莎拉移开视线。“我当然不可能留下来，我只是……回报大家。”她又补上一句防御性的话，“还有，我也正在思考一些事情，书店是很适合思考的地方。”

“尤其是一个没有客人的书店。”格蕾丝的话一针见血。

葛楚德就更不留情了，她和阿梅在她家里仔细地分析最新情势。她俩的公寓离得很近，路程只要短短五分钟，两间公寓相似到惊人的程度，当然，一些细节还是有所不同。阿梅喜欢写有金句的绣花挂毯，葛楚德总说那些格言“愚蠢得很乐观”。葛楚德喜欢绘画，特别是油彩或亚克力颜料的画作。画作的题材并不重要，总之花了很多钱，就要有很多框、很多画。

阿梅喜欢雅致、轻巧的家具，而葛楚德总会选择最扎实而牢固的家具。除了这些，两间公寓相似到令人难以分辨，同样狭小又阴暗，主要是因为窗户被窗帘和各种植物遮得密不透风，两间公寓也都塞了太多家具，人老了就很难适应新家具，也舍不得丢东西，结果就变这样了。

她俩大部分时间都在一起，主要是在葛楚德家，她家的天花板和墙壁早已习惯被香烟熏了，偶尔在阿梅家聚会时，阿梅总会想尽办法以最不明显的方式让空气流通，以至于葛楚德误以为阿梅的家严重漏风，一直劝她找人修修窗户。

“募集物资是一件好事。”葛楚德点起新的一支烟，她将每根香烟都视作人生的最后一根。

她捐了一把单人沙发椅，可惜因为烟味太重被放到了隔离区，噢，好吧，心意最重要啊。“如果她真的以为这里会有人买书的话，那她一定是疯了。”

“或许看本爱情小说也不错……”阿梅说着便转头看窗外，思考着这天气是否适合去散步，她可以沿着主街走走，然后刚好路过新书店，这样葛楚德就没话说了吧。

“呸！”葛楚德嗤之以鼻，“不道德。”

阿梅把玩着上衣。“我说的是那种浪漫的爱情故事。”她急忙解释说，“不是那种……不知羞耻的玩意儿。”

她的语气有着浓重的向往。

“我骂的就是这个。”葛楚德说，“那种书只会教坏女孩子，什么白马王子、青蛙的，全都是骗人的鬼话。”

乔治不是在格蕾丝的店里就是在书店，经常有人看到他坐在沙发椅上，手中拿着《BJ单身日记2》。第二部就像第一部一样令人难以理解，但他不时会因为主角的疯狂行径而开心大笑，然后入迷地继续读下去。

安迪就没这么容易被说服了，当然他也来过店里，他挑剔地打量一番之后在乔治身边坐下，刻意端出淡漠的表情看着店里的书。

“有卖出任何一本吗？”安迪问。

乔治听出安迪语调中的挑衅，便合上书含糊地说了句：“吃午餐。”而时间根本还没到十一点。莎拉还没决定是不是该老实回答他时，他就已走出店门了。

她一边努力想答案，一边将两本书放上书架，主要是因为她需要有点事情忙，而不是因为真的需要把书上架。一直到现在，她还是很没有真实感，好像在玩一个开书店的游戏，但她绝不会告诉安迪这想法。

“一定会卖出去的。”她说。

他大笑。

她想，一定要让安迪离开时带走几本书，就算偷塞进他的包包里也在所不惜。

他再次打量书店一大圈，说：“你应该进几本同志的爱情小说，这样说不定连我都会来捧场。”

她气恼地握起拳头。“既然你根本不相信书店能开下去，当初何必要帮那么多忙？”

“啊，反正没坏处嘛。”他对她挤眉弄眼，“更何况，卡洛琳支持这整件事。只要扯上卡洛琳，就最好不要随便跟她硬碰硬。”

“她好像……很强势啊？”

“卡洛琳原本是老师，现在失业了。废校之前，学校完全是由她一手打理的。”他停顿一下，看看左右，然后压低声音说，“她是个好老师，好得要命。”莎拉一脸疑惑地看着他。“她很照顾学生。”他将音量压得更低，仿佛生怕卡洛琳随时会冲进来，就因为被称赞是好老师而骂他一顿，“三分之一是妈妈，三分之一是社工，三分之一是——”

“老师吗？”

“是典狱长。尽管笑吧，现在她全心投入照顾破轮镇，全年无休，同样的角色完全没变。”

“她一直对我很好。”莎拉说。

“你最好当心点，否则她会完全掌控你的人生。”

她微微一笑，或许她正需要这样的人。

“她和格蕾丝到底为什么合不来啊？”

“陈年往事了，相比于她们两家的亲戚，现在的状况根本不算什么。卡洛琳的妈妈无法忍受格蕾丝的外婆，当年她们互不相让，都快被对方逼疯了。”

“等我一下。”她挤到一箱箱的书本之间好进入小储藏室，不久之后，端着两杯咖啡出来，将一杯端给安迪，然后她坐在另一把单椅上。

“罗德太太，也就是卡洛琳的妈妈，比她更恐怖。听说，有一次她老公打扑克牌打到把房子输掉了，他根本不敢告诉罗德太太，赢的那个人也不敢说，到现在卡洛琳还住在那栋房子里。可是格蕾丝的外婆最爱激怒罗德太太，到了罗德太太晚年，镇上更只有她一个人敢和她较劲。罗德太太过世以后，她也不复当年了。”

莎拉被咖啡呛到，安迪急忙帮她拍了拍背。

他说：“准确来说，卡洛琳和格蕾丝不和的症结，就发生在议会搬家那年。我们原本只打算选个暂时性的小镇代表，大家都觉得少一票没有差，于是都投给格蕾丝，算是一种抗议吧，因为格蕾丝从未到场开过会。老实说，我不确定卡洛琳和格蕾丝谁会比较生气，不过，我怀疑其实她们早就不把这件事放在心上了。”他略微思索了一下，“她们对一件事倒是意见相同，就是她们好像都认为我们镇上需要建立一些传统。”

“你和汤姆进展如何？”安迪话锋一转。

结果他又得帮她拍背了。

二〇一〇年七月十七日

莎拉·林奎斯特　收

亲爱的莎拉：

我之前说过，艾奥瓦是个没有伟大故事的地方，其实不尽然。这里有说不完的故事，只是好像始终没有人想到要写下故事。在铁路开通以前，冬天完全不能出远门，因为路况差到马车无法行走，河面结冰，所以蒸汽轮船也无法出航。我相信那些在漫长冬季困坐家中的人，一定会在脑中旅行到很远的地方，借此打发时间。

我弟弟罗伯很会说故事，我们都以为他长大以后一定会当记者。对我们而言，做白日梦顶多只能到这种程度了，当小说家太不务实，但新闻记者还可以接受。那时候，《华莱斯农民报》和《草原农民报》是我们生活的重心，爸爸存了一整箱报纸放在阁楼，罗伯从来不让我们拿来生火。每次我们说要拿来用，他一定会嚷嚷说："要尊重文字！"我觉得用来生火也是一种尊重的方式，就好像我们珍惜金钱，所以受不了有人浪费钱。

他上高中的时候开始办报纸，以破轮镇唯一的溪流命名为《歪溪农民报》。没多久，大家都简称为《歪农报》，老实说，这个名称比较合适。这份报纸专门刊登血腥的悬疑故事、夸张的爱情故事，以及杜撰的农业指南。所有文章都由他亲笔写作，但他准许别人提供灵感。不过，我认为爱情故事那部分完全是他自己的灵感，没想到反而是这些故事惹来麻烦。有几个故事太贴近现实了，但我相信他不知道真的发生过那样的事，或许他只是无法想象他的创作竟然反映了现实人生。

祝安好！

艾美

关于爱情小说（书本和人生：二比零）

汤姆还有许多其他要操心的问题。他对莎拉没有意思，也不会为了顺从安迪和阿珍的荒谬计划而约她出去。他当然知道他们想牵红线，要把他和莎拉凑成一对，白痴才看不出来，委婉行事实在不是安迪和阿珍的强项。他尽可能假装没这回事，但不知道为什么，他动不动就会想到她。

每次经过主街时，他都会看到她，她有时在读书，有时只是面带笑容站在柜台里，好像以为客人随时会蜂拥而至。

怎么会有人想在破轮镇开一间书店?

他也知道他应该对她客气一点，她是艾美的客人，他脑中有个顽强的声音不断提醒着。但是，艾美已经不在了，他想到这件事仍会心痛，真是奇怪。艾美是汤姆与父亲之间的最后一条线，让他能够回到那个大人永远知道该怎么办的世界。他那安全自在的童年，只剩下这最后一块了。

他督促自己，振作点，汤姆，但失去艾美的遗憾在胸中有如真实的疼痛，他以前玩美式足球的时候曾经肋骨断裂，而现在他有很类似的感觉。

艾美不在了，他在心中重复，这次更决绝，假使她的客人为了偿还不存在的债务而卖掉她的书，那也不关他的事。

“噢，才怪。”

“你说什么？”他的老板抬头用奇怪的眼神看他。

这下可好了，他要变成一个神经病了。他不可以再想她了，要把注意力转回办公室，麦克正在谈一件他不想听的事情。

麦克接着说：“他们想要的，主要就是我们的卡车和客户。”

汤姆说："他们的车比我们的新多了，而且我们的客户都是小客户，他们根本不放在眼里。他们想成为这一带唯一的货运公司，这才是真的吧。"

老板耸肩。

麦克是一个身材矮壮的男人，虽然才四十出头，但头发日渐稀疏，经营家族事业更让他显得垂头丧气、弯腰驼背。他的样子像只听话又生怕挨打的老狗，他这时的态度让汤姆更加心烦了。

"说不定他们想扩大载运牲口的生意。"

他们面对面坐着，中间隔着一张凌乱的书桌，四周的景象一看就像是一家即将歇业的家族公司。档案夹里满是客户资料，订单却又少又薄，两台电脑从二十世纪九十年代用到现在，购入时原本就已是政府淘汰的旧机器了。

"他们应该不想要这两台电脑吧？"汤姆淡淡笑着说。

麦克一脸困惑地看着他。"电脑？你干吗问电脑的事？你想要吗？"

这两台显示器的厚度达五十厘米，犹如巨大的灰色怪物。"不，谢了。"汤姆回答。

"只要符合岗位资格，他们就会安排职位了。"

"那你呢？他们也愿意雇用你吗？"

"我要搬去我姐姐家，我姐夫的事业需要有人帮忙，卖家电虽不像货运这么刺激，但他们的孩子很可爱，而且有空房可以让我住。"

墙上挂着泛黄的剪报，是几年前镶框挂上的，想借此让新客人觉得办公室没那么糟，上面写着"破轮镇卡车与运输公司赞助棒球队（一九九七）""破轮镇运输公司积极参与破轮镇浸信会活动而获选年度最佳公司"，但最后一则剪报并不是什么好消息，写着"破轮镇运输公司协助当地政府迁往新办公室，满脸笑容的政客准备前往希望镇"，旁边堆着办公桌椅和档案柜，站在一旁的麦克笑不出来。

"其他人也要去希望镇吗？"其实汤姆不太在乎，最近他没精力管别人的事。

“谁知道啊，他们还很年轻，不会有问题的。”

感觉得出来，他后续还有静默的“可是”没有说出口。

麦克继续说下去，语气变得更犹豫。“他们打算让你当司机，因为你的学历不够担任管理阶层，但行政部门又不缺人。你也知道的，假使你没有放弃学业——”

“我需要这份工作，麦克，你很清楚。”

“不然，你考虑一下艾奥瓦市的那份工作吧。”

“到时候就来不及了，我需要留在——”

“抱歉，汤姆，我顶多只能做到这样。”

“当然，你尽力了，我不怪你。”他站起来，微笑着说，“看来得重新上路了，他们应该不像这里有周末加班费和长途津贴吧？”

麦克没有回答。

“没关系，我懂。到那里我就是菜鸟，反正没有什么值得我留下。”

“唉，汤姆，很遗憾你姑姑过世了，她是个好人。”

“嗯。”他在门口停下脚步，“我有多少时间可以考虑？”

“他们需要你在两周内回复，我顶多——”

“只能做到这样，我懂。”

他走出办公室，顺手轻轻关上门。走廊上没有人，所以他给自己几分钟时间，就这么站着。他想着父亲、艾美，想着身兼两份工作的那些年，一边照料农场，一边在麦克这里上班，现在好像所有的一切都消失了，整整十七年。

他现在该怎么办？

* * *

去约翰那里短暂探望之后，汤姆正准备回车上去，麦克公司里的两个年轻司机来到他身边。

他们挡在他和车子中间，一副要兴师问罪的模样。他们很愤慨，也很稚嫩，好像依然期待人生有公平这回事。

“你要去希望镇吗？”其中一个问。他是在这里土生土长的孩子。

“我实在不懂，麦克怎么可以轻易卖掉公司。”另一个说，“他们家族经营这家公司好几代了。”

“才两代。”汤姆说，“公司是他爸开的。”

“都一样，他就那样放弃了。”

“而且还卖给希望镇。学校迁过去后，我们都不能上场打球了。”

汤姆实在不明白，棒球和麦克卖掉公司有什么关联，但对这两个年轻人而言，很可能一切都和棒球脱不了关系。

“还不如直接倒闭算了，那样还比较好。”

“这又对谁有好处呢？”汤姆无力地问。

他们挡着路不让他上车，义愤填膺，期望他也一样。

汤姆看到阿珍踏着坚决的步伐走来，背景是一整排废弃店面与马路。其他地方可能正在铺设柏油路，随着城镇、郊区成长而快速修筑新道路，但是破轮镇却有那么多东西弃置着。

汤姆说：“我会接受那份工作，条件还不错。”

“还不错？”

“别耍白痴了。”他由两人之间的缝隙挤过去，眼看就要成功躲进车里，阿珍却比他快一步。

“你和莎拉进展如何？”她问，上气不接下气。

汤姆懒得搭理，其中一个年轻人帮他回答：“他要搬去希望镇了。”

他纠正说：“我是要去希望镇上班。”不过他觉得或许搬去也好，既然都要去希望镇上班，何苦还住在破轮镇？

“希望镇？”阿珍呆望着他。

他耸肩，希望大家能放过他。

真讽刺，好像只有莎拉一个人愿意不烦他。她站在书店柜台里，固执地望着外面，至少她不会在乎他是否要搬去希望镇。

“我知道艾美走了你很难过，还有……一切的事情，可是你不能永远沉溺在悲伤里啊。”阿珍大声说。

“根本没有这回事。”他说，“再说了，这两件事到底有什么关系？”

“假使艾美还在世，你就绝对不会搬走。”

或许她说得没错，但他还是会接受希望镇的那份工作，他是大人了。

他绕到车门的另一边，打开车门。

“约她吃个晚餐吧！”阿珍在他身后大喊。

汤姆不打算约莎拉吃饭或做任何事情，他不想助长阿珍的阴谋。尽管如此，几天之后他经过书店时，还是忍不住停下了脚步。

莎拉就坐在一把扶手单椅上，眼睛睁得又圆又大，泪水默默滑下脸颊。她的视线往下看，感觉很严肃，双眼紧盯着大腿，似乎完全不在意所有人都会看到她哭泣。

老天爷，他想。他在门外踌躇，不知道该怎么办，要进去吗？走开吗？假装没事吗？不知为何，他觉得应该说些安慰而友善的话，话说回来，大白天的，怎会有人在公开场合哭泣呢？

他万分慎重地打开门，终于说出一句：“嗨。”

她抬起头，泪水好像又要夺眶而出。他呆站在她身边，像个不会说话的影子，而不是表达关心的朋友。“你没事吧？”这个问题很蠢。

“什么？”她好像突然察觉脸颊上泪痕未干，便急忙尴尬地抹掉，“这本书太哀伤了。”她吸吸鼻子。

“我打扰你了吗？”这下他完全踏进无法理解的领域，但一种说不清的理由让他在另一把扶手单椅上坐下。

她将书放在中间的茶几上。“是《简·爱》。”她又解释，“我都忘记它的情节有多动人了，我第一次读这本书时，窝在地板上看到了半夜。”

他瞥了一眼封面，上头印着一个女人的侧脸，她装扮老气、长相平凡，灰灰暗暗，无趣至极的样子。

“真的很傻，明知道结局会很幸福，有什么好哭的。可是真的好哀伤，女主角发现恋人已经结婚了，他的妻子被关在阁楼里，她必须强迫自己离开他。然后她的白痴表哥劝她不如和他结婚，但其实他根本不爱她，而且也很清楚她的健康状况无法应付传教的工作。他满口虚伪地说着基督教教义，其实根本只是为了实现野心才要带她去印度，或是其他的他想让人们改信基督教的国家。”

“只要有幸福的结局就好了。”汤姆小心地试探，寻找安全的立足点。

“是啊。”莎拉郑重地说，“该说，至少女主角很幸福吧，男主角眼睛瞎了，还失去一只手。”

汤姆在椅子上移动了一下重心。

“可是他很幸福。”她又急忙澄清说，“他的简·爱在身边。”

“老天啊。”汤姆不由自主地说。

二〇一〇年八月九日

莎拉·林奎斯特　收

亲爱的莎拉：

你工作的书店要结束营业了，真是遗憾。或许，会有转机吧？那间店面不一定会变成服饰店或咖啡馆，对吧？说不定会开新的书店，脑袋正常的书店老板都应该立刻雇用你。

我的小朋友大多还住在镇上。克莱尔还在，她从不肯说出蕾西的生父是谁，克莱尔姓韩德森。卡洛琳的妹妹嫁给巴伯·韩德森，所以克莱尔的血统一半来自韩德森家、一半来自罗德家，相信我，这种组合可是很惊人的，大概是因为两家都是红头发。有着那般火红的头发，怎能让人牵着鼻子走呢？而且也很难安于做大团体中的小人物。韩德森家的人都有点野，男女都一样，而罗德家的男人也一样，只是没有人敢说。罗德家的女人弥补了他们的不足，甚至做得太过头。乍看之下，卡洛琳的个性似乎完全不像红发人，而且这些年她的发色没有那么鲜艳了，但她年轻时的发色就和克莱尔一模一样，无论怎么形容卡洛琳，绝对用不上“野”这个字眼。不过呢，她那么拼命坚持要举止得体，还是能感觉得出她作为一个红发姑娘的顽固，她这辈子一直想成为团体的一分子，但最后总是变成带头的领袖。

克莱尔就拥有韩德森家典型的性格，但我认为她的勇气来自罗德家，她狂野不羁、独立自主，又坚强勇敢，这样的组合并不完美。我将她、汤姆与安迪视为我的“小朋友”，但克莱尔自尊心太强了，从小到大都不肯接受他人的帮助，包括我在内。她只有一次愿意让人帮忙，那时候她才七岁，是为了果酱的事情，这个女孩很爱甜食。那时候，破轮镇上刚开始出现工业化生产的果酱（我们原本就不太会赶流行，而在果酱这方面我们更是顽抗到最后），那只是一堆人工甜味剂，也没有几颗莓果。那时，自家制作的手工果酱忽然变成次级品，因为颜色不够鲜艳透明，甜味也比不上人工甜味剂，就连真材实料的水果和莓果都成了缺点。虽然我自己做的果酱总是吃不完，但我会特地买外面的给她吃。不过，她长大之后因为自尊心作祟而不再让我帮忙，她怀孕之后更是再也不来我家了。

安迪不一样，无论是帮助别人或接受他人的帮助，他都不会觉得尴尬。他从来就不会过分认真地看待事物，或许是这样的个性拯救了他。

祝安好！

艾美

诚心诚意感谢树木

有一些破轮镇的镇民渐渐习惯镇上有一间书店了，还有整天待在店里的奇怪的瑞典游客。认识莎拉的人们去书店，都只是为了要找她聊天。然而，住在镇上的其他镇民或是附近区域的居民大多是一头雾水。怎么会这样呢？突然就出现了一个游客，还有了一间书店？他们需要很多不一样的店铺，但怎么会有人选择开书店？为什么要大老远从瑞典跑来开书店？

大部分人经过时只会摇头，但他们不知不觉就习惯街上多了一个新橱窗，以及那个站在柜台后面发呆的奇怪女人，有些人甚至还会糊里糊涂地对她颔首、打招呼，而她总是报以灿烂的奇怪笑容。

那天下午，她就坐在一把单椅上读书，有两个镇上的孩子在橱窗外停下脚步。他们刚下校车，但一点也不急着回家写作业。

从街上看过来，莎拉就像橱窗摆设的一部分。橱窗上漆着店名“橡树书店”，字体呈现宽大的弧形，她就坐在温馨的黄色大字下方。

她窝在椅子里，长发犹如帘幕垂落并遮住脸，腿上放着一本书，旁边的茶几上还有一堆高高的书，她正用纤细而修长的手指不停翻页，速度之快，让那两个孩子纳闷她是否来得及读。

他们忍不住驻足观看。一开始，他们只是希望她会点头打招呼，或是赶他们走，但一个小时过去了，她完全没有察觉他们站在外面。乔治来的时候，那个比较小的孩子鼻子贴在玻璃上对她做了一个鬼脸。

但这招也没能让她开口骂人或是无奈地请他们离开，好奇怪。

“你们在干吗？”和莎拉有关的事，乔治总是有点过分地保护。

“我们想看她能一次不停地读多久。”比较大的孩子说。

“她根本没发现我们。”小的那个孩子说。

乔治弯腰探头看着橱窗，虽然知道不应该，但还是忍不住好奇。“你们在这里站多久了？”

“一个小时了。”

“她都没有抬头？”

“没有。”

小的那个加入对话：“我一直做鬼脸她都没看见。”乔治对他皱眉头，后退远离橱窗一些，担心万一莎拉若在这时刚好抬头，会以为他和两个小鬼一起捣蛋。

“我们要待在这里，直到她抬头为止。”小的那个信心满满，“我们要帮她计时，对不对，史蒂芬？”

他哥哥点头。“我是一定不会走的，你想回家就先走。”他的语气听起来完全不在乎，身为哥哥的他很清楚弟弟绝对会加入。

可惜他们不知道，莎拉手中那本书是道格拉斯·库普兰的《神经家族》[1]，否则他们一定会将实验改期进行，改成她阅读大部头传记的日子，或是其他比较需要中场休息的书籍时光。目前，她就只是继续读个不停，不时大笑或会心微笑。

随着时间过去，凑热闹的人越来越多了。阿珍和她老公经过时，至少已有十个人站在店外。她老公经常听她聊那个瑞典游客的事，所以决定过来看看，于是阿珍很体贴地特地带他来，却被一大群人挡住而无法进店门，她十分不悦。当两个孩子解释过之后，她威胁要进去告诉莎拉，让他们玩不下去。

“这样很没礼貌。”虽然她这么说，但不确定是说他们站在店外把莎

1　道格拉斯·库普兰（Douglas Coupland，1961—　），加拿大小说家，作品《神经家族》中的一家人都是难以融入社会的怪人。

拉当成马戏团动物很没礼貌，还是说他们不让她进去书店很没礼貌。

乔治有同感，但他不禁怀疑，阿珍之所以不高兴，可能是因为她自己没有想到这个主意，而阿珍她老公表明也要站在这里看。

阿珍还是很想冲进店里告诉莎拉。虽然她很爱她老公，但不代表他可以决定她该怎么做，她一手按住了店门。

这时她老公说："这件事不就很适合登在《通讯报》上吗？"

阿珍停住，在天人交战几秒之后，她转身回家拿相机，她说："在这里等，千万别离开。假使我不在的时候莎拉抬头了，你们也先别走。总之，等我拿相机过来，至少可以一起拍张大合照。"

她回来时，所有人都还在，莎拉也还在看书。

阿珍立刻拍下莎拉坐在橱窗里读书的照片。

"怎么会有人想看别人读书呢？"站在餐馆门口的格蕾丝问着，她点起香烟，但主要是假借抽烟来看大家在做什么。

"反正没有别的事情可做了。"史蒂芬说。

她想了一下就承认说："这倒也是。"接着说，"你们总得吃东西吧，帮我把后院的烤肉架搬过来，我煎汉堡给你们吃。"

当她忙着准备东西的时候，忽然想到有食物很不错，要是有啤酒喝就更好了。她马上打电话给安迪，他立刻赶来，带着卡尔、几箱啤酒，以及店里的几位常客。

* * *

汤姆都还没看到书店，就先看到那一大群的人，因为聚集看热闹的群众早已将书店围得水泄不通了。

他刚下班，在开车回家的路上看到他们，原本打定主意直接开过去，却愕然发现车子已经停好了，他完全不记得是什么时候做的决定。每往书店走一步，他紧绷的疲惫感就减缓了一点，他想不通是为什么。

不知为何，只要在莎拉身边，他就能放松一些。在他第一次载她去酒吧时，他就发现这件事了，她的表现像是对他毫无期待。事实上，她好像比较希望他不要烦她。后来，他们一起坐在艾美家门廊上那次，他几乎有一种整个人心平气和的感觉。他没有想着工作或约翰，或最近任何会让他烦恼的事情，也就是因为如此，想到要和莎拉独处他就心神不宁。

他发誓这次绝不会重蹈覆辙了，他只是过去看看是怎么回事，只是这样，顶多五分钟就能解决。

现场有种鬼鬼祟祟的气氛，所有人都压低音量在交谈。他才刚走到人群的边缘，安迪就走过来找他，还送上一瓶啤酒，将他拉到最前面。

天已经黑了，但艾美的店里灯光明亮，照耀着街道。莎拉就窝在一把扶手单椅中，手里拿着一本书，眼光注目在页面上。她翻着页面，有一刻，她伸手拨开眼前那落下的发束。

看她读书有种侵犯隐私的感觉。好像偷看她睡觉，而她显然完全没察觉到在场有这么多人。至少这次她没哭，真是万幸。

站在他旁边的安迪开始小声地解释，汤姆听到一些片段，像是“看书……”“在这里从下午等到现在……”“换了一本书，但是没有抬头……”“一手拿着书，一手吃着三明治……”之类的，但他其实没有很注意在听。

莎拉笑了。

她的表情那么逗趣，他不由自主心中一动。她以为没有人在看的时候，表情特别大方而丰富，不仅温暖、友善，也扰乱他内心的平静。

她从不曾这样对他笑。他想，或许得有本书才能引出她这样的笑容，不过，他从来就没有费心要逗她笑，或许下次有机会试试看好了。他发现他脑中竟冒出这样的想法。

他强迫自己转开视线，在他身边的安迪还在继续讲。“你不是应该在广场看店吗？”汤姆问他。

安迪大笑：“何必呢？今晚最热闹的场子就在这里。格蕾丝打电话给我们，所以我们打包了两箱啤酒，提早打烊就赶过来了，大家今晚都在这儿啊。”

“为什么？”

“当然是看莎拉读书啊。”他解释了一下故事背景，“很不可思议吧？两个小时前她换了一本书，但完全没有抬起头，就像接力赛一样，你懂吧？”

汤姆摇头。

莎拉则继续阅读。

直到她终于放下书。

她看完最后一行，露出仿佛见到老友的笑容，然后将书合上。她终于看到外面的人群，急忙站起来，一脸迷糊地往外走。

她一走出店门，史蒂芬大喊：“各位朋友！整整五小时三十七分钟。”

一阵稀疏的掌声。空气中满是炭火、烤肉与啤酒的味道，地上有好几个空啤酒瓶。整个场面有种临时开派对的随性气息，大家提高交谈的音量，因为终于不用担心莎拉听见。

满脸通红的莎拉怔怔地望着他们，她从来就不擅长当那个备受瞩目的人。

* * *

有时候，就是会发生这种事。一群人仿佛只为了衬托一个人而存在，让应该被看见的人更为显眼。现实中很少像电影里演的那样，满屋子的人无意间让出一条路，让女主角瞥见男主角，或让男主角望见女主角。然而，有些人就是体会过类似这样的神奇时刻，明明转身要望向一群人，却只看得见那个人。

那天晚上，莎拉踏出书店，这样的时刻发生了。外面有一大群在下注、谈笑的人，还有啤酒，以及汉堡。那天晚上，在那迷惘的几分钟里，她只看得见汤姆。

有人塞了一瓶啤酒过来，她满怀感激地喝着，格蕾丝和阿珍一左一右在她身边说话。

“真是的，你有那么多时间，除了读书就没有别的事可做了吗？”格蕾丝问。

“你看的那本是什么书？可以给《通讯报》的读者一些阅读小秘诀吗？”阿珍手中的相机闪光灯大作，莎拉根本没机会回答。

她原本打定主意要回避汤姆，但这时她的决心消失了，她分分秒秒都能准确察觉到他在哪里，就仿佛她胸口高处有个不停扫描的雷达，随时侦测他在哪里，和谁在一起。每次看到他和别人说话（他好像打定主意要和每个人说话，但除了她），她就会发现自己正想着，他应该站在她身边才对，应该和她说话，对她微笑才对。

站在远处的卡洛琳看着这场临时的街头派对，犹豫着该不该过去。她站在街道对面，尽可能躲在暗处。

没有人往她这里看，他们正忙着猛灌酒，让自己变得比平常更白痴，由此就能看出酒的负面危害。

卡洛琳原本打算去书店找莎拉，因为她选的店名让她非常高兴，所以想去说几句赞美的话，但她不知为何躲在这里，她自己也说不清楚原因。

或许是因为欢笑，每个人都那么轻松自得，连平常害羞的莎拉也一样。卡洛琳忽然觉得自己回到了十七岁，穿着最漂亮的洋装，甚至化上淡妆，因为怕妈妈发现，她偷偷摸摸地溜出家门，准备去让自己出丑，而她竟然满心期待。真是够可悲的，期待又怕受伤害。

炭火。

一阵风吹来对街的味道，她这才领悟到，是啤酒与炭火的气味将她拉回那个夜晚，回忆犹如一记打在脸上的耳光。全然出乎意料，比起疼痛，屈辱更是令人难以忍受。

她督促自己振作一点，卡洛琳，但就连心中的声音也有些颤抖。

不过就是个派对啊，她想。

但这就是问题所在，她不适合参加派对。她不是会放下矜持狂欢的那种人，她负责收拾派对后制造的麻烦。朋友开心的时候，绝不会来询问她的意见。她们随随便便嫁了又嫁，完全不把她的想法放在心上，只有出了事情才会来找她。总是会有那么多陷入困境的女人，丈夫失业、酗酒、劈腿，丈夫打她们或打外面的小三，或两边的女人都打。

即使如此，她还是可以过去加入他们，和莎拉说几句话就好。待个十分钟，只是因为她刚好经过。

你在怕什么，卡洛琳？她质问自己，然后挺起背脊，咽下疑虑，踏着最有尊严、最有自信的步伐直直地朝向那群人走去。

莎拉看到卡洛琳走过来了，但她满脑子都是汤姆，他正在和一个刚出现的女人说话。那女人感觉很累，黑眼圈很重，身上还穿着丑丑的制服。尽管如此，她却拥有一种强悍而炽烈的美，相较之下，莎拉觉得自己更显无趣而黯淡。那个女生微胖，却散发出一种自信、沉着的气质，即使相隔一段距离仍会令莎拉感到自惭形秽，想要离她远一点，这样两人的差异才不会那么明显。

卡洛琳打断她的思绪，让她内心的一角松了一口气。或许是路灯光线的效果，莎拉忽然觉得今晚的卡洛琳比较像个凡人。她的姿态依旧如军人般挺拔，但她的眼神较为柔和。当她走到莎拉身边时，有种稍微放松的感觉。她穿着牛仔裤搭配黑色大衣，莎拉隐约看到里面柔软的米色针织衫。

卡洛琳完全没有寒暄，劈头就说：“我是橡树保育协会的主席，我想亲自向你致谢，谢谢你将店名取为橡树书店，表达对本协会使命的支持。”

她好像应该告诉卡洛琳实话的，这个店名并非全然源自艾奥瓦州的橡树，但她没有勇气开口，部分原因是一本艰涩的书，关于电脑科学领域中机械学习的理论。两位作者佛西塞与拉达在书中说道，这本书的诞生不能只归功于作者，还有许多人贡献了心力，从创造字母书写的天才，到发明活字印刷术的专家，以及伐木的樵夫。因为有他们，才能将树木做成纸浆，再制造出印书用的纸张。他们又说，很少有人会在谢辞中感谢树木，但它们绝对是投入了全然的付出。

“呃……”莎拉说，“其实——”

“这样能让更多人关注我们的努力。”卡洛琳微笑，“真高兴有外地人能了解橡树对艾奥瓦州有多重要。你有没有关于橡树的书呢？”

那个红发女生不知道说了些什么，汤姆大笑了，莎拉强迫自己移开视线。她痛骂自己，她不能喜欢上像他那样的人。她很清楚自己是怎样的人，也知道自己能力的极限。她或许能应付开书店的挑战，但爱上汤姆这样的人，她只会落得惨死在情场上的结局。

她不太确定这是不是恋爱，感觉比较像是生了场重病。

“我可以订几本。”莎拉说。

当卡洛琳走开之后，换成刚才和汤姆说话的女生过来。

“你就是他们想帮汤姆配对的女生吧？”她稍微强调了“他们想”的字眼，带着自嘲的笑容说，“我是克莱尔，没错，就是十几岁就当妈的那个。”

“那个……呃……我想到的不是那件事。”

克莱尔对汤姆的方向点了点头。“你应该和他在一起的。”她冷冷地说，“蕾西小的时候，他真的帮了许多忙。”她接着说，“蕾西是我女儿，很多人以为他是孩子的爸爸。”

艾美认为不是，但莎拉还是忍不住问：“真的吗？”

克莱尔大笑，没有回答就走了。莎拉站在人群的外围，看着她无意中聚集来的这群人，这种感觉好奇怪。人们对她微笑，举杯向她敬酒，经过时拍拍她的肩膀，但她心不在焉。不知何处传来了乡村音乐，她听不清楚歌词，但旋律让人缅怀回忆与历史，并非惆怅怀旧，而是一种稳固地根植于过去的扎实感。

一瞬间，她深信艾美也在场，在清凉的晚风中，在汉堡与冰啤酒的气味中，但又并非真的是艾美。或许她确实在，但又或许不只有她，感觉比较像是整个镇都在，是世世代代生命与记忆的集合体。短短几天前，建筑的外墙只是一个单调的背景，现在却犹如调皮的灵魂。安迪、卡尔、汤姆站在一起，他又在和克莱尔说话，她几乎可以看到安妮老师骑着三轮机车在他们身影之间呼啸而过，整个场景仿佛在喃喃诉说早已被遗忘的故事。

汤姆终于过来找她，她的心思因飘得太远而说不出话来。他们默默并肩站着，距离非常近，她能够感受到他的体温，以及他手臂轻触的感觉。她忍不住偷看他一眼，往昔旧事带来的温馨感受瞬间消失，她脉搏加速、冷汗直流。

“感觉如何？”他问。

一时间，莎拉担心他这次真的看穿了她的心思，她迷惑地看着他，结结巴巴地问：“感……感觉？”

“书店啊。”他大幅度地挥手，比画着明亮的橱窗，虽然外面热闹无比，里面却空空荡荡，一个人也没有。

“都还没有东西卖出去。”她说。

他大笑。“你真的以为他们会买书吗？”

“当然，不然我怎么会开这间店？”汤姆耸肩，她不由自主地握住他的臂膀，“他们一定要买书。”她花了那么多工夫，彻底毁了艾美的房间，破轮镇居民如果拒绝阅读，那么一切都白费了。假使她无法将故事传播给艾美的朋友，那还有什么意义呢？

安迪拯救了汤姆，让他不必回应这个问题。安迪对站在收音机旁的人打手势，要他把音乐关掉。“来敬酒吧！”他非常坚定地注视着莎拉。

“敬安妮老师的三轮车。”她说。

她微笑，这个笑话只有她懂，她内心的成分有一半是忧伤，有一半是开怀。

“敬安妮老师的三轮车。”所有人跟着说。

大概没有人知道她在说什么，这有种莫名的解放感。或许，她还没有成为小镇的一员，但她已经成为小镇历史的一部分了。

她对自己发誓，离开之前一定要成功让这些人阅读，就算用强迫的方式也在所不惜。

汤姆看出她眼神中的决心。“你知道吗？想让这些镇民看书，你得用点手段才行。”

二〇一〇年十月二十三日

莎拉·林奎斯特　收

亲爱的莎拉：

你要我选书或人，我得说真的好难。我不确定人是否真的比书更重要，他们没那么美好、没那么有趣、没那么疗愈……然而，无论我以何种角度思考这个问题，以长期来看，我依然会选人，希望你不会因此对我全然失去信心。

我也不懂自己为何品味那么差，竟然喜欢人胜过书，即便要我的命也在所不惜。如果单纯以数量论，那么书绝对大获全胜——我这辈子爱过的人屈指可数，但爱过的书却有好几十本，甚至上百本（我只算上真正热爱的书，那些书光是看着就觉得开心，无论人生中发生了什么事情；那些书就像老朋友，总是可以让我一再回顾，而且永远记得第一次“邂逅”的地点，相信你一定懂我的意思）。但我所爱的那几个人……他们对我的意义，就和那些书不相上下。

你的这个问题，让我找出《瓦尔登湖》[1]重读了一次。有时候，我依然渴望能够住在森林小屋里，以书籍为伴，抛开人类强加在彼此身上的奇怪要求。或许所有人都该不时地休息一下，脱离所谓的文明一两年。（话虽如此，但我们镇上的人口非常稀少，比较像梭罗隐居的小村子，而不是他逃离的大都市。我一直觉得他的强项并非描绘农民，当他目标高远时表现比较好，但谁不是呢？）

《瓦尔登湖》这本书，会让人忍不住想引用其中的句子。我都还没读完前五十页，约翰就已经嫌无聊了。或许这证明了我对书与人的想法：书本很神奇，或许很适合在森林小屋中做伴，但如果没有人可以诉说这本书的好处、谈论这本书的优劣，或是不时引用里面的文字，那么，一本书再怎么神奇，又有什么趣味呢？

1　美国作家亨利·戴维·梭罗（Henry David Thoreau，1817—1862）的著名散文集，详尽地描述了他在瓦尔登湖畔两年多的生活以及思绪。

“邻人称之为善者，我大多私以为恶，若说有何懊悔之处，一定是我自己太过规矩的行为。到底是什么恶魔作祟，让我表现得如此规矩？”这句说得真好，不是吗？我特别喜欢恶魔作祟而导致行为规矩受到影响的想法。是我太傻了，竟然将这句话读给卡洛琳听。她只是扬起眉毛，而卡洛琳只要扬起一道眉毛便能道尽千言万语，然后说：“规矩？”语气略带质疑，感觉好像她想提醒我，那个让人规矩的恶魔很少对我作祟，只是这样太没礼貌，所以她不好意思直说。

梭罗也说过：“与个人意见相比，公众意见是个软弱的暴君。”但我觉得这个想法太令人沮丧了，我倾向于相信的是，疯狂的恶魔让我们循规蹈矩，并不是因为担心别人的想法而这么做，其实那些人为了顾自己而忙得不可开交，根本不在乎我们做了些什么。

祝安好！

艾美

命名的意义是什么

《通讯报》出来时造成了极大的轰动，上面印着一张大幅照片，透过橱窗的倒影照进去，莎拉坐在里面读书，就在大大的黄色字母下方。底下则是她的另一张照片，她站在店门口，一脸别扭的笑容，因为闪光灯而眯起眼睛。

文章之中描述镇民举办派对，庆祝破轮镇多了两个新成员，即莎拉本人与莎拉的书店。虽然书店的正式名称是“橡树书店”（令艾奥瓦州自豪的店名），但大家都称之为“莎拉的书店”，它欢迎所有喜欢阅读的朋友光临。生意不分大小，一律热忱接待。写到这里，阿珍笔锋一转，以明显要挖苦邻镇的口吻写道：“多么幸运，因为方圆数百里只有这家书店！热情邀请大家前来参观！！！”（为求保险起见，阿珍生怕不够热情，特别以多重惊叹号作为结尾。）

有史以来第一次，破轮镇镇民认真地读了《通讯报》，而这篇文章也特别印出来张贴在镇上几个地点。

有史以来第一次，《通讯报》被张贴在希望镇。

很多在破轮镇的人都说，希望镇的存在纯粹是为了要欺负他们，并为了要激怒他们而繁荣。然而，希望镇的人则以为破轮镇早就不存在了。

每当提起邻镇，希望镇总会有人说“那里不是二十世纪九十年代就荒废了吗？”诸如此类自大、嚣张又瞧不起人的话。

希望镇非常现代化，有肉类专卖店、蔬果专卖店，以及面包烘焙坊，活像超市这玩意儿没有被发明过。

政客竞选广告最爱来这种小镇取景了，特别能够强调传统而正派的美式家庭价值。艾奥瓦州的前两任州长都来这里拍摄过，而且两个人都赢了，希望镇上的镇民们说这都要归功于竞选广告。希望镇的镇民没有特定党派的倾向，无论是民主党的查特·卡尔佛或是共和党的泰瑞·布兰斯塔都一样，只要他们的竞选旗帜能在公众场合被看见就好。希望镇是那种终年升旗的地方，即使没有选举，国家也没有派兵打仗，依然会看到风中飘扬着熨烫平展的国旗。

但政治人物从不曾造访破轮镇，即使到选战后期差距极小的阶段，虽然候选人声称“每一票都重要”，但也绝不会来破轮镇拉票造势。原因不得而知，候选人可能以为镇民不投票，也可能他们根本不知道有这个地方存在。

那场即兴派对过后，接下来几天的莎拉充满了坚决的斗志。

她相信破轮镇的居民一定会买书，无论汤姆怎么说，他们一定会买，而且绝对不需要使手段拐骗，有人就会买了。不过，她可能要重新考虑一下书本陈列的方式。

她望着眼前的书架，目前书本被分为三个种类：惊悚小说、一般小说、非小说类书籍。对她而言，这样的分类很足够了，但可能不足以吸引没有阅读习惯的人。

她去五金行买了几张白得发亮的厚纸板，摊开成扇形就放在面前，足足有十五张。她觉得应该用不到这么多，不过，可能需要先用几张来练习，纸板旁边放着一支超粗的黑色签字笔，等候她的灵感降临。

大家想看怎样的书呢？

经典？她摇头。虽然她很喜欢英美早期的隽永作品，但放在经典文学架上的书籍连她都不会买。

快想啊，莎拉，快点想，什么会吸引人买书呢？什么会吸引人群进影院看电影呢？这有多难啊？

她笑着拿起笔，用清楚的大字写下“性、暴力、武器”，然后挂在惊悚小说的架子上。

之后，这件事就容易多了。艾奥瓦自然风景摄影集成为“艾奥瓦区”架上的唯一成员，她原本也考虑做个“瑞典区”，但她手上与瑞典相关的书只有颜思·拉比杜斯[1]和史迪格·拉森的作品，而这些显然应该归类于“性、暴力、武器”那一层架。

想一想，这还挺令人沮丧的，破轮镇认识瑞典的唯一管道竟然充满了虐待狂、阴谋，还有组织犯罪，再加上一点塞尔维亚的黑帮来搅局。

当然，还有艾美的《孤独星球：斯德哥尔摩》旅游书。莎拉发现这本书的时候非常感动，但也有种陌生的感觉，好像透过艾美的眼睛看自己国家的首都。历史建筑、水面上的阳光等，整本书呈现出井然有序的气氛，但对莎拉与破轮镇而言，都太遥远且不真实。

她很想知道艾美生前是否想去瑞典看看，不过，她无法想象艾美或其他镇民远离故乡，去到那么远的地方。他们属于这里，就像建筑与道路一样不可或缺。最后她决定不要设瑞典区，她不愿意去想老家的事。

仔细想想后，“小镇生活”，理所当然该有这个分类。大家都想看与自己有关的书，问题在于这个分类往往也牵涉到大量的性、暴力、武器，不过，世上本就没有完美的分类系统。

她拿起斯坦贝克[2]的《愤怒的葡萄》以及《人鼠之间》踌躇着，这两本书显然属于小镇生活类，但结局太令人难以接受，她不确定拿出来卖，在职业道德上是否说得过去。最后她还是放上书架，但是将一块纸板剪小之后贴在旁边，上面写着：“注意：悲惨结局！”

倘若书店老板都愿意负起责任，挂上这样的警告牌，她的人生就会

1 颜思·拉比杜斯（Jens Lapidus，1974— ），瑞典犯罪小说作家。

2 约翰·斯坦贝克（John Steinbeck，1902—1968），美国作家，曾获得 1962 年的诺贝尔文学奖。

愉快许多。烟盒上都有警告标语了，为什么令人悲伤的书没有呢？啤酒瓶上都有警告文字，要人们酒后不开车，为什么就没人警告她，这些书读到后来得要准备面巾纸呢？

当然，有些书的结局虽然悲伤却很精彩，需要一些理由让眼泪可以放肆流下时，最适合读这种书了。像这样哀伤却又让人不忍释卷的书，包括雷马克的所有作品、劳伦·奥利佛的《还有机会说再见》（这本书有如喜剧电影《今天暂时停止》的忧郁版）、博尔尼埃的《战地情人》（不管别人怎么说，莎拉坚持认定这是本悲伤的书，但为什么柯莱利上尉会突然变成大傻瓜？），还有朱迪·皮考特的《姐姐的守护者》，这本让莎拉眼泪溃堤。或许，尼可拉斯·史派克也可以归入这一类，想为爱情哭泣的时候，看他的书准没错。[1]

接着，她将芬尼·傅雷格的《油炸绿番茄》放在小镇生活的架上，这本书也有很多悲伤的情节。大家往往以为疗愈小说都是快乐、温馨的故事，但真正有疗愈效果的故事，一定要有几桩命案、意外、灾难，还有死亡，这样才有资格称为疗愈小说。《油炸绿番茄》里面有疾病、死亡（至少有两起是惨死），还有谋杀与食人。重点是结局必须要圆满。有些书看完时会带着笑容放下，但抬起头时会觉得世界变得更疯狂、怪异，然而美丽。莎拉考虑是否该做“保证从此幸福快乐！”的标志，但这样好像又透露太多了。

到了圣诞节时，她要进几本芬尼·傅雷格的作品，《红雀圣诞》这本书故事没有那么宏大，但很可能是最棒的圣诞礼物。这个故事非常可爱，就算在盛夏时节也可以拿来送人，读来同样是一种享受。到了圣诞

1　埃里希·玛利亚·雷马克（Erich Maria Remarque，1898—1970），美国德裔作家，作品带有强烈的反战情绪，知名作品为《西线无战事》。劳伦·奥利佛（Lauren Oliver，1982—　），美国小说作家。路易斯·德·博尔尼埃（Louis de Berniéres，1954—　），英国作家。朱迪·皮考特（Jodi Picoult，1966—　），美国作家。尼可拉斯·史派克（Nicholas Sparks，1965—　），美国作家，擅长描写爱情、悲剧与命运，《手札情缘》等作品被改编为电影。

节的时候，她已经不在这里了，她坚决地推开了这个念头。

最后一个分类，是为了真的不爱阅读的人而设立，她称之为“简短的美丽”，她找出所有不到两百页的书放进这一区，加上所有海明威的作品。根据一个广为人知、流传已久的故事，海明威曾经和他人打赌，他能用十个字以内的篇幅写一个故事。

他赢了，内容是：廉售婴儿鞋，未穿过。

没过多久，整理橡树书店的工作一再被打断，忽然有好多从希望镇来的人找上门，他们很好认。首先，他们都是开房车来的，车款相当新，而不是莎拉看惯的那些小卡车或厢型车。再者，他们总是会在红灯前就停好车。一开始，他们会惊讶破轮镇竟然有红绿灯，紧接着就因为红灯而烦躁，最后发现灯号一直是红的，于是就更为恼怒了。抵达书店时，他们这才会重新整顿好自己失控的情绪。

那天早上，一个希望镇的客人打断她的工作，他一进门便一脸迷惑地环顾四周，似乎还是无法相信破轮镇有书店，尽管他刚才已经看过橱窗，而且现在人也已站在书店里了。

看到黄色柜台与扶手单椅时，他欣慰地点点头，似乎在想，破轮镇就算有书店，果然也不是正常的书店。看到店里没有其他客人，他又露出微笑，莎拉知道他的心思：“就算有书店又怎样？根本没有人看书嘛！”

她心里不是很高兴。

不过，她应该感激才对，希望镇来的客人大多都会买书。两天前，她第一次成功卖出几本书，收款机终于能派上用场了。之前她每天早晚都会仔细清点，那五十元的零钱都完全没有变动。

尽管如此，她还是觉得很不舒服，希望镇镇民发现没有其他客人时还会互使眼色，好像是说在破轮镇开书店是一回事，但要维持下去是另一回事。

这天早上，那位客人从“性、暴力、武器”架上拿下一本康纳利的小说，结账之后便匆匆离开。

不过，除了希望镇来的客人们，莎拉还有其他烦恼。她心里有个声音一直在骚扰她，不停问些恼人的问题：汤姆此刻在做什么？汤姆什么时候会来书店？是不是该看看橱窗啊，说不定……某个特定的人会经过？

她一点也不想顺从这些声音。

为了转移心思，她裁下一块纸板，写上“同志小说”，字体硕大而清晰，就和其他分类一样。她将牌子挂好，开始将书本上架。

同时努力不想汤姆。

第二天，打断她工作的人是阿珍，她打开店门，踏着坚决的脚步走向莎拉。她穿着浅粉色上衣和颜色更浅的裙子，裙子的颜色几乎是白色的，整体感觉非常清淡，与她的表情形成强烈对比。

“有什么事吗？”莎拉问。

“男人！”阿珍注视莎拉的双眼，“汤姆有没有和你联系？”

“汤姆？”

“我叫他约你出去吃晚餐啊。”

“噢，老天。”莎拉说。

阿珍点头。“没错，真的不能信任这些男人，不然你主动约他好了，有时候男人就需要有人推一把。”

阿珍站着不动，好像在等莎拉回应。

“我不能约他出去。”她抗议地说。

“为什么？”

“老实说，他好像觉得我很……”

“漂亮？神秘？还是迷人啊？”阿珍满怀希望地说。

“古怪。”

如果是她自己要找书来看，莎拉会希望有一个书架清楚地标示出

“适合窝在沙发上阅读的都会女性小说”，最好打上星号，就是保证绝对好看，难看的都会女性小说最可怕了。

好看的包括所有海伦·菲尔汀的作品（如《BJ 单身日记》系列以及《名流风暴》等），除了《OJ 爱情大冒险》。还有伊丽莎白·杨（电影《婚礼约会》的幕后作者，男公关是爱情小说最好的调味料）、玛丽安·凯斯，以及简·奥斯汀的作品。[1]

难看的有《BJ 单身日记》之后推出的大部分作品，大家好像以为只要女主角会为体重烦恼，有个男同志好友，小说就会大卖。他们似乎不明白，要写出真正的好故事，女主角需要有很强烈的自我意识，会逗趣和自嘲，并且内心勇气十足。“都会女性小说”这个分类的问题，在于目前想看这些书的人只有乔治，所以这个名称有误导的嫌疑。

她真正想要的，是集结一些可以让人放松的、舒服地坐着阅读的书，像看杂志那样的感觉，适合星期五晚上配杯红酒或是可口可乐加上冰块和柠檬，或者是慵懒的周日再搭配一大碗薯片，相当于梅格·瑞恩演的那些电影的那种书，有愉悦轻松的故事，结局圆满，而且完全不需要思考。那种女主角总是风趣幽默，男主角总是英俊潇洒的书。如果是男性作家的作品，那么就会反过来，改编成电影时，就是绝对会请约翰·库萨克饰演男主角的那种。

最后，她干脆地写下“周五夜晚及慵懒周日”。

略微犹豫之后，她将特里·普拉切特的作品也放上去了，旁边另外贴上一张小卡片：“此作家保证可靠！”

悠游书本世界时，最常遇上的挫折就是不可靠的作家。这种作家很难掌握，可能前一本作品精彩无比，下一本却无聊至极，更糟的是写出一部精彩作品之后就死去，还有那些写出断头系列的作者。

---

1 海伦·菲尔汀（Helen Fielding，1958— ），英国作家。伊丽莎白·杨（Elizabeth Young，1950—2001），都会女性小说与现代爱情小说作家。玛丽安·凯斯（Marian Keyes，1963— ），爱尔兰作家，被视为都会女性小说类型的开山始祖。

莎拉的不可靠作者名单包括约翰·格里森姆。他明明写出《杀戮时刻》那么棒的作品，为什么其他作品却那么枯燥，这是个不解之谜。或许只是因为出版公司愿意给他数百万稿酬，所以他才硬要写出那么多的作品，倘若真是如此，那么莎拉愿意发起募款，让他能够放松安心创作，只写出好作品。

可靠的作家有迪克·弗朗西斯、阿加莎·克里斯蒂，还有乔洁·黑尔。[1]说真的，丹·布朗应该也属于这一类，他非常可靠，每本书都是一样的故事，真是一位和蔼的年长的心灵导师！当然不可能是大反派吧？

此外，特里·普拉切特的书有独一无二的风格。他出书的速度非常惊人，创造新角色时也非常负责。他总是公平地分配，巫师、女巫、死神，以及其他的奇幻生物都会轮流上场，所有读者都能看到喜欢的书。

当他公开宣布罹患阿尔茨海默病时，他安慰读者说，他剩余时间还能再写几本书，而读者对他也很死忠。他捐赠了一百万英镑以赞助阿尔茨海默病研究，他的读者在网络上发起“为普拉切特捐出相同金额”的募捐活动，同样捐出一百万英镑。莎拉认为这个故事说明了人性的伟大与书的重要。

她将普拉切特的书放上书架，按出版顺序排列，这时忽然感觉有人在看她。店里没有人，她抬起头，发现约翰就站在外面。

他们一个站在店里，一个站在店外，就这样对看着，莎拉抱着四本平装书，而约翰面无表情，眼神空洞，她不由得感到紧张。

她迟疑地对他笑了笑，但他却好像没有看见她的样子。他的双眼看着书店与书本，但不确定他到底有没有真正看见。他似乎并没有不高兴，但他的姿态有所保留，而且他从不曾进来店里。她觉得很不自在，想为他做些什么，却不知道从何做起。她想问他觉得艾美是否会反对开

1　迪克·弗朗西斯（Dick Fracis，1920—2010），英国犯罪小说作家。乔洁·黑尔（Georgette Heyer，1902—1974），英国爱情小说与推理小说作家。

书店，但她却没有勇气问。

这时，有一位希望镇的客人进来，约翰抖了一下，好像突然察觉自己站在那里。莎拉虽然不情愿，但她还是得先去招呼客人。那个人看了看她刚挂上去的牌子，她对上他的视线，就要看他敢不敢说出心中的想法。

“希望镇的人认定书店会撑不下去。”莎拉坐在广场的吧台，安迪和汤姆都在，“他们觉得这里的人不会想要买书。”

“我们的确不想。”汤姆说。

她比他先来的，于是她告诉自己不可能避开他。他一进来就先点头，打招呼，然后在莎拉旁边坐下，心不在焉地听她和安迪说话。

她脑中的声音没有停止，现在吵着要她触摸他，努力说服她交谈时碰一下他的手臂也没什么，也可以借着指着东西给他看时碰一下他的背。不然，他的手也行，他的手就在旁边，距离近到令人难以把持。

那个声音说“他不会觉得奇怪的，人们经常互相碰到”，而她双手握住酒杯以抗拒诱惑。

安迪说：“这不是重点，重点是他们以为自己比较高尚。”

“这可不是嘛。”

“希望镇有什么是我们没有的？”安迪问。

“工作。”汤姆说。

“这个不算。”

“商店。”

“哈！”安迪说，“他们有书店吗？”

“说得好。”莎拉说。

虽然是无心插柳，但她所说的话埋下了反抗运动的种子。至少安迪决心和他们拼了，不过，他本来也很容易热血沸腾。

安迪就是个彻头彻尾的热血青年，真心拥抱所有眼前的新计划。只要有新人出现，他绝对第一个上前欢迎。对他而言，陌生人都是朋友，只是还没听过他的故事而已。

他最在乎的就是破轮镇，打从他带卡尔从丹佛回来，买下广场酒吧，至今没有变过。小镇生活才是人过的生活，这点没有人比安迪感受更深刻。大家都会以为，乡下人对同性恋更为憎恶，但这年头早已不是如此，只是错误迷思加上城市人的阴谋。卡尔有耐心地包容着安迪的想法，虽然大部分人都怀疑其实他不太想搬来破轮镇。这样或许有助于这对未登记的伴侣维持感情，毕竟大家应该会受不了两个像安迪这么热血的在一起，那可能会逼疯他们的朋友吧。

莎拉埋下的种子很快就生根发芽了，绽放出全然的疯狂。安迪打电话给格蕾丝，他们一起想出一个绝不会出错的简单计划，要捍卫破轮镇的名誉，恶整那些狗眼看人低的希望镇镇民，这是他们的书店，岂容外人撒野。格蕾丝暂时放下不介入镇上事务的原则，只要能恶整希望镇就值得了。

计划很简单，但是堪称天才计划：只要有希望镇的人出现，格蕾丝就立刻把刚好在附近的破轮镇镇民叫去书店，镇定地在书架间漫步，买几本书，问订的书到了没，大致上要表现出对镇上书店的热爱，摆出经常关注《纽约时报》书评的模样。

安迪问了卡尔，有文化、有水平的人都在看哪些作家的书，而卡尔提到普鲁斯特[1]，没想到后来造成反效果。

“是个法国人呢。”安迪点头称赞，“非常好，有文化、有水平的人都看些超难懂的书。”他将这个名字告诉格蕾丝。

执行计划的那天，乔治千不该万不该竟然偏偏去了格蕾丝的店，他

1　马塞尔·普鲁斯特（Marcel Proust，1871—1922），法国意识流小说作家，叙事风格独特，书中经常夹杂着大量评论及心理分析。

只是路过想喝杯咖啡，却被赶鸭子上架要去扮演爱书人。安迪在电话上最后一次叮咛该怎么做，而格蕾丝整个早上守在店门口，要等候第一个希望镇的客人出现。

行动时间到了。

那个人还在等红灯，于是格蕾丝花几分钟的时间跟乔治解释，她每说一个字，他就更加紧张。

“不能换别人……？”他还没问完就被打断。

“只要装出有文化的样子就行了，很难吗？快去吧。”

比起留在店里争辩，答应还比较容易。他在书店外徘徊，偷瞄了格蕾丝一眼，她打手势催他进去，他紧张地溜进店里，只比希望镇的客人早一步。

他想躲在最里面的角落，假装很有文化的样子。他不太清楚有文化的人是什么样貌，但他皱起眉头，装出一副很懂的样子，望着那些书脊上的书名，很不幸地，他刚好站在苏菲·金索拉[1]的“购物狂”系列前方，此刻他正以有文化、有水平的模样盯着《购物狂，我们结婚吧》。

莎拉用怀疑的眼神注视着他，然后，她就不得不去招呼来自希望镇的客人。

这位客人大约五十岁，身材略微发福，感觉像是长时间坐办公桌、午餐时间又太长的人。他的肤色黝黑得很夸张，不是酷爱打赤膊烤肉，就是人工日晒的杰作。

“哈哈。”他的口气比较像是说出这两个字，而不是真的要笑，“你就是莎拉吧？”

她承认她就是。

“哈哈。”他重复，“只有欧洲人才会有这种怪想法，竟然在破轮镇

1　苏菲·金索拉（Sophie Kinsella，1969—　），英国作家，知名作品有《购物狂的异想世界》《家事女神》等。

开书店。”

算他厉害，一句话就羞辱了整个欧洲和整个破轮镇。

另外两人走进店里，他们都穿着熨烫笔挺、感觉很新的格纹衬衫，过紧的腰带上有着亮晶晶的扣环，他们三人显然是一起来的，是黝黑男懒得等其他人才先进来的。真没礼貌，莎拉恶狠狠地想。

“你是从瑞典来的吧？”黝黑男问。

莎拉点头，她分神地看了乔治一眼，他紧皱着眉头，几乎像是在怒瞪金索拉的书，这样的画面其实挺有文学气质的。

“这里没几个人嘛。”衬衫男一号对黝黑男说，衬衫男二号和黝黑男一起点点头。

莎拉真希望自己反应快一点，能当场回敬一句带刺的话。

“乔治，你要找什么书吗？”

他看着她，眼神仿佛溺水的人被救生索打中头一样，他还是会溺死，但现在还多了头痛。他的手比平常抖得更严重，前额冒出汗珠。

但那三个希望镇客人竟对莎拉酸言酸语，他的勇气被激起了，于是他尽力装出最严肃的语气说：“我想找普鲁斯的书。”

他一脸倨傲地看着那三个客人，但他们似乎无动于衷。

莎拉用口型提醒他还有个“特”，有如剧场里的提词员。

这样反而把他搞糊涂了。“普鲁特？”

“对。”莎拉说，“普鲁斯特，当然，不好意思，目前我们没有他的《追忆似水年华》，不过我可以帮你预订。”

“当……当然好。”乔治结巴说，“帮我订这一本。”

“是一套。”莎拉说。

“不止一本？”乔治藏不住惊恐的语气。

“一共七本。”莎拉说。

希望镇的客人们大笑了。橱窗外，格蕾丝偷偷走过来，假装只是站在那里抽烟。

“欧洲人就是这样。”黝黑男对两个衬衫男说。

“事实上，当初举行加入欧盟公投的时候，我投了反对票。”莎拉自言自语，主要是觉得自己必须说句话。

“你知道吗？两年前，我经营的所有餐厅都把法式薯条改成了自由薯条。”黝黑男说。

两个衬衫男一起大笑。

“你知道吗？自由女神像是法国送给美国的。”莎拉说，“所以严格说来，你把薯条改名，还得谢谢法国。”

黝黑男脸色大变，但没说什么，他们三个连一本书都没买就走了。

门一关上，她立刻质问乔治。

“好了，乔治。”她说，“普鲁斯特，到底怎么回事？你真的要我帮你订这套书吗？”

“老天，千万不要。”他说，“是格蕾丝的主意，也可能是安迪吧。”他解释整场闹剧的起因。

她大笑。“真不敢相信，你竟然被他们拖下水了。”这时她想到黝黑男的无礼行径，若有所思地说，“不过，这个主意不错。”

“你该不会想再来一次吧？”乔治焦虑地问，他看看时钟，“我……还有事情要先走。”

“单纯以执行面而言，我认为这个计划需要稍微改善一下，以后最好由我来选书名和作者。”

在门外的格蕾丝想引起他们注意，打听计划进行得如何，她打手势的动作非常之大，抖落的烟灰四处飞扬。

“这个主意很不错……”莎拉自言自语，她的眼神流露出惊人的决心。

安迪与格蕾丝的计划确实不错，可惜规模太小了，想真正吓唬那些希望镇的镇民，需要动员整个镇。

接下来几天，莎拉打电话给安迪，找格蕾丝商量，还去见了阿珍。

她一边喝着咖啡，一边解释计划给阿珍听，要说服她并不难，只要说《通讯报》用得上就好了。幸好阿珍的孩子在外面玩耍，她透过厨房窗户确认他们的状况，所以有些分神，她点头赞同安迪与格蕾丝那个计划的修订版。她说："书店特卖会，没什么不好。"

当然，这件事要登上《通讯报》来大肆宣传。书店特卖会当然只是幌子，但这是一个可以拐希望镇镇民前来的好理由。他们一到镇上，破轮镇的居民就要展现出高度的文学品味，以及难能可贵的阅读热情，让他们佩服到五体投地。

"千万记得，要把《通讯报》也张贴在希望镇喔。"她说。

"来本书吧？"莎拉说。

莎拉站在书店外面，将书发给每个不巧经过的倒霉鬼。

她眼前的老太太将香烟抓得更牢，一脸狐疑地打量她。

"书？"她说，"也行。"她伸出一只手，"我是葛楚德。"她握手很有力，收回手之后，她接过莎拉递上的书。

"我是莎拉。"她礼貌性地回应，不过大部分的镇民应该都知道她是谁。她懊恼地看着葛楚德手中的那本书，是德米勒[1]的《将军的女儿》。

或许，她应该想清楚再把书发出去，虽然《荣誉誓言》非常精彩，但《将军的女儿》有太多绑缚性虐的情节，虽然号称是惊悚小说，但也只是敷衍的伪装。虽然不像《小城风云》那么糟，但是恐怕不太适合这位女士。她想抢回来，但葛楚德死命地抓住，指节都发白了，眼看就要变成对峙的场面了。

莎拉说："星期六要拿出来读喔！"不过，她希望葛楚德永远不要翻开这本书，"来主街上找个接近书店的地方读。"

谁都逃不过她的魔爪了。

1　尼尔森·德米勒（Nelson DeMille，1943—　），美国作家。

那位在艾美葬礼上见过的牧师恰好在很糟的时机经过。

“牧师！”莎拉叫他。

他顺从地停下脚步。“叫我威廉就好。”他纠正。

莎拉手里拿着另一本书，这次她慎重挑选过，然而，当牧师站在面前，她忽然失去信心。她想给紧张的牧师一本书，选了乔凡尼诺·瓜雷斯基[1]的作品，描写第二次世界大战结束后，意大利一位天主教神父卡密罗·瓦洛塔的故事，情节幽默风趣，任谁都会喜欢的。她希望牧师会欣赏卡密罗与耶稣的对话，以及他和当地共产党领袖斗嘴的情节。然而，牵扯到先知的时候，宗教人士有时总会太过敏感，莎拉完全能理解。有人自以为了不起、嘲笑着书本时，她也是会不高兴的。

“《卡密罗神父的小小世界》啊？”他读出书名。

“希望你会喜欢。”她说。

他伸手要掏皮夹。她挥手拒绝，说：“不用不用，免费赠送。”

“为什么？”他的语气很困惑。

“开书店不就是为了分享书籍，让合适的人能够阅读吗？”她一派天真无邪地说，“读读看吧，你一定会喜欢。”

但她的下一句话就破坏了无邪的假象。“如果遇到希望镇的人，记得要拿出来读，而且要表现出沉迷忘我的样子，尤其是星期六，在这附近。”

“为什么？”他再次问。

“因为……”她迟疑了一下，最后还是嚷嚷着说，“因为他们很瞧不起人嘛，牧师！”

“叫我威廉。”他不假思索地纠正。

她告诉他那些希望镇客人的行为，还有安迪的主意、乔治因为太激

1　乔凡尼诺·瓜雷斯基（Giovannino Guareschi，1908—1968），意大利作家，笔下最知名的角色是卡密罗·瓦洛塔神父，故事背景为第二次世界大战后的意大利北方小村落。

动而口齿不清的“普鲁斯”。

“上帝啊！”他脱口而出，立刻羞红了脸，然后他弯腰靠近莎拉问，“要怎么知道谁是从希望镇来的人？”

“他们开房车，看到红灯会停车，衬衫烫得很整齐。”

他点头。“你形容得很贴切。”

“而且格蕾丝会打暗号的。”

其实，牧师愿意加入莎拉的行动并不奇怪，他很清楚让人失望的感觉，也很熟悉那种瞧不起人的眼神。长久以来，他就一直是“可怜虫威廉·克里斯多夫”，即使他不喝酒。

他出身于牧师家族，父亲是牧师、祖父是牧师，还有一大群叔伯都是牧师。他的姑婆也想当牧师，但因为参与民权运动闹出过丑闻而无法愿望成真。她甚至和一个黑人短暂相恋过，那男人当然也是牧师。

他父亲非常有领袖魅力、非常成功，家里其他男人也都是这样。虽然他从小就知道长大要当牧师，但他青少年时期并未因此克制冲动，经常特别关照年轻小姐。他父亲的主题曲，几乎可以说是《传教士的儿子》[1]。

他关照过非常非常多的女人，到现在镇上的老太太看见威廉时，眼光依然流露着眷恋，由此可见一斑。她们看他的眼神，仿佛回想起年轻时美好的时光，期望他不辜负优良基因，速速对她们的女儿献殷勤。他始终没有行动，她们非常失望，显然她们希望女儿能拥有同样美好的青春回忆。发生经济危机之后，那些女儿大多就离开了破轮镇，前往较大的城镇，但威廉还在这里。

现在他是破轮镇唯一的牧师，负责所有一般的宗教仪式，浸信会、

1 《传教士的儿子》是英国女歌手达斯蒂·斯普林菲尔德的歌曲，歌词描述的是女主角听信传教士的儿子的甜言蜜语，因而坠入爱河。

卫理公会、长老教会，无论属于哪个派别，来不及赶去附近城镇的教堂时，所有人都会来找他，而那些天主教家庭则集体搬去了希望镇。小镇外围还有一户犹太家庭，他主持过一次成年礼，不算太成功，但也不至于太失败。一位老先生坚持他就是僧侣德鲁伊[1]，强迫他带领他崇拜树木。

那位老先生现在安息了，感谢上帝。

威廉认为，或许有些人天生是要当领袖的（他父亲显然就是），其他人则跟随他的脚步，并且再不时提出一些建议和想法来激怒领袖。还有一群人，他们注定要落后，打从一开始就被队伍甩下，再怎么追赶也差一大截，不然，就是在人生旅途中狠狠跌一跤，从此一蹶不振。

所有城镇都是这样，有人领导方向，有人被牵着走。

他原本已经接受现实了，然而，莎拉最近所形成的那种领袖风范，让他心中有些波动。刚来破轮镇的莎拉不太说话，很有礼貌，好像迷失了方向，就像他一样，但现在的她已成为身负使命的勇者。

加入她的反抗阵营，应该无伤大雅吧？

莎拉的行动如火如荼地展开。格蕾丝说什么也不相信，世上会有一本让她喜欢的书，但她同意在柜台上放一本。莎拉给了她狄兰·托马斯[2]2000 年版的《集结诗集》。

“听说，他连续几天不停地喝酒，最后死在切尔西饭店的房间里。他跌跌撞撞地走向情人，喃喃地说：‘我连续喝了十八杯纯威士忌，应该创下新纪录了。我爱你。’”

“这样啊。”格蕾丝拿起书来仔细研究。

其实现代学者认为这个故事纯属虚构，他喝的量应该连一半都没有，但莎拉觉得没必要说。

1　德鲁伊，凯尔特信仰中的僧侣、先知，将橡树奉为圣木。

2　狄兰·托马斯（Dylan Thomas，1914—1953），超现实流派的英国诗人，诗作以适于朗诵而闻名。

安迪来书店以表达支持。广场酒吧距离太远，他无法亲自参与活动，但他很想看希望镇镇民的反应。

“总得有人卖酒吧。”莎拉说。

“没错，应该吧。”安迪环顾书店，突然停住，然后弯腰察看一个书架，“老天啊。”他站直，猛然转身看着莎拉，“你进了同志爱情小说。”

她强迫自己板起脸来，但嘴角还是忍不住抽动。“是你要我进的啊。”

“可是我没想到你真的会进，卡洛琳会心脏病发作吧？”他回到书架前研究书名，“不过这些不算太火辣，你该看看网络上那些东西。”

尽管明知他是故意逗她，但她还是脸红了，她以出奇冷静的语气回答：“这几本其实还不错，你应该给它们机会。”她走出柜台，由架上拿下两本，“试试这两本，我觉得是最棒的。”

“你看过了？”

“不然我怎么知道哪种类型比较好卖呢？而且网络上那些我也看过很多了。”

安迪一路狂笑着走出书店，离开时把两本都带走了，但她没有收他的钱。

她想着，这是初步的胜利，便在店里随兴跳起舞来。明天的破轮镇，就要让希望镇见识一下，一个爱阅读的小镇是什么模样。

破轮镇爱书人真心推荐

莎拉准备好要和希望镇正面对战了，她操练她旗下的士兵，万事俱备，只待复仇时机到来。

他们选定暗号并通知所有人，当第一辆车出现时，格蕾丝会走出餐馆、点起香烟，并呼出三个烟圈。一看见暗号，所有人就立刻拿出书来专注阅读，假装沉迷于文学冒险，假装平日周六一早就会在大街上读书。无论发生什么事，绝不可以说出书名或作者的名字。接近书店时，如果莎拉给他们书，一定要欣然收下。

就连天气也站在他们这边，那个星期六温暖而晴朗，虽然已经九月中旬了，但依然残留一丝夏季暖意，非常适合出门走走，停下脚步靠在墙上读书。

莎拉的最后一项工作，就是找来一个新书架，然后选出所有难以下咽的书籍，接着放上去，加上所有普利策奖、诺贝尔奖得主的作品，以及布克奖提名人的作品。

莎拉读过其中一些书，但还有很多没有读过。她对书本的知识其实很没系统，有一次她想过要改进，补充一下基本的知识。既然花了那么多时间阅读了，至少也该读读诺贝尔奖得主的作品、经典文学，那些大家常常谈起却没有人读过的书，马克·吐温一定会这么形容。她一次又一次展开满怀抱负的阅读计划，可惜很难贯彻。只因为别人看过所以就得看的话，阅读就会变得很无趣，更何况她很容易分心。世上有太多书，很难遵循一个主题。十六岁时，她立志要读遍所有的经典作品，甚至大老远跑去斯德哥尔摩的市立图书馆，书的数量令她瞬间腿软。那么多书，即使整天关在图书馆，即使真能懂那么多语言，她也一辈子读不完。她打起精神，用心制作了一份最精简的书单，每个字母选一位作家的一本书。奥斯汀和狄更斯她已经读过了，这算是小小成就。她至少得读一两本陀思妥耶夫斯基的作品，还要至少读一本布尔加科夫[1]的书。

她读到G，歌德的《少年维特的烦恼》，然后就破功了。主要是因为她迷上了马奎斯，因而展开了拉丁美洲文学大探险。后来她看了电影《留住一片情》，于是又开始寻找剧中罗斯伯格老师的美国杰出作者书单。后来，她不得不制作一张自己的书单，选了菲茨杰拉德、奥斯特，还有马克·吐温（读到这里她又分心了，《傻瓜威尔逊》让她对探讨种族歧视的书籍产生兴趣）。应该读瑞典劳工作家的书籍时，她却迷上了莫雅·马丁松[2]，连续读了四本她的小说，哈瑞的却半本也没读。她读了莎士比亚大部分的喜剧，跳过全部的悲剧，也读了王尔德的所有作品。她看过很多诺贝尔奖得主的作品，但都是在他们得奖之后才找来读。

艾美的藏书中有许多莎拉最爱的文学作者，也有许多她没读过的作者，她很期待能够阅读。将书本全部上架之后，她贴上分类小立牌“破轮镇爱书人推荐”。

她慎重地摆上《追忆似水年华》，心中感到一阵痛快，一套七册，总共两套。她取下其中的五本藏在柜台里，借此表示破轮镇有人正在享受阅读这套书的乐趣，非常有水平、有文化。

那个星期六下午，第一辆打过蜡的车开进破轮镇，在红灯前停车，这时整个镇已经准备就绪。安迪派了几个常客过来，一个把书拿反了，另一个好像随时会睡着，除此之外，一切都照计划进行。

---

1 米哈伊尔·阿法纳西耶维奇·布尔加科夫（Mikhaíl Afanasyevich Bulgakov，1891—1940），苏联作家，代表作为《大师和玛格丽特》。

2 莫雅·马丁松（Moa Martinson，1890—1646），瑞典最知名的劳工作家，擅长描写劳动阶级女性的生活。其夫哈瑞·马丁松（Harry Martinson，1904—1978）为诺贝尔文学奖得主。

威廉·克里斯多夫靠在电影院的墙上，卡密罗神父与耶稣的对话让他发自内心笑了出来。

格蕾丝强迫所有顾客都拿着一本书，也强迫他们吃到一半要停下来，不甘愿地看看放在盘子旁边的书。一个客人不从，他在赶时间，但格蕾丝只是瞪了他一眼，其实这样也就够了。

乔治坐在书店的扶手单椅上，手中的书并非“普鲁斯”的大作，而是“购物狂”那系列的书。

莎拉本人也准备好了，她站在书店门口，只要希望镇的客人一下车，她便会微笑相迎。

“搞什么鬼？”一个希望镇镇民满脸迷惑地看着这个场景，踏着勇敢的脚步走向书店。一个女人对格蕾丝微笑，却挨了一记白眼。

莎拉着急地对格蕾丝打手势，她急忙收起臭脸，换上和气的大大的笑容，那个女人反而被吓得倒退一步。

莎拉急忙上前打圆场。“请问你要找什么书吗？”

破轮镇成功地扮演了晴朗、和气、几乎正常的模样。当人们拿着书走过，就连柏油路面也显得比较温暖和善。

“我对书本没啥兴趣，不过，这本挺不错的。”葛楚德勉强对阿梅承认，《将军的女儿》她已经看完一半了。

阿梅一脸猜忌地看着那本书。“这本不是有点……下流吗？”

葛楚德冷哼一声。

由她家的窗户可以看到主街一角，车辆与人越来越多，而且每个人都埋头读书。“今天到底怎么回事？”阿梅问。

葛楚德不知道，但她绝不会承认，因此拒绝回答。

“那本书是她给你的吗？”

葛楚德点头，翻着手中的书。

阿梅发出梦幻的叹息。“爱情故事不是比较好吗？”

“胡说，公主和——”

“我知道，青蛙。”

一个小时后，阿梅向往地看着窗外晴朗的天空，她瞥了一眼葛楚德，她坐在沙发上打盹儿，香烟在烟灰缸里冒烟，书打开着放在膝上。她是不是应该出去散散步？阳光很耀眼，她可以去走走，顺路经过书店。

不会有人说些什么的。

书店里闷热而混乱，希望镇的客人在书架间慢慢地走来走去，好奇地看着书本的分类方式。有一个客人紧张地翻阅着乔伊斯的《尤里西斯》以及格特鲁德·斯泰因的《地理与戏剧》，另一个则似乎在纳闷破轮镇怎么会有人推荐艾瑞斯·梅铎的《大海，大海》。[1]

阿梅选在这一刻溜进店里，在一阵推挤后成功来到柜台前。希望镇镇民很有礼貌，让出一条路给这位慈祥和蔼的老祖母，问题在于如此一来他们变成挤在她旁边。面向莎拉，阿梅弯腰探进柜台，语调偷偷摸摸的，但音量让所有人都能听见。

“不好意思，我想找几本……爱情小说。”她看看左右，身体更往里面探，“可是不要太猥亵。”然后满怀希望补上一句，“你卖的有禾林小说吗？”

希望镇的客人互相窃窃私语、不屑冷笑，而莎拉隐约听到“废物”“芭芭拉·卡德兰[2]”。

希望镇的客人终于离开后，只剩下牧师一个人还在看书。广场酒吧的常客拿着书睡着了，而格蕾丝的客人吃完饭也走了，在街上游荡的人

---

1 詹姆斯·乔伊斯（James Joyce，1882—1941），爱尔兰现代主义作家，作品《尤里西斯》使用了大量意识流技巧。格特鲁德·斯泰因（Gertrude Stein，1874—1946），美国作家，长期旅法，在巴黎主持的沙龙为现代派文学家与艺术家聚集之地。艾瑞斯·梅铎（Iris Murdoch，1919—1999），爱尔兰作家，《大海，大海》获得1978年的布克奖。

2 芭芭拉·卡德兰（Barbara Cartland，1901—2000），英国多产的爱情小说作家，生前热爱浓妆艳抹与粉红装扮。

纷纷回家。

现在只有一件事可做。

大笑。这整场行动让莎拉笑破肚皮，她死命忍耐到最后一位希望镇的顾客离开，然后她狂笑了几分钟，禾林的惨剧、昏睡的爱书人，实在太好笑了，就算她好不容易停了下来，笑出来的眼泪依然闪闪发光。阿珍兴奋地说《通讯报》与书店特卖会有多成功，莎拉则拼命摆出正经的表情。乔治依然坐在扶手单椅上，安迪已经打过电话来要她描述所有事情的经过，莎拉完全没有说出酒吧常客睡着的事。

“今天一整天下来，我觉得应该推出观光信息手册。”阿珍说。

乔治有点受不了，他怯怯地问：“你真的觉得这是好主意吗？”

“当然啊，现在我们有书店，应该善加利用，破轮镇也有一些有趣的事情可做。例如……呃……稍微努力应该想得出来吧，这个镇就是不够努力，不然，《通讯报》先来做一期观光信息吧。”她说，“绝对值得的。”

“你要介绍什么？”乔治问。

“广场酒吧如何？大家可以来这里买书，然后再去那里喝一杯，说不定可以办一次热舞之夜。我知道以前有，我老公和我说过。”

“既然这样，干脆顺便附上卡尔的照片好了。”莎拉随口说，“一定能吸引很多观光客。”

二〇一〇年十一月十日

莎拉·林奎斯特　收

亲爱的莎拉：

你这么想了解我们的小镇，真是有趣。今天我一直在想“欢笑”这件事，所以刚好适合来聊一下安迪一事。我之所以会想到欢笑这件事，是因为安迪来看我，还带了汤姆以及他的亲密好友卡尔。安迪的血液中就流着欢笑，他还有一头狂野的卷发，我觉得这两者密不可分。

像安迪这样有着一头漂亮卷发的人，小时候会过得很辛苦。我知道有女生嫉妒他，也有男生取笑他，但安迪总是大笑以对。有一次，我听到一个男生取笑他，说安迪偷了他妈妈的发卷。当然，汤姆非常生气，想要揍人，克莱尔倒是很乐意帮忙。有时候汤姆的毛病就是太认真了，他对自己的事情不太在乎，却很爱为别人打抱不平，尤其是帮他的朋友。那次，我还在考虑要不要介入，但状况突然就解除了，安迪抱着肚子哈哈大笑，站都站不直了。他喘着气说：“对不起，但这个想法实在太疯狂了，我哪敢偷我妈的东西啊。”那个孩子的妈妈是出了名的凶悍。“想象一下，我的口……口袋（安迪笑到讲话都结巴了）里装满发卷，拼命逃……逃跑，就怕被她抓到，就……就像偷苹果一样。”带着发卷逃跑的那一段，逗得大家都笑了，连汤姆也是。我经常觉得欢笑是最好的防御，虽然这招对安迪他爸无效。当安迪决定离开破轮镇时，他来找我帮忙，这件事让我一直感到很欣慰。

祝安好！

艾美

助长歪风

书店里有同志小说专区这件事迅速传到镇外，搞得好像阿珍写过一篇报道登在《通讯报》上一样。

特卖会后过了几天，有一位新客人走进书店，他看起来顶多只有二十五岁，但一举一动充满自信，态度相当成熟，就好像他在人生中的某个阶段就决定从此再也不紧张。尽管如此，他似乎不太确定进了书店要做什么，他踏着坚决的脚步走进来，然后停下来就一动也不动。他站在那里，背脊挺直，眼神几乎有点吓人，然而他不看莎拉，也不看书本，由此可见，虽然他摆出一副气势汹汹的模样，但其实心里不太自在。虽然脸上看不出来，但莎拉觉得他内心一定正在天人交战。

终于她开口了："需要帮忙请尽管说，不要客气。"

这句话让他动起来，在书架间缓缓地走来走去。

"你是镇上的人吗？"莎拉问。

他说："不是，我住在希望镇。"

"你喜欢那里吗？"她没话找话说。

"不太喜欢。"

"你有没有特定要找什么呢？"

这句话似乎终于让他下定决心，眼神中多了一种孩子气的光彩。莎拉问的当然是书，但他的回答却是："男朋友。"

她大笑。"左边下面那个书架。"

"我妈跟我说过你的事，她说你助长歪风，死后会下地狱受火刑。"

一个她根本不认识的人竟然如此出言不逊，她心中相当愤慨，但不得不承认，其实她也觉得很荣幸。她，莎拉·林奎斯特，竟然有本事助长歪风！谁想得到呢？她幽默地说："我还能说什么？这种宣传用钱都买不到。"

他欲言又止地问："你是……"

她的回答似乎会对他造成很大的影响，她考虑是否该说谎。她很欣赏他，于是选了一个折中的答案，她煞有介事地说："双性恋。"尽管她连斯德哥尔摩的同志大游行都没去过，她有些脸红了。

他微笑说："谁不是呢？你不是这里的人吧？"

"我从瑞典来的。"

他点点头，好像这样说明了什么事。"啊。"

他走向同志小说区，她则继续读书。没过多久，他拿了两本书来柜台。

莎拉订购了很漂亮的塑胶书衣，正面印着橡树与店名。不等他开口，她就直接包上了书衣。结完账之后，他继续逗留了一下，就站在她和门中间，没有要离开的意思。

她终于忍不住问："有什么……"

"我希望……"他说，"我希望能在这里认识其他人。"

"去广场酒吧，找安迪和卡尔。"她说。

"他们？"

"在一起。"

他似乎无法决定该高兴还是失望。

她接着说："或许他们知道一些好地方，帮我跟他们打招呼吧。"她伸出一只手，"对了，我是莎拉。"

他说："约书亚，不过，大家都叫我乔许。"

莎拉提议将卡尔的照片登在观光信息《通讯报》上，其实只是开玩笑而已，但阿珍好像当真了。安迪打电话叫莎拉去广场，她心里非常不安。

她在吧台坐下，啤酒送来之后，安迪说：“你绝对猜不到今天谁来过。”

“谁？”她谨慎地问。

他扬起一条眉毛说：“乔许。”

“噢，是喔？”她松了一口气，“希望没有给你们造成困扰。”

“怎么会？我们不介意帮所有 LGBT[1] 群体做媒。”

千万别脸红，她在心里想。不知为何，这整件事让她觉得很尴尬，大概是因为太担心政治正确的问题。

卡尔的上身探过吧台，好像终于相信她不会扑上去，说道：“这是件好事。”

“对了，莎拉。”安迪说，“双性恋是吧？真是看不出来哦……”

她终于可以放心了，没有人再提起阿珍的观光信息《通讯报》，她真希望当初没说那句话，就算只是开玩笑也不该提。然而，介绍书店开幕的那一期《通讯报》似乎传得越来越远，持续招来新的客人。

那个星期六，镇上人多得出奇，而且绝大部分都是大块头的女人，穿着难看的牛仔裤、格子衬衫，以及脏兮兮的靴子。

她忍不住一直盯着她们看，就好像很难不看车祸现场一样。这样的女人真的存在，她依然不太习惯这件事，而且她们还戴牛仔帽。这没有半点的讽刺意味，但她们难道不知道电影、书籍以及电视影集把牛仔相关的事物，弄得有多不堪吗？难道她们没有看过影集《朱门恩怨》[2] 吗？

她们一整群人一同进了书店，只有少数几人买书，结账之后继续逗

1 LGBT，指女同性恋（Lesbian）、同性恋（Gay）、双性恋（Bisexual），以及跨性别者（Transgender），代表性少数群体而以首字母组成的字词。

2 《朱门恩怨》（*Dallas*），美国二十世纪八十年代的长寿肥皂剧，描述得克萨斯州石油豪门家族的爱恨情仇。得州为牛仔文化大本营，男主角常戴牛仔帽。

留了一阵子，除非有绝对的必要，不然她们很少会开口。

那群女人挤进店里时，格蕾丝恰好也来了，她左躲右闪来到柜台前，莎拉假装在看书，格蕾丝靠在柜台上，以非常明显的动作左右张望。

“以前这些女人都会去我店里。”她没有试着要压低音量，“所有这些女人，她们全都是真实、强壮的女人，我一眼就看得出来，是这些女人打造了我们的国家。”她摇摇头，“她们终于回镇上来了，可是竟然来买书而不是喝酒……这太不正常了。”

莎拉合上书，抬头看格蕾丝。“来书店聚会有什么不对？”她大动作比着店里的书，“这些真实、强壮的女人，也会想看其他剽悍女人的故事，有什么不对？”

“少来，根本没有一本书可以写出真正的美国，全都是一些娘娘腔的男人，想一些娘娘腔的事。真实的人生艰难无情，而且毫无虚假。书本都是些甜腻又复杂的玩意儿，动不动就为了每个人的想法感受而纠缠不清，而且有太多男人，他们对艾奥瓦有什么贡献？”

“虽然这些女人戴牛仔帽、个性强悍、说话大声，但不代表她们不懂阅读的乐趣。”莎拉嘀咕，“为什么只有娘娘腔的男人可以看书？如果问谁有资格享受阅读，这些伟大的女人绝对……”

她拿着书再次一比。好吧，或许几分钟前她有点太武断，但人总可以改变想法吧？她们显然是强壮又剽悍的女人，全部都是，而且有那么一点点可怕。她原本想继续压低声音激烈争辩，但其中一个强悍的女人过来问：“不好意思，请问酒吧怎么走？”

格蕾丝大笑。“姐妹，你们到底来书店做什么？”

“《通讯报》上说这里值得来看看。”那个女人回答。她看看四周，似乎不太苟同，“而且酒吧五点才开门。”

莎拉看着这群女牛仔，心中有股强烈的不祥预感，要出大事了。

“听说广场酒吧有很多亮点。”那女人又说，“至少确定有一个。”

莎拉感觉不妙至极，她闷闷不乐地说：“别担心，有两个。”

她打烊回到家时，发现汤姆在门口等她。进行希望镇抗争活动时，她几乎要戒掉一直留意他的毛病，现在他却又突然出现在她面前。

她走上门廊，略带犹豫地打招呼。

她停在他面前，心慌意乱地想找一些话说，但她恐怕没办法和他近距离地相处太久。有些生命中的时刻，感觉无比漫长却又过得太快，好像每一秒都在身体里嘀嗒作响，而现在就是这样。她知道应该开口说话，不然，很快就得退开了。

她还没想到该说什么，他清清嗓子说：“卡尔派我来找你。”

她一愣。

“他需要帮忙，他说你欠他的，他好像压力很大，我就提议来接你了。”但他依然站在她面前一动也不动，距离太近，她无暇关心卡尔遇到了什么麻烦。

“现在吗？”她问。

“好像很紧急。”他离开她往前走，打开车门。她终于能呼吸了，她努力想要放松一些，却怎样也做不到。

首先，重力来袭的就是音浪，她还在外面的停车场时就听到了，是那种太多人挤进过小空间，同时大声地热烈交谈，又凝聚为低沉悸动的音波。接着来袭的是热浪，一开门便扑面而来，滞闷的空气中充斥着汗臭、酒臭，以及高温的体臭。然后，又是数量多到夸张的壮硕女性，一律穿着难看的牛仔裤，头上戴着牛仔帽。

“老天啊。”她说，“那群人至少有五十个吧？”

汤姆一脸惊愕，他站在她身后的门边，仿佛要拿她当挡箭牌一样，他问：“她们都是从哪里跑来的啊？”

“书店。”她语带沮丧，却没时间解释，卡尔正对她招手，脸色相当难看。

他们一路推挤，终于来到吧台前，气氛真的非常紧急。安迪以高速斟着啤酒和烈酒，同时还要收钱，但也不忘对所有客人微笑打趣。他就像是个带点傻气却又专业无比的汤姆·克鲁斯。倘若客人肯捧场，他也一定会表演花式调酒，可惜她们只喝百威啤酒和威士忌，并不想看抛酒瓶的表演。

卡尔整个人压在靠墙的架子和镜子上，斟啤酒的时候拉长他的上半身，身体其他部位继续保持安全距离。他面无表情，但眼神流露出惊恐，这个姿势反而突显了他的肩膀与胸肌，莎拉不确定该不该告诉他，最后她决定还是不要火上浇油。

卡尔不断用刻意的方式触摸安迪，叫他“亲爱的”，不止一个客人以为他是在叫她们，因此笑得很开怀。也不止一个客人拿酒的时候，趁机伸出咸猪手，摸一把他的手臂或腹肌。

“莎拉。”他努力装成若无其事的样子，“你绝对猜不到前几天谁来过。”

“乔许吗？”她抱着一丝希望。

“阿珍。”

一个女人挤上前点了一杯威士忌，卡尔迅速送上，不让莎拉有机会逃跑。那个女人留下大笔的小费，但卡尔没有分心，继续紧盯着莎拉。

“你猜猜她来做什么？”卡尔说。

那个点了威士忌的女人看看汤姆，又看看莎拉，猜测他们的关系，汤姆急忙地搂住莎拉。

莎拉说：“不知道。”音乐声和交谈声都非常大，可惜她还是能清楚听见卡尔说话，因为人群太拥挤了，她被迫整个人贴在汤姆身上，几乎能够感受到他散发出来的纯粹的恐惧。

“她想拍张照片，登在观光信息《通讯报》上。”

安迪突然插嘴说：“那个阿珍根本不会打广告。”他在吧台另一头，他得用吼的方式才能让他们听见。

“刊登一张酒吧的照片，这个想法很不错啊。”莎拉以最轻的动作搂住汤姆的腰，他没有反对，于是她进一步靠向他，肌肉与牛仔布的触感令她着迷。

“我也是这么说啊！”

“问题在于，她想拍的不是酒吧，对吧？”卡尔语带谴责，“她认为我的照片更有吸引力。”

莎拉听得出来带刺的强调语气，她察觉汤姆似乎觉得她的不安很好笑，她瞪了他一眼，仿佛他们是会互相打趣的情侣。

安迪说：“是我主动争取的，但她说那样无法达到预期的效果。”

“我问她这是谁的主意，没想到她竟然那么谦虚。”卡尔说，“她说完全不是她的功劳，都是你想出来的。”

“为什么我的照片无法达到预期的效果？”安迪边说边开一瓶啤酒，并同时斟上三杯威士忌。

“我只是觉得这是帮酒吧宣传的好方法。”莎拉说。

“难道我的照片有碍于宣传吗？”

卡尔将一张湿湿皱皱的纸往桌上一拍，是本期《通讯报》，卡尔的照片占据了超大版面，下方写着“艾奥瓦州最友善的酒吧：我们的存在就是为了服务客人”。

内文短得可怜，说明广场酒吧供应酒类饮料与餐点（不就和其他酒吧一样吗？莎拉忍不住在心里补上这句），非常非常友善，而且非常非常以客为尊。

阿珍这次完全突破她的极限了，汤姆正狂笑着。

“今天晚上店里的这团混乱，你必须负责收拾。”卡尔说。

“我可以抽成吗？”

“只要你愿意接手我的工作，我愿意把我的王国分一半给你，我的长子也送给你。”

“你是同志。”莎拉提醒他。

卡尔说：“我们可以收养。”

“我不想要小孩。”

“那我的王国呢？”

她大笑着说：“没问题，叫我莎拉女王吧。”

虽然舍不得，但她决定离开汤姆身边，他立刻一把将她拉了回去。

“别丢下我。”汤姆哀求。她知道他会这么说，只是因为旁边的这些女人太可怕，相较之下她比较安全，但也没差吧，她忍不住多依偎了片刻。

卡尔可怜兮兮地看着她，她强迫自己离开汤姆走到吧台之中，一个女客人想趁机跟着挤进去，卡尔及时拦住她。

没想到，站在吧台另一头的感觉这么不一样。热情拥挤的客人变成没有脸的集合体，一拨拨朝她涌来。不过，这里空间比较大，而且她可以看到最前排客人的表情，解读她们的想法与希望，听见她们的对话（她和卡尔顿时成为话题，她们都很嫉妒她能被提升到卡尔小助手的地位）。汤姆就在几米之外，被挤到只能紧靠着吧台。

“我该做什么？”她看着酒瓶、酒杯以及四周的混乱，砧板上放着柠檬片，水槽堆满用过的杯子，墙边有酒瓶、酒杯、冰箱。她对自己说，好吧，莎拉，开工吧！

“开啤酒、倒威士忌。”安迪带她看东西在哪里，“其他饮料不用管，她们大多只点啤酒和威士忌。如果有人点别的东西，就交给我们处理。”

“还有，无论如何，倒威士忌时千万别小气，不然，她们会把店给烧了。”

莎拉大笑。

“喂，小姐。”一个女人说，“两瓶啤酒、两杯威士忌。快点，我快渴死了。”

比起安迪和卡尔的速度，她倒一杯威士忌得花三倍的时间。收银的工作比较顺畅，毕竟她经验丰富，她迅速算好数字后就找钱给那个女人，那个女人全收下，没有给小费。被卡尔服务的客人都会给小费，莎拉会害他们收入减少。

三个小时后，她又热又累、满身大汗，汤姆不知道是何时离开的。

“感谢老天，终于结束了。”卡尔嘀咕着，打开天花板的大灯，看着客人站起来一一离去，终于能安心了。她们留下空酒瓶、洒出来的酒、揉成一团的餐巾纸，还有没吃完的花生。

卡尔帮大家倒了威士忌，莎拉累瘫在吧台的凳子上，让酸痛的脚休息。“谢谢你来帮忙。”卡尔的度量令人佩服。

“对不起。”她说。

“她们说还会再来，你觉得是真的吗？”安迪问。

“好像是。”卡尔在店里走一圈，收拾半满的玻璃杯与用过的餐巾纸。

莎拉说：“如果照她们的要求，办一场舞会，她们一定会来。”等一下她会跳下凳子去帮忙，但现在的她只想边喝威士忌边偷偷揉脚。

“我不会跳舞。”卡尔说。

“我会。”安迪似乎精力无穷，热血地嚷嚷着，“来办舞会吧！”

“我们人手不够。”

“莎拉可以帮忙。”

“我们没钱请人。”

“找乔许吧？”莎拉说，“他一定很乐意帮忙，而且不会介意钱很少。”

“舞会？”阿珍说。

“舞会？”卡洛琳说。

她们再次聚集在书店。莎拉站在柜台里，她想看书但办不到，因为卡洛琳就站在她面前，而阿珍舒舒服服地坐在扶手单椅上。

“那种活动只会害大家喝得烂醉，然后做出不道德的行为。”卡洛琳说。

“我可以写篇文章登在《通讯报》上。”阿珍说，一边的卡洛琳瞪她一眼，“我是说舞会的事啦。”阿珍解释。

“这成何体统啊。”卡洛琳虽然这么说，但语气并不像平常那么严厉，她的眼神有些不一样，莎拉努力控制自己不盯着她看。

卡洛琳一派无邪地说：“不然，可以结合市集啊，帮教会募款的市集。适合全家人一整天地开心玩乐，晚上就在广场酒吧举办有规划、有规矩的舞会。”安迪所想的舞会应该跟什么规划、规矩都沾不上边，但她觉得最好不要忤逆卡洛琳。

“教会确实需要捐款。”卡洛琳承认。

两天之后，乔许再次造访书店。店里除了他，只有另一位女客人，系着高雅的黑丝巾，戴着大大的深色太阳眼镜。乔许十分欣赏她的装扮，他觉得很有格调。虽然他也不太确定，但她好像在同志小说区晃来晃去的，就像他第一次来的时候那样。他正要开口问她想找什么书，莎拉就过来打招呼，他转过身。

他说：“广场酒吧打电话给我，问我要不要去帮忙，他们说没有钱可以付给我，但可以用肉体支付。”

莎拉差点儿被咖啡呛死。

“好啦，是我自己想用肉体支付，但其实他说小费可以归我。客人显然主要是女性，而且出手很大方。”他双手一拍又放开，“我也可以迷死女人的。”

“我相信。”

他看看左右，那个戴太阳眼镜的女人不见了。“刚才在这里的那个女人是谁？”他问。

莎拉转开视线。“呃……这个嘛……我从不泄露顾客的身份。”她想，我真的应该学学如何撒谎。

“你知道她想找什么书吗？”

“不清楚。”

乔许耸肩，转身准备离开，在门口停下脚步说：“谢啦，莎拉。”

卡洛琳和书本：零比三

罪恶入侵小镇，卡洛琳当然察觉到这件事了。一开始她还不肯相信，但去书店勘查后，由不得她不信了。书架上一整区摆满那些书，就在她面前，毫无遮掩。

当然，她感到义愤填膺、万分不齿，并以最快的速度离开书店。难以想象，破轮镇竟然在卖同志爱情小说，光是这个词便令人难以想象。

尽管现在破轮镇只有一间教堂，而且牧师相当无能，但只要她卡洛琳在的一天，便不容许有人如此明目张胆地败坏道德品格，至少她会尽一切力量阻止。

她对自己说，更何况，你需要挑战，卡洛琳。她从不会自欺欺人，最近她过得太惬意，太久没有成就感了，又太安逸、太心软。

但莎拉恐怕没啥挑战性。每次卡洛琳一接近，她就变得畏畏缩缩的，让人很心烦。虽然她人很好，但在基督教的信仰上，显然无法达到艾奥瓦州人的标准。

她是欧洲人，所以有点怪也可以理解。但是她休想将同志爱情小说带进这个端正的美丽小镇。

卡洛琳气势汹汹地杀进书店准备来场硬仗。

果然如卡洛琳所料，莎拉在柜台里往后缩。

“莎拉。”她用听起来不太有善意的口气说。

“卡洛琳？”

“你在卖色情书刊。”卡洛琳从不拐弯抹角。

卡洛琳在破轮镇小学任教将近十五年，几乎所有镇民都曾经被她训斥过。

“没有这回事。”莎拉说。

“没有这回事？”卡洛琳重复。当她不高兴的时候，爱用强调语气的毛病会变得更明显，“从这里就能看见那个书架了，你还特别标示，你竟敢说没有这回事？虽然不清楚你有多少缺点（她的语气暗示应该有很多），但我以为至少你是个诚实的人。”

“那些是爱情小说，才不是色情书刊。”

“不要想用细节的差异来蒙混过去。”

卡洛琳怒目瞪视。

莎拉坦然对上她的眼神。

至少，在她转开视线之前，这对峙持续了那么一瞬间。“那是小说，是文学，也是爱情与友情的故事。没错，里面有性爱场景，但是和色情书刊截然不同（她无意中竟用了卡洛琳的强调语气，如此嚣张的挑衅令卡洛琳倒抽一口气）。不过那并非重点，异性恋的爱情故事也有性爱场景。”

“你真的敢说没有差别？”

莎拉说：“对，我和你不一样，我读过那些书。”

“你读过了？”

“对。”莎拉再次说，“我一直认为，不该在不了解的前提下，就随便批评书本或人，这样是不对的。”

“不对？”卡洛琳知道自己的脸色变成难看又可耻的深红。这段谈话的方向完全大乱，她脑中冒出一个很不愉快的想法，她无法确切说出，但就在她的脑袋深处躲躲藏藏不肯现身。

“对，违背美国精神，几乎……违背了基督教精神。”

“违背了基督教精神？”

那种不愉快的感觉变得更强烈，卡洛琳终于领悟到是什么让她内心不安，莎拉说的可能有道理，她的言语中有着明显的挑战，而卡洛琳从不怯战。

“我回去想想。”她气呼呼说完之后冲出去。

她非常非常愤怒。

牧师在花园忙碌，卡洛琳笔挺的影子落在他正在整理的植物上，打断了他的工作。

“威廉·克里斯多夫。”她的语气有着明显的不悦，让他打了个哆嗦，他曾经是她的学生，“破轮镇唯一的牧师应该有更重要的事情吧？怎么会在这里除草呢？做这种事有失身份。”

威廉叹息（小声到只有他听得见），然后站直了身子。“是。”他说，卡洛琳点点头，“有什么需要我帮忙的吗？”他相信，八成是她要来帮他，而且肯定是一些他自己都不知道需要帮忙的事情。

没想到她竟然说：“有个问题我一直想不通……”她停顿了，似乎是希望他开口说些什么。

他默默等待。

她似乎在寻觅正确的词语，因为她站在那里，几乎有整整一分钟没有开口，然后才困惑地说：“假使，听说……一件理当错误的事情，虽然你本身缺乏相关经验，但是从可靠来源听说过，而且所有逻辑都指出那件事绝对是错的，在这样的前提下，没有经过调查就进行批判，是否可以接受呢？”

威廉不太懂她的意思，不过呢，老实说，以他的看法，当然只是他个人的观点，批判不了解的事情必须非常谨慎小心。或者说，无论是否了解，在批判时都应该特别谨慎。

卡洛琳嗤之以鼻。不批评也是一种批评，无作为也是一种作为，但他回答了她的问题。她对自己承认，他或许有点道理。

这整件事极为不愉快。

她叹息道："多谢。"

威廉往后一缩，结结巴巴地说："不客气。"

卡洛琳不但请教了他的意见，而且还向他道谢，搞得他非常紧张。

她气势汹汹地回到书店。

确定店里没有别人之后，她说："好吧，给我一本。"

"一本什么？"

"那种书。"她无法开口说她要同志爱情小说，"我是个公正的人。"她郑重地说，"你说得对，毫无了解便批判是不对的，以这次的状况，或许该说我没有读过，所以快给我一本吧。"她以阴森的语气接着说，"看完后，我会告诉你我的想法。"

莎拉呆望着她，卡洛琳似乎不打算改变心意，于是莎拉就小心翼翼走到同志小说区前面，拿下一本装上书衣。卡洛琳点点头，一言不发就付钱走人。

然而，回到家之后，她不知道该怎么处理这本书。

刚才在激动的情绪下，她或许同意没有读过便妄下批判有失基督徒之道，但独自在家时，她又有些怀疑。

光是想到家里有那种书，她就冷汗直流。

她忍不住一再察看，第一次是为了确定封面图案不会透出书衣，然后拿去藏在门口的一堆旧报纸下面，以防万一被人看到，再度确认书脊上的书名没有透出来。然后拿出来换个地方藏，这次放在床头柜上一幅刺绣作品后面，以防万一有人随手翻报纸，光这么想她就吓得发抖。

在每次屈服于拿起那本书的冲动后，这股冲动就越来越强烈了。一个轻柔魅惑的声音呼唤她，没有读过之前，不该妄下定论喔，那个声音提醒着她。接着又说，你一生敬畏上帝，这么久没有动摇过，稍微看个一章不会怎样啦。

那本书好像瞪着她看，已经很久没有任何东西能让她如此不自在了，二十多年来没有人瞪赢过她。然而，这本小书却逼得她不得不转开视线。

那本书静静躺在那里，书衣上印着令人心情平静的美丽橡树，树叶是秋天温暖的黄色，店名以同样色调的字印在上面，“橡树书店”。书衣里，有两个半裸男子相拥的图片，似乎穿透所有的掩饰，宛如大城市红灯区的霓虹招牌。

淫秽！淫秽！淫秽！那本书仿佛对着这世界高喊着。

应该没有人会以为是因为她想看才买的吧？不过，藏在卧房里确实会引人怀疑，而且还藏得这么小心、这么刻意。或许干脆摆出来还比较光明正大，假使阿珍上门来，卡洛琳可以愤慨地说，你瞧瞧，书店竟然卖这种鬼东西。

她往卧房的方向踏出两步，接着又停下，老天啊，我在想什么？把印着两个半裸男人的书放在走廊上？还要告诉阿珍？那不就是平白给她嚼舌根的话题吗？

那本书还是放在卧房好了。

有那本书在旁边，她翻来覆去怎么也睡不好。这本书对她的魔力，每晚似乎都在持续增强。因为睡眠不足，她变得神经紧张、精神涣散，在家里烦躁地走来走去，她这种年纪的人显然不该做这种事。

她决定读一章，算是做研究。终于拿起来时，她敢发誓那本书在嘲笑她。

“假使其他书也像你一样无耻的话，这也难怪几百年来一直有人要焚书。”她回嘴，此话一出，书终于沉默了，她得意地微笑。

她让内心更为坚定，翻开第一页，提醒自己：都当十五年的老师了，没有事情能吓得了我。

她开始阅读了。

二〇一一年一月十九日

莎拉·林奎斯特　收

亲爱的莎拉：

汤姆一向很不善于接受帮助，也很少承认他需要帮助。当然，我说这些话是出于疼爱。有时候，我觉得他应该很寂寞，但他绝不会对自己承认。老实说，我觉得他会说自己完全不需要任何人，也不需要任何东西。假使我说他需要氧气，他也绝对会摇头、微笑，要我不必担心，他只会说："我没事。"搞不好，他真的相信自己是地球上唯一不需要呼吸的人。我个人认为，独立与愚昧之间的界限非常细微。

安迪和他父亲大吵了一架后，就决定搬去丹佛，那天晚上他住在我家。那时候我丈夫已经过世了，所以不需要解释什么，我从不曾告诉任何人那天晚上他住在我家。他之所以去丹佛，是因为他不只想离开破轮镇，而且想离开这整个州。我不知道他后来是否原谅了他父亲，但那时候我只希望距离能缓解他们之间的对立。

你可不要以为安迪拿了我的钱就走了，他的自尊心很强，不输给汤姆和克莱尔，只是表现的方式不同而已。我认为他只是需要确切明白，有人关心他是否流落街头。在他离家一个月之后，我收到一个包裹，里面有我当初借他的钱，一毛也不少，还有一张明信片，上面印着一个几乎一丝不挂的男人。我不需要那些钱，但我真的很高兴收到那张明信片，那表示他依然能够笑看人生。

祝安好！

艾美

通货膨胀的梦想

书店开张一阵子了，莎拉真正开始享受在这里的生活，虽然快乐中藏着忧伤。最近她经常把门留一条缝，好让秋季湿润的空气融合书香。她一直觉得秋天的空气与书本很搭，两者都会让人想起毛毯、舒适的扶手单椅，以及大杯子装的咖啡或茶。但在自己的书店里，她第一次深刻感受到这氛围。

就在莎拉与艾美的书店，这就是令人难过的地方。她经常想到以前早该问艾美的事情，她们通信超过两年，但有好多事情她忘记问，她在信里到底写了什么？

“你觉得可以丢书吗？”她问艾美，将疑惑抛向一片寂静中。有客人在的时候她尽量不跟艾美说话，但现在市集在即，破轮镇镇民似乎有很多事情要忙，没人会来她店里。

她忙着张罗一个新书区，打算取名为“认识作家”，并且考虑多订购几本文学传记。目前这一区只有三本书，不过，她也考虑放一些介绍书本的书籍。事实上，她之所以想知道艾美对“丢书”这件事的想法，正是因为海莲·汉芙。

她正要上架的是《查令十字街84号》[1]。在所有谈论书的书籍中，这很有可能是最有趣的一本，就连后来出版的《亲爱的茱丽叶》[2]都难以

1 英国作家海莲·汉芙（Helene Hanff，1916—1997）的作品，书中集结了二十余年她与伦敦书商的书信来往，书店地址正是查令十字街84号。

2 美国作家玛丽·安·薛芙与安妮·贝萝丝共同创作的书信体小说，故事中女作家茱丽叶与一个文学读书会成员长期通信后，决定前往拜访因而改变人生。

望其项背。百无禁忌的美国人海莲·汉芙与一位研究古物的书店老板书信往来，便构成此书，续作则是《布卢姆斯伯里街的公爵夫人》，海莲·汉芙终于去到“她的”英国，在书中描述旅途的经历。

汉芙小姐不懂为何大家不丢书。对她而言，全天下最没有价值的东西就是难看或平庸的书，但莎拉不这么想。

那些依然是书。

莎拉会把书卖掉或送人，但她无法丢弃它们。有些书糟糕到她觉得不该连累其他无辜的新读者，让他们受害，但她依然不会丢弃，她很想知道艾美的想法。

关于作家传记类的书籍，艾美有简·奥斯汀、夏洛蒂·勃朗特，以及由勃朗特三姐妹人生改编的小说《忧伤的滋味》[1]，书名真贴切。莎拉叹息，目前这一区相当空。

“你觉得，写作是让你更快乐还是更不快乐呢？”她一边问，一边将简·奥斯汀的传记放上书架。

她希望作家能快乐一些。她一直希望简·奥斯汀能看着身处的环境，心里想：“我可以创造出更棒的世界”或者“你这个人简直无聊透顶，找不到不失礼的方式来描述你这个人了，但写进我下一本书应该蛮精彩的，我需要另一个可笑的牧师角色。”然而，莎拉忍不住又开始想，无法幻想费兹威廉·达西先生（到底她怎么会决定用这个名字啊？这是文学史上最大的谜）的人生一定很惨，因为创造出这号人物的人，就是简·奥斯汀她自己。

她十四岁时第一次读《傲慢与偏见》，有长达好一段时间，她觉得简·奥斯汀的其他作品难以下咽。她对其他书籍也失去兴趣，更别说真实世界的男人了。那个世界构筑得太过完美，若必须离开就太令人惆怅了。最完美的女人，配上最富有、最迷人的男人；除此之外，第二名就

1 英国作家裘德·摩根的传记小说。

配上第二名，以此类推。体验过《傲慢与偏见》之后，《理智与情感》的爱德华·费拉尔就显得不够富有，虽然她不该随便批评别人，但莎拉总觉得他太优柔寡断。《曼斯菲尔德庄园》确实引人入胜，故事生动巧妙，但莎拉无法原谅埃德蒙·贝特伦，他拖了那么久才爱上范妮·普莱斯，而且还只是一种若有似无、心不在焉的感情。现在，她学会欣赏这些作品了，而且她认为《劝导》的温柔的忧伤的情调很动人，几乎不输《傲慢与偏见》，但她花了很多年的时间才有所体会。就连奥斯汀没有写完的最后一部作品《桑迪顿》，莎拉也不会像那些有品味的人一样大为嫌弃。其实她心里偷偷喜欢那本书的前五十页，由奥斯汀写作的部分，而由“另一位女士”接续的部分虽然乱七八糟、偏离原作，但她也觉得不错。

“写那本书的时候，奥斯汀是否已不再怀抱梦想了？你觉得呢？”她问艾美。

艾美没有回答，莎拉拿起描写勃朗特三姐妹的那本小说，她已决定不看了，她们的人生太令人忧郁。夏洛蒂·勃朗特最大的梦想，就是拥有一栋在水边的房子，与兄弟姐妹们一同生活。或许继续写作，如果可以不教书或在家经营学校就太好了，但这点可有可无。

这么简单的梦想却无法实现，想想还真的有点傻。

莎拉认为，现在的人似乎梦想要得到一切，要旅行、爱情、完美工作、幸福家庭，同时还要又瘦又美、广得人缘。

她说：“艾美，你觉得梦想是不是正在通货膨胀？”

“没错。”门口有人回答。莎拉惊得跳起来，尴尬无比地转过身，看见汤姆站在那里，一脸好笑的表情。

她不确定他有没有听见她说出艾美的名字。她决定姑且认为没有。“或许是吧。不过，拥有梦想会让人更快乐，还是更不快乐？”

他耸肩。“我没看过因为梦想而变得更快乐的人。”

莎拉有同感，但有时她会觉得梦想多少会让人更有……活力。汤姆好像不是爱做梦的人，她稍稍感到遗憾。话说回来，她自己从来没有能够实现的梦想。书店里的其他女员工都有想做的事情。就算没有理想抱负，至少也想去旅行、存钱度假、生孩子、谈恋爱，或者翻修厨房吧。她们梦想真正的事物，是可以在上班时幻想、谈论的事物，但莎拉就只是埋头读书。

在破轮镇的这段时间，让她不由得反省自己在瑞典究竟做过什么。下班回家的时间与不用上班的周末，记忆中印象非常模糊，交融成一片。她很害怕，只有读书和工作，这样的未来会幸福吗？然而，要怎样才能成为有梦想、有目标的人呢？莎拉不禁觉得，自己错过了展开人生的关键。长久以来，她只是飘飘荡荡、不停阅读，年轻时的同学都是没大脑的穷孩子们，这样没什么不好。然而，突然间身边所有人都长大了，她却一事无成，只会看书。

现在，终于有了改变。当然，她依然大量阅读，但也新添了许多阅读之外的事情。大家会跟她说话了，有时甚至会特地来找她，有几次她甚至决定放下书本。书晚点再读也无所谓，这种想法本身对她而言就是一种新奇的感受。

她问："要不要来杯咖啡？我刚刚新煮了一壶。"他点头的动作非常轻缓，几乎难以察觉，好像他原本打算拒绝，却不由自主地认输接受。

她带了两个真正的杯子来书店，她倒上两杯咖啡，香气溢满了整间店。

"你觉得艾美会做梦吗？"

汤姆走到扶手单椅前坐下，她坐在另一把椅子上，屈起双腿，侧身靠着扶手转向他。

"不会。"他说完之后迟疑片刻，"老实说，我不知道。"

莎拉点头说："有太多事情我没有机会问她。"

没想到他竟然问："你呢？你有什么梦想？"他的语气几乎有些带刺，但莎拉隐约察觉到一丝认真。

“我没有梦想。”她匆匆回答，端起咖啡喝一口，这样就不必继续说下去。

“你回家以后有什么打算？”

回家，她挥去那个念头。

“再开一家书店？”

她摇头，她确切知道不可能。“开书店需要很多准备，要起步的话，至少要有事业上的计划。”

汤姆环顾了书店，扬起一条眉毛。“我想或许有帮助。”

资金更是不可或缺。

“汤姆，你觉得约翰会不喜欢吗？书店的事。”她急忙解释，但心里其实想问的是“你觉得他会不喜欢我吗？”这问题。

“为什么他会不喜欢？”

“因为艾美吧，我只是想……书店开张之后，他从来没有进来过。”

“我觉得约翰什么事都不在乎了。”

他们沉默了好一阵子，然后汤姆低头看着空空的咖啡杯，几乎自言自语地说：“我好像该走了。”但他没有站起来，莎拉也不介意晚一点再看书。

她不确定原因，或许是因为他好像很喜欢和她坐在一起，也可能是因为她不想再次孤单煮饭给自己吃，总之，她开口问：“今天晚上要不要来吃饭？在艾美家？”

或许，她没办法为他做些什么，但要拼凑出一顿晚餐倒是没什么问题，没想到他竟然爽快答应：“好，七点左右如何？我要先处理一些事情。”

“好。”她努力克制慌乱，“七点可以。”

她原本打算要提早打烊，去约翰的店里买东西，然后还有充沛的时间慢慢准备，但葛楚德和阿梅来买书，就耽误了她的计划，自从上次的希望镇抗争活动之后，她们便经常光顾。

一开始，葛楚德显然只是跟来取笑阿梅的选书喜好，她对莎拉说的第一句话是：“哈！王子！全都骗人的。”接着她一阵狂咳，也可能是狂笑。

她们一星期会来个几趟，阿梅挑书的时候，葛楚德便质询莎拉的文学品味。

“你相信那些鬼玩意儿吗？爱情小说和那堆垃圾啊？”不然就是，“他们穿的衣服为什么那么奇怪？长头发、穿丝质衬衫的，你会想和那种男人上床吗？浅紫色！还丝绸！而且衣服干吗都不扣好呢？”

莎拉让阿梅免费看书，只要拿来还就好。她们昨天才来过，阿梅来拿五本新的禾林小说，而葛楚德答应试着看几本“性、暴力、武器”区的书。葛楚德威吓地说：“千万别给我爱情小说。”于是莎拉选了《龙文身的女孩》，这本肯定没有浪漫爱情，连副线情节也没有。

现在葛楚德直奔柜台，脚步急促仓皇。当她走近时，莎拉看出她的眼袋发黑，眼神像是狗急跳墙，毒品上瘾。

“快！”她抓住柜台，“第二本，我要第二本。”说完之后她似乎稍微恢复理智，勉强站直，以比较冷静、略带歉意的语气说，“为了看书，我大半夜都没睡，连烟都忘记抽了。”

阿梅一脸司空见惯的表情，似乎葛楚德做什么都不奇怪，但她还是紧张地问：“你有吧？第二部啊。”好像对她而言同样生死攸关，不完整的系列书绝对是大灾难，甚至会影响身边的人。

她的微笑让她们安心。“当然有。”她说，“如果没有另外两本，我怎么会给你第一本？”她走出柜台，拿了《玩火的女孩》和《直捣蜂窝的女孩》。英文版的三本书名都有“女孩”两字，这样或许比较朗朗上口，但莎拉总是忍不住想，《龙文身的女孩》这个书名还真是奇怪，因为瑞典原文书名是《恨女人的男人》，她将两本书放在柜台上葛楚德面前的位置。“你两本一起拿去好了。”她说着回到柜台里。

“还有两本？”阿梅的语气有一丝惊惧。

葛楚德说：“可恶，这下子要好几天不能睡觉了。”葛楚德不肯拿第一本来换，于是付钱买下这两本，结账之后，莎拉立刻打烊。已经五点多了，她还没想到要煮什么，她匆匆关灯，锁门，走向约翰的店。

这里和她第一次来的时候几乎一模一样，这次她顺手拿起门口的旧提篮。店里的选择不多，临时要采购就很难买齐，但她从来没有拜托乔治开车带她去希望镇另一头的大型超市，她绞尽脑汁想着晚餐该做什么。

上星期她发誓要做真正的美式料理，但迄今一次都没有成功。她的芝士通心粉只能说令人失望，味道和瑞典的芝士意大利面一模一样。她上网搜寻传统美式料理，但似乎根本没有传统可循，大家烹调美式料理的方式好像都不一样。

她尽可能不看约翰，至少不让他察觉她在看，已经过这么久了，她来买东西时，他的态度依然相当疏离，那并不是害羞畏缩，只是有那么一点……魂不守舍。最后，她决定煮秋季限定的暖心炖肉，主要是因为店里有很多切块的肉类，也有很多根茎类蔬菜。约翰进了一些葡萄酒，但种类不多，她选了一瓶红酒，就算不好喝，至少可以用来做料理。

她结账时，约翰该做的事都做了，但完全不带任何的情绪看她，完全没有。她拿出钱，他找零，然后她说“谢谢”的时候，他迷惑地抬起头，好像忘记了该说什么。

她忍不住说：“约翰，我很遗憾……艾美走了，她对我很重要。”

但他只是紧张地看着她，于是她退回她的安全地带，拿起装在袋子里的食材，再次软弱地说“谢谢”，然后就此逃离。

二〇一一年二月二十二日

莎拉·林奎斯特　收

亲爱的莎拉：

怎么可能！

我们互相通信、寄书好几个月了，我竟然没有寄给你《图书馆里的猫》[1]，所有关于艾奥瓦的书籍中，这很可能是最可爱的一本，这本书让我更以这个州为荣，住在一个有图书馆馆猫的州，这可是非同小可的。总之，这次我随信附上。我认为从这个故事里可以看出书有多大的力量，能让整个社区为之倾倒，或者说是图书馆馆猫的力量。

我一直相信书本有疗愈的魔法，别的不说，至少能让人转移心思。汤姆说，希望镇再次出现房屋出售的招牌，上次金融危机的时候到处都是，破轮镇和希望镇都一样，不过，这次我们镇上已经没有东西可卖了，我好讨厌那种招牌。二十世纪八十年代发生经济危机时，我一看到房屋出售的招牌就会发火。那些玩意儿一直都在，人们被迫出售长年居住的家，却没人有钱买，就算好不容易卖出去，赚到的钱也不够付房贷。

陷入危机的小镇需要能够重振精神的东西，而史班赛市靠的就是图书馆馆猫杜威。一个寒冷的一月清晨，图书馆工作人员发现它躲在还书箱里，于是以“杜威十进制图书分类法”为它命名。后来他们正式举办了命名征选活动，但那时候大部分人都已习惯了“杜威”这个名字。以前他们也经常举办比赛活动，但市民们没什么兴致。有奖比赛或许可以吸引到五十位参赛者，如果有电视之类的昂贵大奖，或许会有七十位。而那次“为猫命名”的活动，吸引了三百九十七个人参加，其中大部分人都想保留“杜威”这个名字，但他们加上了“乐读·布克斯”，让这只了不起的猫有了更相称的名字。

1　曾经在艾奥瓦州史班赛市的公共图书馆担任馆长的薇奇·麦仑的著作，主角是一只出现在还书箱里的小猫“杜威·乐读·布克斯”。

杜威经常到处打盹儿，躺在装图书卡的箱子里、放文件表格的箱子里、面纸盒里，还有访客的大腿或公文包上。当人们开始去图书馆上网寻找不存在的工作机会时，它便趴在他们的腿上陪伴。

我很想相信这多少能给他们一点安慰。

祝安好！

艾美

这不是约会

当然，这并不是约会。

汤姆心中暗自希望莎拉也明白这一点。老实说，他不知道自己为什么会答应。原本，他打算下班先回家休息一下，或许喝一瓶啤酒，晚一点等彼得下班后，再开车送木板去给他。他忽然想到不确定彼得这周是不是值夜班，所以什么时候送去应该都可以。

汤姆立刻出发去彼得家，想要早点处理完这件事，将木板靠着房子外墙整齐堆好。

彼得不在家也好，他一定会吵着要给钱，但汤姆并不打算要他的钱。每次推来推去到最后，都会演变成彼得的太太送他一堆吃不完的食物和手工果酱。

汤姆刚认识彼得的时候，他是家具师傅，很高级的那种。他的事业很成功，经常找麦克的货运公司运送家具；他的太太很温柔，他的房子非常大，就算在破轮镇这种地方也算相当可观。

经济衰退之后，他不得不结束营业，因为没有人负担得起高级五斗柜，有些人甚至连放家具的房子都没了。当然，外面有更大的城镇，那里的有钱人还是很有钱，可能不受危机影响，也可能是趁危机捞了一票。他在这一行打滚的时间够长，所以很清楚，即使其他人连一顿像样的饭都吃不起，那些继续赚钱的人依然买得起昂贵的手工家具。

但彼得的家具不够奢华，那些专卖奢侈品的公司和大城市都看不上眼，于是他只好在两家不同的商场打工，只要有机会能多值班，他都会万分感激。时薪六美元的工作，再拼命也无法养家。银行收走了房子，彼得夫妻俩就搬来这栋只能勉强住人的小木屋。

有三扇窗户的窗框渐渐松了，墙上的油漆早已斑驳，汤姆猜想下雨的时候一定会漏水，至少抵挡不了秋季的暴风雨。木屋里面有一个小客厅、一间空间更小的厨房，号称是卧房的地方基本上就是个大箱子，只放进一张床都有些勉强。

这些木板是要用来修理门廊的，虽然长度只有两码，但夏季时可以充当另外的一个空间。门廊上的木板有些已经不见了，现存的那些一半都腐朽了。换言之，想进出必须先弄清楚哪些地方可以踩。汤姆在想，假使能弄到足够的木板，说不定能将门廊改造成一个真正的房间。

他考虑要不要留个字条，但时间已经快六点了，无论是不是约会，总之他都得要先洗个澡。

快要回到车上的时候，屋内传来熟悉的声响，绝不会错的，那是开门的声音，紧接着是木板发出的嘎嘎声。

“汤姆。”彼得的太太叫他，他强迫自己摆出笑脸，然后转身。她穿着浅蓝色棉质洋装、厚袜子和毛线衣，外面罩着彼得的夹克，屋里一定很难保暖。

“凯蒂。”他别扭地挥手，“我只是把木板送来。”

她瞥了一眼整齐靠在墙边的木板。“你和彼得……都谈好了吗？”

“我们晚点再商量吧。”他默默祈求她会认为这句话代表她老公之后会付钱，免得她又塞一堆吃的给他。

她一脸犹豫。“不知道……他以为你来的时候他会在家。”

“我临时改变了计划，我过两天会再来。”

“好……请等一下。”她回到屋里，他努力压抑想逃跑的冲动，什么都好，只要不是苹果果酱就好。他家厨房里已经堆满一整架的苹果果酱了，他还没想到能用在什么菜里。

木屋附带一小块地，彼得的太太整天忙着整理菜园，希望一整年都能种出可以吃的东西。每当蔬果盛产的时候，她总能变出新菜式，将一部分加工处理，也送给邻居，他们有些没时间，有些没菜园，无法自行种植。

汤姆知道彼得经常把过期淘汰的食品带回家，状况太差的时候，凯蒂会偷偷背着彼得去排队领食物券。他们设法活下去，从不抱怨。每次汤姆帮彼得夫妇的忙，他们总会送他食物，但他怀疑他们平常应该每天只吃一餐。

她出来了，手里拿着一个罐子。

她说："来，给你一点苹果果酱。"

他点头。"多谢。"接着他毫不犹豫地露出笑容说，"你上次给的刚好吃完了。"她报以微笑，因为能够给他一点东西而感到安心。

等他终于回到家的时候，已经快六点半了，但他还是让自己花些时间洗澡。热水按摩他的肩膀与背脊，冲去工作与人生造成的紧绷疲惫。他不急着出去，抬起脸对着水冲，这是一天中他最喜欢的时刻。

当然，这并不是约会。

莎拉心中暗自希望汤姆不要误会，不过是两个朋友一起吃顿饭而已。

但对她而言依然压力很大，因为她不但欠缺约会的经验，也很少请朋友吃饭。

回到家之后，她拿出所有食材放在料理台上，接着找出艾美的大铁锅，然后停下来思考。她应该先开始煮饭吗？这样他一来就可以上菜，还是说至少该去洗个澡，这样他来的时候，她才不会太邋遢呢？

她决定折中，先把肉和洋葱炒香，然后倒进高汤放在炉子上小火慢炖，利用炖煮的时间去整理仪容。淋浴的水依然只有微温，而且还会发出让人担心的怪声音。希望锅炉不会出故障，她手上还有一些钱，但她不希望用来买新锅炉，而且她也不会修理。她偷偷微笑，幻想如果请汤姆帮忙修，他会是什么表情。

他很可能只会耸耸肩，找一天下班之后过来修理。

她匆匆洗好头发，趁身体变凉之前赶快出去。她考虑是不是该打扮一下，但最后还是穿上牛仔裤和棉罩衫。她停下来看着自己仅有的化妆品，涂点睫毛膏应该无伤大雅吧？

只是两个朋友一起吃顿饭，没有别的意思。

厨房里，肉、洋葱、高汤咕噜噜地炖煮着，她接着动手处理马铃薯、胡萝卜、百里香。

全部都入锅之后，她由橱柜找出最好看的两个盘子，是细致的米白色瓷器，边缘装饰着细细一圈玫瑰花。她也找到两个好像很久没用过的红酒杯，全部洗好备用。

她帮自己倒了一杯酒，主要是因为这样感觉很像个成熟的大人，而且站在厨房等朋友来吃饭，炉子上炖着一锅肉，旁边放了一杯酒，这样算很正常吧。

今晚天气真好，她很想去花园走走。色拉还没做，等汤姆到了再动手也不迟。

她穿上一直放在厨房的雨靴，出去之后，让厨房门开着，窗户和门口透出的光照亮了前面几米的距离，但再过去的草丛已渐渐染上夜色。

天还没有完全黑，但相较于温暖明亮的屋内，黯淡的暮色让花园显得更冰冷荒芜。她出于好奇，走向那片弃置的马铃薯田，蹲下稍微挖开土，拔出一株，细瘦朴素的网状茎条上串着五颗小马铃薯。

她拍掉上面的土，拎着往屋子走，但她没有直接进去。她嗅到清凉湿润的土地气息，如此浓烈，她每次呼吸都能尝到秋季滋味。在室内待了一整天之后，接触到凉爽的空气，让人有种活过来的感觉。

在瑞典的时候，她从不种植物，连盆栽也没有，然而现在的她却想整理花园，让它恢复过去的荣光。

正当她冷得开始发抖时，一道穿着夹克的人影神奇地出现在她眼前。

她举高马铃薯给汤姆看，让他瞧瞧她有多厉害。

“我敲门了。”他说，“可是没有回应。所以我就直接进来了。”

她很庆幸先在外面遇到他，她需要一点时间习惯他在身边。

“我带了一瓶红酒来。”他说，“放在厨房了。”

她回头看厨房，发现已经打开的红酒旁边又多了一瓶，两瓶完全一模一样，她微笑了。

“约翰店里的选择不多，但通常还不错。”

他们回到光亮的厨房，她发现他的头发洗过还没干，他的古龙水气味很鲜明，犹如厨房里的另一个存在。

他在这里感觉很自在，他帮自己倒了一杯酒，也顺便帮她斟满，然后才发现她还捧着马铃薯站在门口。他拿了一个盘子过去，她将马铃薯倒进去。

“希望我们的晚餐不会只有这个。”他说。

她一边将马铃薯放进洗碗槽，一边笑着点头示意他看向那锅炖肉。

“我原本想做一些比较美式的东西。”她坦白地说，接过他送上的酒杯，“但我想不出来做什么。前两天，我突然发现，我已经来美国好几个星期了，却几乎没有吃过美国食物。”

他咯咯地笑。“如果你真的都不吃美国食物，早就饿死了。”

“你明知道我的意思，我说的是地道的美国菜，那些经典的菜式。”

她不急着动手准备色拉。让炖肉在炉上慢慢煮，她坐在厨房餐椅上，第一次发现这个厨房竟然可以如此温馨舒适，老旧的黄色橱柜门板和所有东西都很有气氛。汤姆瞥一眼砧板上的色拉食材，但他没有动手切。他只是喝了一口酒，看着她。

“所以，目前你煮过哪些东西？”

她说：“芝士通心粉，可是味道……呃……就只是面加上芝士的味道。老实说，那让我有点失望。”

“应该是你的料理方式不对。”

“我甚至还放了培根呢。”

“培根？”他猛摇头，“简直是亵渎。”

“可是……我找到的那个食谱有加培根，而且还不止一个这样做。”

“我不太确定那样还算不算是芝士通心粉。”

“不对吗？”

“当然不对，劝你不要跟别人说你放了培根，太不美国了。”

“培根怎么可能不美国呢？你们什么都放培根啊。”

“芝士通心粉的食谱非常多，每家妈妈的料理方式都不一样，我爸说只有加香肠才正宗，不过真正的秘诀是芝士，一定要用切达芝士。”

“嗯。”莎拉有点怀疑的样子，那样感觉像是焗烤意大利面，哪有美国风味啊。她走向洗碗槽，将刚采回来的马铃薯刷洗、削皮，之后放进炖锅里。

“你还做过什么？”

“今天晚上我本来想做炸热狗。”看到他被红酒呛到，她哈哈大笑。

“炸热狗和芝士通心粉。”他说，“这样的晚餐也太特别了吧？”

“可惜我不太清楚该怎么做，这道菜真的能在家里做吗？”

“当然，只要想做就能做。”汤姆说，“也有冷冻的，买回来放微波炉就好，但我劝你不要买。”

“好吧，反正我也没有微波炉。”

他看看四周，好像第一次发现这件事。

她说：“什么邋遢乔汉堡的，我根本也不知道那是什么。”

“哦，是艾奥瓦州的特色菜，由苏市的邋遢乔本人首创。”

“看来我得多上网搜寻一下。”她泄气地说。

“我该找时间带你来趟美食体验之旅。”他说。她感觉得出来，话一出口他就后悔了。她微笑，轻轻摇头，仿佛想保证绝不会逼他实践诺言。

刚才融洽的气氛消失了。当汤姆不说话时，表情显得沧桑疲惫，眼睛周围的细纹更深，气色也比早上差。她猜想，他自己一个人的时候应该都是这样。

“汤姆。”她说，“你有放松的时候吗？”

“我现在就很放松啊。”他惊讶地回答。

“不是，我是说……就是什么都不做啊，像是赖床，窝在床上看本好书，整天穿着睡衣那样。”

“我不穿睡衣的。”他说。那一瞬间，她满脑子是他的裸体，晴朗的星期六下午，温暖慵懒带着睡意……她强迫心思转移，专注烹饪，并准备餐具。

“而且我该拿一本怎么样的书呢？”他的眼神绽放着令人着迷的光彩，她想起艾美在信中对他的描述。似笑非笑，但又很像在笑，“被迫读书不可能让我放松。”

“那就在床上喝咖啡好了。”她好希望能停止想象他在床上的样子，“在沙发上看电视啊。”她改口说，“你知道的……就……放松。”

他耸肩说：“偶尔啦。”但她强烈怀疑他应该很久没有放松过了。

他半转过身背对她，动手准备色拉。她去炉子前察看炖肉，应该再几分钟就可以了。汤姆切好色拉的材料，也随手做了色拉酱。莎拉摆好餐具，这餐桌够大，足够容纳四五个人，但也够小，只坐两个人也不会太空。

他们边吃边聊今天发生的事情，就像两个完全正常的朋友，只是刚好一起吃顿饭而已。莎拉发现自己甚至忘记要紧张了，她告诉他葛楚德沉迷史迪格·拉森的《千禧三部曲》，而他聊他的朋友彼得和苹果果酱。这时她才发现料理台上有一个玻璃罐，就放在酒瓶旁边，他扬起一条眉毛说：“是个礼物。”

吃完之后，他们一起洗碗，她清洗，他擦干，没有人说话，但气氛很融洽。只有偶尔传来碗盘碰撞的声音，以及突然起风时外面树木的摇曳窸窣声。这个晚上没有什么神奇之处，她很清楚对他而言可能根本毫无意义，但对她……对她而言，这是难得的体验，她和一个男人有说有笑，轻松相处，可以说这个晚上她……活着。

纯粹地活着。

要是几个月前，根本就难以想象这情景。假使书店的其他女员工知道了，不知道会说什么。她，莎拉，邀请一位英俊的美国人到家里吃饭。

她还到吧台里充当酒保，帮一位更英俊的美国人。假使那家书店没有倒闭，她一定会寄一张印着卡尔照片的明信片回去。

汤姆再次对她扬起眉毛，她摇头微笑。

然后，她拿着洗到一半的盘子转身看他。“艾美和约翰有没有……在一起？”

他直直地注视她。“你想知道他们是不是床伴吗？”

“不是……呃……或许吧。”

“据我个人所知，应该不是，但我没有问过他们。”

“可是……你知道的，他们是不是相爱呢？”

“对。”

“从一开始吗？”

“大概是。”

她忍不住对艾美感到失望，洗碗的动作就变得有点过于用力，最后他出手小心拿了过去，清洗之后擦干。

“他们刚认识的时候，那时的社会不容许黑人追求白人。”汤姆说，“约翰在镇上应该没有被欺负，不像在亚拉巴马那样，而艾美也可以和他交朋友，但是要论及婚嫁……他们连出去约会都很难吧？”

“后来她嫁人了？”她问。

“对。”

“但新郎不是约翰。”

“对。”

“真希望她红杏出墙。”她突然说，汤姆大笑，但没有反驳的意思，“我知道相爱不一定能相守，但总可以偶尔偷偷相会吧？就像小说《马语者》[1]里那样。没错，女主角的女儿动过截肢手术后才刚复原，她不能在那种时候离婚，但她可以每年去那里待上两周和他温存，不是吗？”

“呃……当然。”汤姆说。

莎拉摇头。“和罗伯特·雷德福在一起，就算只有两周也足够了。”

“如果是我，我可不愿意。”

“你懂我的意思。”

当然啦，原著小说和电影一样惨不忍睹。她实在不懂，一个故事竟然有两种悲伤结局，怎么会这样呢？至少在书里，男女主角最后在一起，但他却还是被野马踢死了。在电影中，他们只是柏拉图式的关系，一起跳了一支舞，但他没有死。她想，这真的是非常典型的美国道德观。

她回到刚才的话题。“艾美的丈夫过世之后，他们怎么没有结婚呢？”

“老实说，我觉得那时候已经没差了，他们一直都是朋友。我认为他们相爱的方式更为深远，婚姻只是小事。约翰总是明白她要什么，至少我从小就是这么觉得的。虽然他不见得有办法给她，但他总是知道。”

她点头。

“之前你不是问我艾美会不会做梦吗？”

“嗯。”

“我认为她会，但艾美不是那种会实现梦想的人。另一方面，一点小事就能让她非常满足了，我不知道哪种情况比较好，但她从来没有怨言。”

汤姆准备回家时，莎拉送他到门口，两人不知不觉停下了脚步。莎拉双手抱胸靠在墙上，汤姆面向大门准备出去，但显然并不急着走。

1　英国作家尼古拉斯·埃文斯（Nicholas Evails，1950— ）的作品，之后被改编为电影，由罗伯特·雷德福执导并扮演男主角。

她说："汤姆，你的梦想是什么？"

"我没有梦想。"他回答。

"别闹了。"

"我没有闹。"

她自认没有资格逼问，因为她的梦想也很不起眼，或者该说完全没有。

她欲言又止地说："你不会厌倦吗？整天就只是工作。"

"我常常觉得厌倦。"似乎连他自己也没想到会说出这句话，但他并不打算收回或是辩解。

"不过，或许一旦放松会更惨。"他说，"重点是要一直埋头工作，一旦停下来，开始胡思乱想，就会出问题。"

她说："是啊。"他的那番话确实很有道理。然而，她不认为工作是关键，尤其是现在体验过工作之外的人生，她更无法苟同了。

二〇一一年三月九日

莎拉·林奎斯特　收

亲爱的莎拉：

约翰一家从来没有真正地融入破轮镇。他的母亲是一个令人敬畏的女人，就这样带着全家来到这里。我记得她的举止非常有魄力，只有经历过苦难存活下来的女人才会那样，身上刻印着冷静。她似乎不知道该如何消耗这样的力量，幸好总是有事情让她忙碌。除了约翰，她还有一个儿子和三个女儿，他们全都有那样的力量。曾经，他们的生活、呼吸都是一种政治角力，没想到搬来这里之后全都变了，这个昏昏欲睡的小镇根本懒得搭理种族对立，他们几乎有些失望，甚至失去了方向，于是他们一个接一个搬去芝加哥，其中一个成为法官，另一个成为律师，另两个，一个成了作家，一个成了医生，他们就是那种家庭。

除了约翰之外。他整天在破轮镇游荡，他的所有梦想瞬间实现，仿佛奇迹发生，他无法相信自己竟然这么幸运。在他眼中，这种昏昏欲睡的死寂气氛是一种和谐安详。我第一次见到他时，他坐在公园长凳上一动也不动，连树上的叶子动作都比他大，而且那还是在没有一丝风的闷热日子。他一看到我，立刻紧张起来，虽然他才十六岁，但生命已经教会他白人只会带来麻烦，就算只是个瘦巴巴的十五岁小姑娘也一样。那天我穿着褪色棉质洋装，稀疏凌乱的头发虽然扎成辫子，但总是有其他疏落的几根发丝游离在外。大概就在那一刻，我决定要当他的朋友，但我花了好几年的工夫才让他相信我们可以做朋友。当然啦……在那个年代，他确实应该小心提防白人。我们相交多年以来，有许多时候，他都是我们俩之中较为勇敢的那个人。

祝安好！

艾美

为市集做准备的破轮镇

镇议会分成三组，分别负责市集与舞会的规划工作，阿珍负责宣传，卡洛琳负责市集，而安迪负责舞会。其他镇民只想躲起来，若不小心在路上遇到那三人之中的任何一个，他们都会偷偷摸摸地溜走，希望能避过风头。但他们实在太天真了，不到一个星期，大部分镇民都被征召入伍。

乔治很愿意帮忙，但到现在都没有人告诉他到底该做什么。每次开会他总是力求表现，而现在议会变成流动的形式，随时随地可以举行。他曾经遇到阿珍和安迪坐在格蕾丝店里的吧台旁，忙着制订市集的基本计划，但卡洛琳不在场。

“该选什么时候举行？”阿珍问，“我们需要时间筹组预备，还要先做宣传。”

乔治很好奇，他们之后会向卡洛琳报告吗？还是说其实她早已决定好了，只是没有告诉其他人？

“一个月之后呢？”安迪建议。

乔治清清嗓子。“那时候，莎拉不是已经回家了？”

“回家？”阿珍似乎完全没想到这件事。

“她好像十月底就要回去了。”他慎重地说。他也不愿意想她要走这件事，更不想参与任何决策，但市集绝不能拖到她回国之后，那样不对。如果不是因为她，他们根本不会有市集。

阿珍和安迪看着他，这件事必须尽快。他们将日期的问题先放一边，接着讨论其他事项，散会之后再各自继续计划。

回家的时候，乔治经过克莱尔家门前。他们住在同一个社区，只有一层楼的建筑隔成几户狭小单调的公寓，外面有个干枯的公用草坪，以及经常爆满的公用垃圾桶。大家总是把不要的东西拿来这里扔，像是破旧家具、轮胎、鞋子、酒瓶，还有其他各种杂物。现在草坪上放着一个旧床垫，黄色内里四散，旁边还有两只不成对的鞋子。乔治很习惯有人乱丢垃圾了，所以几乎没留意，但他很难不留意到克莱尔。

她站在她家的厨房里，靠着洗碗槽，眼神空洞地从窗户望出去，她的视线几乎直接对上他，但她好像压根儿没看见他。几秒之后，她垂下双眼看着洗碗槽，神情是那么疲惫而认命，他觉得不该视而不见地走掉。

他走到她家大门前，迟疑片刻之后敲门。

她来应门时感觉没有刚才那么惨了，至少挤出了无力的笑容。乔治觉得她好像戴上了平常示人的面具，因此有些退缩，并且忽然紧张起来，觉得自己多管闲事。像克莱尔这样的人不可能需要他这样的人帮忙，但现在来不及打退堂鼓了，她已经带他进门，她踢开放在走道正中央的两双鞋子，好空出路来。

"抱歉，家里很乱。"她苦笑，"老天，我竟然成了会因为家里乱而道歉的人。"

他没有说什么，默默地跟她走进厨房，她煮了咖啡，他们站着喝。乔治靠在冰箱上，而她靠在洗碗槽上，很可能是因为不想看里面吧，有一大堆用过的盘子和杯子，汤锅和平底锅粘着干掉的食物，感觉格外悲哀，他想不看都不行。

她低头看着两人之间的地板。"别人的期待真有意思，不是吗？我一直往反方向走，一开始是决定生下蕾西。"他尴尬地转开视线，但她继续说，"那时候，很多人还觉得少女怀孕是大事，加上后来我不肯结婚，现在又把家里弄得乱七八糟，最坏的是我完全不后悔。老实说，我不确定哪件事让大家最受不了。都这么久了，那些人竟然还没想通，还是那么爱管我的事。”

他不太确定，她说的“那些人”是否也包括他。

她抬起头，望着那堆脏碗盘。“从什么时候开始，这一切变得那么累人呢？我实在没力气动手洗碗，我等一下还得去上班，可是要先等蕾西把车开回来，真的好辛苦。很好笑吧？人生不就是这样。家务、工作、煮饭，然后从头再来一次。”

他不知道该如何回答，只好喝咖啡。

“现在还要搞什么市集。”她说，“自从那个游客来了以后，镇上热闹了不少。”

“莎拉吗？”他说。

“我很纳闷，是什么让人会想跨海到另一个大洲。你会想去吗？”

乔治摇头。老实说，他甚至无法想象自己离开艾奥瓦州。

“而且她竟然还特地跑来破轮镇！”她摇头，“这里又不是什么观光胜地，根本没看头，只有没完没了的空虚。”

“这个镇很不错。”

她大笑。“破轮镇，没有工作，没有未来，导览行程每天两点准时出发。”

他淡淡微笑。“这年头哪里都一样吧？”

克莱尔似乎想了一下。“哎，对啦，这里的人没有比较好，也没有比较差，只是我真的无法理解，怎么会有人千里迢迢特地来这里？”

乔治也不懂。“总之，她来了。”但克莱尔的心情似乎没有因此好转。

“很讽刺吧？”她说，“她的书店才开张没多久，已经比我的家更像个家了，我住在这里十五年了，这种难看的浅黄色壁纸，我看了足足十五年。”

他微笑。“我家也一样。”

“老天，我想要多一点色彩，这根本不是家。”

“你错了。”他吓一跳，没想到自己会出口反驳，他一下子忘记刚才想说什么，最后只好说，“看看这些外套、鞋子，还有碗盘。”

蕾西造型夸张的外套就扔在客厅的扶手单椅上，亮黄色的，领口的装饰是一圈羽毛，而走道上有四双随意堆置的鞋子。家之所以为家，绝不仅是壁纸的颜色而已。

“如果以杂乱的程度评断，这绝对是个家没错。”她无奈地笑了一下，“我到底要去哪里找时间做这些事情？现在卡洛琳还要我摆摊卖手工蛋糕。”

他无能为力，只好转开视线，说：“我不会烤蛋糕。不然一定会帮忙，至少我有时间。”

“老天，乔治。”她说，“我也不会，可恶，看来我得花钱去买了。”

为了这个大日子，所有人都忙得不可开交，到处跑来跑去，所以来书店的人变少了，一整天只有汤姆来过。莎拉觉得他的眼神不一样了，好像终于接受她在这里的事实，他聊着一些她不认识的人，仿佛那些人是他们共同的老朋友，仿佛她就是镇上的一分子。

他懒洋洋倒在扶手单椅之中，他们俩就那么坐着，被书本环绕着，不觉得有开口说话的必要。

她看着他。“你知道吗？有一天，我会找到适合你的书。”

难得这次他没有反驳，她开心地往后一靠。

“我可能要搬去希望镇。”他说。

她努力不流露情绪，可惜感觉很不自然。“希望镇。”她清了清嗓子，“怎么……为什么？”

他耸肩。“我要去那里上班，继续留在这里好像没有意义。”

没有意义，她噎了一下。“你真的舍得走？要抛下这一切？”

她以为他会敷衍回答，没想到他看着她，摇头坦承说：“我也不知道。”

阿珍路过书店，看到他们两个坐在一起，她拦住也刚好经过的安迪，得意扬扬地指着书店橱窗。

她说："看吧，我的计划很成功。"她几乎自言自语地接着说，"开书店，有事情做……对她而言几乎是美梦成真，至少这点无法否认，还有……她和汤姆的友好关系，说不定十月她根本不会回去。"

阳光洒在橱窗上，莎拉与汤姆完全没察觉有人在看他们，这副景象确实很诗意，但安迪的想法比较悲观。

"万一她的签证过期了呢？"他问，"你有没有考虑过这一点？到时候她的梦想该怎么办？"

签证这件小事

镇议会开会时，阿珍劈头就说：“莎拉的签证快到期了。”因为有太多事情要忙，他们根本没有进到电影院里，就站在大厅开会，“我们得想想办法。”

“哦？”卡洛琳的语气有点奇怪。一直打莎拉的主意，她感到厌烦了。别的不说，至少莎拉这个人守口如瓶。这整个星期卡洛琳一直小心留意观察，生怕有人知道她在读……那种书。由目前的状况看来，莎拉似乎没有说出去。

“我们得想办法让她可以留下来。”阿珍说，“开什么玩笑？我们可是美国人呢，假使不能邀请朋友在我们国家住下来，那么，独立战争到底有什么意义呢？”

“她想留下来吗？”卡洛琳问，“她说过吗？”

“不一定非得说出来才知道，她非常可能想留下来，所以我们得准备帮她。”

卡洛琳想起之前在即兴露天派对上，汤姆和莎拉并肩站在一起，姿态轻松，默默望着人群。很少有人可以那样，站在一起不必说话。她有点担心，而且他常去书店，虽然不愿承认，但阿珍的疯狂计划或许有那么点道理。

“应该先问问她吧？”她说。

“先去查一下她到底能不能留下来吧，免得让她空欢喜。”安迪说。

“能不能？当然能！这是个自由的国家，不是吗？”

卡洛琳懒得回答，但她知道该做什么。

会议结束之后，她在门口等了十五分钟，确定阿珍和安迪不会跑回来。然后往书店走去，虽然很清楚自己的使命，却因为不知如何开口而犹豫不决。

她坐在一把扶手单椅上，打手势要莎拉也过来坐。

聊这种事情，艾美应该也要在场才对，她无力地想。艾美一定知道该如何以婉转的方式开口，用和蔼又令人安心的语气让莎拉说出她的困难与梦想。

反正聊那些也没啥用，她坐直，坚定意志准备要开口说了。

委婉一点就好，卡洛琳，语气要温和啊。她做了个苦脸。

“莎拉，你的签证什么时候到期？”她问。

莎拉站起来背对橱窗，好像街景突然令她无法忍受。

“十一月底。”她说，“但我的机票订在十月十三日，从纽约出发。”

“到时候你就要回国了吗？”她问。

“我……对，我可以试试看改机票，多留一两个星期，但恐怕行不通……”她越说越小声，感觉很可怜。

卡洛琳在心里点点头，然后站了起来。

“我只想问这些。”她说。

看来得由她来打点了，不过，至少她知道该打电话给谁。

二〇一一年三月二十八日

莎拉·林奎斯特　收

亲爱的莎拉：

我的丈夫从来不笑，他不是个特别开朗的人，但他并非生来如此。他十三岁那年，他母亲就离开了父亲，现在回想起来，这件事肯定在他身上留下有如毒药般的影响。因为发作得很缓慢，所以难以判断究竟是何时开始的。我确实知道在那之前他会笑，我也知道在那之后他再也没笑过，至少不是欢乐的那种笑。

我认为母亲离家对他的打击非常大，甚至超过他父亲。一开始他只是很伤心，后来变成了一种愤怒。大概因为这件事的影响，他长大之后很难结交朋友，真是非常可惜，我觉得他的本质并不坏。每次看《廊桥遗梦》[1]时，我都会自问，女主角选择留下是否会比较好呢？我亲眼看过被抛弃的家人后来变成怎样，我也看过那些留下来的女人后来变成怎样。有些时候，我会求梅丽尔·斯特里普转动那个门把，冲进雨中。我想，冲就对了。

艾美

1　美国作家罗伯特·詹姆斯·沃勒（Robert James Waller，1939—2017）的小说。描述了一位家庭主妇弗朗西斯卡与摄影师四天的恋情，后来两人分离并一生将这段感情埋藏心中。后被改编为同名电影，由梅丽尔·斯特里普和克林特·伊斯特伍德主演。

老套的都会女性小说（书本和人生：三比一）

大家都说秋天是衰亡的季节，但莎拉不这么想。

破轮镇的秋天活力十足，变化万千。每天早上她都目睹树叶、风，以及色彩大爆发。

夏季依然不肯退场，偶尔还是会有很热的时候，但冷的天数渐渐变多。周遭的一切头也不回地往冬季奔去，也奔向她必须离开破轮镇的日子。

乔治来接她，她放下毯子慢慢走过去。一路上他一直努力闲聊，她意兴阑珊地简短回答。乌云笼罩着整个镇，大风将树木吹得东倒西歪，即使如此，走进书店时，她依然没有温暖舒适的感觉，反而只感到狭小逼仄，毫无意义。

她站在店里看着外面的树叶被风吹落，每落下一片叶子，冬天的脚步似乎就更近一些，当树枝变得光秃秃，她在破轮镇的生活也将随风而逝。

说不定回国也好，她体验过艾美的小镇了，向安妮老师举杯致敬，也见到安迪、克莱尔和……呃……其他人。她把书交到他们手上了，或许她已尽了她的责任。

但人真的很奇怪，无论她多努力想偿还债务，他们总是有办法再次让她感激。她想支付利息衍生出的利息，却怎样也还不完，犹如一场落败的战争。

那次与卡洛琳的谈话让她惶惶不安，她希望卡洛琳没有看出她努力掩饰所受到的震撼，她惊觉自己得回瑞典，而且日子就快到了。

距离回国只剩四周了。这里有艾美舒适的房子、静谧宜人的书店，以及和善的人们；瑞典只有汉宁格市那所面目模糊的小公寓，如果运气好，或许还能去另一家书店工作。相较之下，差异更是显著，她无法想象回瑞典之后的生活，这让她很害怕。

是从什么时候开始，她不再想起瑞典的？她提醒自己，那里有家人在等她，不过老实说，那实在不算很大的诱因。

瑞典那边，应该没有人在乎她何时回去，甚至没有人可以听她述说在这里的经历：书店、新朋友，在意想不到的时候突然找到归宿的感觉。她父母不在乎，也不想听她说这些，而若不是莎拉寄了明信片，妹妹很可能根本不知道她出国了。

她在书店走一圈，努力不去想回国这件事，她闲得发慌，但又坐不住。

她的视线落在眼前的书架上，看到了一本书，她大笑，至少她找到了适合格蕾丝的书——《建立这个国家的强悍女性》。

就连格蕾丝也无法抗拒这本书，她拿起外套，在风中跑了几米，过马路去餐馆。

她没有力气和格蕾丝说话，于是干脆把书往柜台上一放，露出胜利的笑容，抛下一句“强悍女性！”然后跑回书店。

这里依然是她的书店，没错。

但这剂强心针的效果不如以往，她很快又开始坐立不安，发现要过完这一天好像很勉强。

她想，不然提早打烊好了。

五点了，她还在书店里，望着逐渐逼近的暴雨。雨先到街道另一头，一时间，莎拉与大雨仿佛在互相打量。大雨似乎无法决定要不要接近她。

接着雨开始下了，一开始只是小雨点，犹如前哨探马，然后滂沱大雨倾盆而下，敲打雾气迷蒙的橱窗，破轮镇一片模糊，书店变成她的小世界。

她等了一个小时，雨还是没停，但她已经无法继续看着温馨的书店，连暴雨打在橱窗上的感觉也那么惬意。她拿起艾美的雨衣，关掉所有灯，在黑暗中站了一下，主街上没有半个人。

很贴切，她想着，这一切很贴切。

她出门走入大雨中，需要暴雨的时候刚好有，真是太幸运了。她经过格蕾丝的店，看到她独自站在柜台里喝烈酒，仿佛那家店是间酒吧，她面前摆着酒瓶和酒杯，莎拉看到她留下的书靠在酒瓶上。她敢发誓，格蕾丝真的在大笑。

平常这一幕绝对会让她大为振奋，但现在她甚至没有停下脚步，只是低着头继续往镇外走。

玉米田一路相伴，如影随形。大雨落在田地中的声音不同，比较温和，像是夏季阵雨，只有脸颊上的冰冷触感提醒她现在是秋天。

这里不是你的归宿，她在心里说，她竟然以为是，实在太蠢了，蠢、蠢、蠢透了。她抬起脸让雨淋着，安静而倔强地继续往前走，雨水与寒冷渗入她的双腿。

内心深处，她知道自己正往汤姆家走去，尽管下着雨，不知道为什么，她觉得可以和他谈这件事。虽然他可能要搬去希望镇，但他一定依然喜爱这个镇，对吧？他一定明白抛下这一切的感受。

走到他家门前，她踌躇停下。突然间，她觉得这样跑来真是太唐突了，但她想起他们一起坐在书店里，他们曾经在艾美家门口聊过的事情，必须一直工作，找到归宿。

她必须找人谈这件事。至少汤姆不会说出去，这点可以确定。

她敲门。门口一片漆黑，但厨房灯亮着。没有人应门。

她试探性地转一下门把，没上锁。想到又要淋雨走回家，她决定进去待一下，等雨小一点再回去，这样做应该很正常。

她谨慎地开门进去，门口前面有条小走道，通往开放式客厅，远处那头是餐厅以及厨房。

“汤姆。”她喊，依然没有回应，她挂起雨衣，踢掉鞋子，又往前走了几步。

她看看四周，因为对汤姆的家太好奇，她忘记了所有心事。

不过，用“家”来形容这个地方，好像不太对。好奇怪，所有东西都欠缺个人风格，而且非常非常整洁。

屋里没有书架，连放CD和DVD的架子也没有，好像他刻意不放任何显现自我的东西，刻意不让房子变成一个“家”。家具多采用的是中性色调与简单造型，桌面和台面上没有放东西也没有灰尘。

没有照片，没有脏碗盘，没有看到一半随手搁置的书，没有一堆老旧圆珠笔，没有零钱，也没有收据。

厨房里，碗盘沥水架上有两个盘子，三个啤酒瓶放在料理台上排排站。

整个空间最显眼的就是观景窗，让室内与室外的界线变得模糊，每当大风吹来，玻璃便微微震动。莎拉莫名生出一种无力对抗天气的感觉，好像她还在户外，但也有一种令人安心的感觉，夜晚与黑暗近在咫尺。

隔着一片漆黑的玉米田，她可以透过大雨看到破轮镇的灯光，她也看到艾美家的灯亮着，她早上出门时八成忘记关灯了。

她常常这样，回家的时候有灯亮着，感觉没那么寂寞，就好像艾美的房子在等她回去。

她想，在汤姆家里，破轮镇时时存在。那不朽的地貌、玉米、厚厚的乌云，或是田野中孤立的谷仓，从久远年代便是当地生活的一部分。

最后她回到客厅，沉沉地坐在沙发上。感觉寂静太过压迫，于是站起来去厨房打开收音机。她回到沙发上，忽然觉得累到极点，而且离家好远好远。

在这种状态下，只有一件事可做，于是她做了。

她睡着了。

过了几个小时她醒来，烦躁不安的感觉消失了，睡眠让她的身体平静、温暖、慵懒，她伸个懒腰，脚碰到一条腿。

腿?

她坐起来，迷迷糊糊看看左右，是汤姆，而她在汤姆家，身上盖着毯子。一定是他回到家发现她睡在沙发上，所以帮她盖上了。

接着，他自己也在沙发上睡着了，她笑了，他睡觉的样子英俊到难以置信。

她伸手碰碰他的腿，她无法制止自己，然后她起来弯腰看他，他的下巴和脸颊有些胡楂儿，眼睛周围的细纹变得比较淡，神情近乎安详。

“汤姆。”她轻唤，脸和他靠得很近。

他动了动，睁开眼睛，看到她离他这么近，他就算吃惊也没有说什么。

事情发生得太慢，这么慢，她不禁怀疑电影里的吻戏可能一点也不夸张，现实中接吻前真的会拖延迟疑很久。

她惊觉自己在做什么，于是急忙后退，她坐在沙发上，要努力找话说。

她找不出来，只好微笑，这稍微简单一点。

“莎拉。”汤姆看着她，透彻的眼神令人不自在，“我对度假的小艳遇没兴趣。”虽然其实也没必要说得这么狠，但他毫不留情面，他继续说下去，好似他已经把话说得非常清楚，她完全没有开口的余地，“我试过了，而我也试过远距离恋爱。”

可想而知，她没有试过，她甚至没有认真谈过恋爱。她试过一次，但没有成功。

她本能地后退离开他。

“万一我们彼此相爱，那会很……烦。”他说，“但如果不相爱，就没有意义了。”

很显然他不会爱上她。她当然没有这种想法，他应该不会以为她那么…… 不切实际吧？尽管如此，她还是不禁感到一丝愤慨，他竟然认为和她短暂交往会很烦，没有意义。

她高高昂起头说：“当然，你不会爱上我。”反正不会更惨了，于是她接着说，“只是我不懂，为什么会很烦，没有意义。”

他伸手轻轻将她的脸转向他，以缓慢而近乎无意识的动作抚摸她的脸颊、下颌，以及喉咙。他的触摸如此轻柔，她不太确定是否真的发生了，此刻他的手停在她的锁骨与脖子上。

“你真的以为 ——”他轻声说，但又停了下来。

“什么？”她的声音干哑。

他将她拉过去，接下来的事情不知道是怎么发生的，也不清楚是谁主动…… 总之她躺回沙发上，他沉沉地覆在她身上，她由体内感受到他的呼吸。

趁还有机会，她伸手抚摸他手腕上方的肌肤，因为她很快就要回瑞典了，但也因为她知道他不是真的想要她，所以她必须充分利用这一刻。

她吻他，他稍稍退缩，虽然几乎难以察觉，但她感觉到他的重心在移动。她想坐起来，可他开始回吻，一开始缓慢温柔，然后变得热烈，他再次覆在她身上，他的一只手抚过她的肩膀、下颌，动作迅速而专注。

这个吻结束了，他们躺着不动，彼此凝视。

他的气息浅短急促，几乎像他们真的做爱了，这个念头让她亢奋的程度更加升高。

她闭上双眼，想象着要如何抚摸他，想要他如何抚摸她。抱我，她想这么请求他。她拱起背脊贴近他的身体，她的双臂环抱他，两双腿纠缠，她紧贴着他的大腿。她的臀部一动，感觉身体深处冒出犹如酷刑的急迫需求，不停蔓延，最后她觉得全身每一处好像都触摸得到他。

她知道她很不擅长性这件事，她总是很别扭，也一直明白她没有任何……自然的天分。这次不一样，她的身体难得清楚知道自己要什么，难得如此笃定，或许是因为以前她没有那么想要男人，不像这一刻对汤姆的渴望。

不知为何，她伤心了起来，这简直是上帝太无聊而开的残酷玩笑，创造出那么强烈的渴望，却不给予满足。

“你真可恶，莎拉。”汤姆仿佛也有同样的想法，他的语气并不是生气。

“你也是。”她以同样的语气回答。

他说：“就算只有一丝机会，你真的以为我们能阻止得了自己？”

他们没有发生关系。尽管如此，莎拉想，当她回国以后，她会记得他们做过的每件事、说过的每句话，他在自己身上的感觉，她叹息，半是满足，半是沮丧，这绝对是她至今最棒的一次性经验，其他根本没得比。

他确实说过可能真的会爱上她，她绝对没听错。他暗示，倘若换成平行宇宙中的另一个世界（那里的自然法则显然和这个世界截然不同），或许他们会有一丝机会，更何况，他吻了她。

她察觉自己没有想哭的心情，她想大笑、唱歌，她想告诉全世界。他对她动心了，而她微笑。她一直为了即将回国而焦虑，现在想想，明明还有好几个星期，将近一个月，时间还很充足！烦恼全部烟消云散。此时此刻，她在这里一边走，一边分析男人的感受与行为，就好像她变成了布丽吉特·琼斯，就好像她是老派都会女性小说的女主角。

她很快就可以再见到他，就在舞会上，不过，她必须先撑过市集。

汤姆目送她离去，骂自己是该死的大白痴。

突然间，他无法忍受她即将回瑞典，就这么离开，仿佛不曾来过破轮镇，就好像他从此不复存在，好像他和整个镇不过是她人生中的一小段插曲，或是一段回忆，一则逸事，听她述说的人如此遥远，他甚至无从想象。瑞典，她即将回国，他不想谈假日恋情，但这些都只是推托的借口，而且还是很烂的借口，但他一时之间只能想到这些事。

他告诫自己，振作点，汤姆，他将前额靠在客厅窗户上，仿佛光凭意志力就能将外面的宁静与黑暗吸进身体里。只剩几个星期了，只要和她保持距离就好，他告诉自己，然后她自然就会忘记你，毫无困难，因为她似乎也是忘了瑞典的所有朋友，以及所有男朋友。

她从不曾提起那些人，她很可能抛下了好几十个男朋友，遍布瑞典的每个角落。

反正这些都与他无关，她就要回到他们身边了，越快越好，他急忙在心里补充说明。

他绝对不需要一个与他毫无共通之处的女人，一个宁愿把时间用来读书而不是陪他的女人；他绝对不想成为她想象中的爱情小说的男主角，失去臂膀、双手、视力、理智，只为了成就莎拉的圆满结局。

如果说这辈子他学到了什么道理，那一定是没有圆满结局这回事，人生只会这样继续下去。

既然如此，为什么要吻她？或者该说：为什么要在沙发上把她扑倒呢？那不就等于他猥亵了她吗？

他应该知道不可以，他确实知道不可以，只是一回到家发现她睡在他的沙发上，他竟然觉得就该这样才对，那份震撼令他方寸大乱，就好像所有责任义务……确切地说，并没有消失，只是变得好遥远，以至于在那一小段时间里，他竟然可以想象抛开责任义务的人生。当他醒来，她就在眼前，如此接近，他的头脑停止运作。

因为他是个该死的大白痴，就这么简单，这一点非常清楚。

他提醒自己，这绝不是世界末日，他只需要表现出没有爱上她，而且完全不打算爱上她。

他叹息，可惜他连自己都无法说服。

他只需要一点点的意志力与自制力，能有多难？

在一位律师登场后

“可是你们应该都懂的啊。”律师绝望地对着办公室里的这群人比画着。他已经解释三次了，但这群奇怪的代表似乎都没有听到。他们很客气、很规矩，也没有打断他说话，但显然不接受他所说的内容，他觉得有一阵头痛正在酝酿，于是偷偷地揉了揉太阳穴。

当卡洛琳·罗德打电话来时，他以为事情很简单。镇上有个外国来的女性观光客，想问一些与签证相关的规定。他原本以为只是咨询延签手续，午餐时间之前就能解决了，没想到竟然一来就来了五个人，每个都希望他能凭空变出永久居留签证。

他早该想到会这样，只要扯上可恶的卡洛琳·罗德，事情绝不简单。要不是她之前帮他老婆那么多，他绝对早就把她轰出去了。当然啦，她所帮的那些忙之中，包括那次他出轨被逮，她说服他老婆原谅他。

其他几个人也半斤八两，有一个发狂的家庭主妇、一个外套不合身的神经质男子，至于另外两个男人，他开始怀疑他们是情侣。其中一个好看得太过分了，他受不了太好看的男人，那样太不自然了，他闷闷地想。

阿珍说：“一定有办法能让她留下来的，不是说什么人人生而自由，拥有追求幸福的权利吗？”

“那只是……一种夸张的说法而已。”他无力地说，“宪法的那部分稍微有点不切实际，那只是一种愿景或挑战，而不是对现实的描述。更何况，宪法不适用于非美国公民。”

他揉揉眼睛，他不在乎莎拉能不能留下，搞不好她以自己的方式过得很好。

“美国早已成为一种象征、一种梦想，就像那位女士所说的，人们来这里寻求更好的生活，希望自己和所爱的人能够幸福。然而，我国的移民法规非常严格。没错，二十世纪九十年代放宽了一些规定，方便有特殊技能的人士移民，例如科学家、工程师、医生，或是打算在美国企业投资大笔金钱的人。”他强调，“很大笔的金钱。”然后接着说，“不过，在那之后规定又变严格了，一方面是因为反恐法，另一方面则是因为就业市场萧条，工作机会已经不多了，没有人想被外国人抢走。”

他耸肩，可能表示无能为力，也可能是为了提醒那些人，规矩不是他定的。

“那么，有什么可让外国人留下的方法呢？”卡洛琳问。

“政治庇护，但只限逃离战争或受迫害的人，就连这样也很难申请。”

“假使已经有工作了呢？”阿珍问。

“这没什么区别，过程非常繁复，要交很多文件，费用也很高，而且申请人必须证明她具备我国欠缺的特殊能力，这个人有特殊技能吗？”

“她在书店工作。”卡洛琳说，“工作能力非常强，热爱书本。”她的语气有些不以为然。

“但美国不缺这种人。”他说。

“那些在肉品包装厂工作的拉丁美洲人呢？”穿着难看夹克的瘦子问，“那也不算技能吧？”

“他们有些人可能通过父母取得了居留权，也可能是非法入境但得到赦免，更别说其中很多根本没有签证，只是非法移民。”

他一个个看着他们的眼睛，他们每个都坦然相迎。“我强烈建议你们的朋友千万不要非法居留，虽然我无力帮助那些已经在美国的非法移民，但至少我可以秉着良心，劝其他人不要走这条路。”

他们好像没有在听。

“想想看，万一被逮捕会有多严重的后果！罚款非常重，会被判刑，甚至得进监狱，不只她本人，连帮助她的人也会遭殃。天知道她能不能缴出罚款，熬过监狱，就算能，之后也会被立刻遣送出境，她就休想再次入境美国。”

“可是这样汤姆会……”卡洛琳说。

“汤姆？”他问，其他人也同样一头雾水。

她对大家微笑。“他会伤心欲绝。”

“伤心欲绝啊。”家庭主妇跟着说。

“汤姆是谁？”

“她的男朋友。”家庭主妇说，“他们拖了好久才终于在一起，但我们从一开始就知道他们是天作之合。”

家庭主妇突然振奋起来，让人有点害怕。她的眼神十分狂乱，笑容也太夸张，笑到几乎整张脸都不见了。“从一开始就知道了。”她重复。

“这年头的年轻人太不积极了。”卡洛琳补上一句。

家庭主妇挺起背脊。“没错。”她说，“莎拉和汤姆，他们爱得死去活来。”

至少有个着力点了。“也就是说，她在这里遇到了喜欢的人？而且是美国公民吗？”

“没有人比汤姆更美国了。”卡洛琳说。

另一个女人激动地点头，她说：“很美国哦，像苹果派一样。”

“他们在她来之前就认识了吗？是在她申请签证之前吗？这一点很重要。假使她入境时是拿旅游签证，但若已经打算要结婚居留，她就很可能无法取得居留权。”

“不是，他们是在这里认识的。”家庭主妇断然说，“是我牵的线。”

“她确实有签证？不是免签入境吧？”

“她有签证。”

“如果是这样……好吧，假使这位汤姆伤心欲绝到愿意娶她，她应该可以获准留下，这个程序相对较简单。当然，前提是她目前的签证到期之后不会留下，一天都不行。”

“绝对不会。那么，结婚有帮助？”

“假使他们爱得够深。”他澄清。

“当然。”卡洛琳说。

“而且一定要结婚。”他补充说明，“光是订婚或同居绝对不够的。”他突然想到一件事，“为什么汤姆本人没有来问这些事情？”

卡洛琳说：“现代的年轻人啊，一点条理也没有，不像我们以前——”

他举起双手。“对对对，没错。”然后看看表，午餐时间绝对到了，“假使真的有结果，我可以帮忙处理文件。她也需要做体检，还要填写一些表格。”

他站起来，伸出一只手表示送客，他们全部客气地站了起来，卡洛琳握握他的手，感谢他拨冗帮忙。

他们挤成一团出去之后，他按下内线通话钮：“珍，如果有电话，帮我接一下，我要去吃饭了。”

一离开律师事务所，乔治立刻说：“还提到汤姆啊？”

卡洛琳耸肩说：“我总得想个办法吧？”她也不太满意自己临时冒出的点子。为了居留权而结婚，在道德上真的站得住脚吗？她很怀疑，但那只是个一闪而过的点子，至少留条后路，但她感觉得出来，阿珍一定认为这是条非走不可的路。

“她必须结婚。”阿珍说，“你也听见律师说的，只有这样她才能留下来。”

安迪和卡尔对看了一眼，对异性恋而言，结婚竟然这么简单，真是太神奇了。“她必须结婚。”他们低声互道。

“先别告诉她。”卡洛琳尽可能将伤害降低。

“对，要给她一个大惊喜。”阿珍欣然同意，“汤姆也是，先别告诉他。”

“汤姆是最合理的选择了。”安迪说，卡尔似乎有所保留，但安迪毫不在意地接着说，“他的年纪刚好，单身，又是异性恋。”

“而且她喜欢汤姆。”阿珍说。

“但他会想娶她吗？”卡洛琳问，“莎拉会想嫁给他吗？”

“他想不要都不行。”阿珍说，“反正只是形式而已，为了整个镇，他绝对可以牺牲自己，他也该为镇上出一份力了吧，他连《通讯报》都没有订。”她义愤填膺地提醒自己。

看来就是汤姆了，他不在场，无法为自己说话，这样更好。就来个惊喜突袭，这招绝对可行。

安迪说：“我们就在舞会上求婚，那绝对会是百年难得一见的热闹派对。”

意想不到的帮手

乔治不会烤蛋糕，但他有用不完的空闲时间，也很会打扫。

在破轮镇，家家户户都不锁门，从以前就是这样，反正没什么东西可偷，人口更是少到没人能当小偷，他想都没想就自行开门进去。

从哪里开始动手呢？

要吸尘、刷厨房、掸灰尘，还有洗碗。他决定先洗碗，因为她之前特别提到洗碗的问题，他将待洗的锅、碗、瓢、盆分类放在料理台上，收走客厅里的脏碗盘，他发现自己在唱歌。

他以用量刚刚好的洗洁精洗得干净而彻底，仔细检查每个杯子、盘子，确认有没有顽固的食物残渣粘在上面，擦干之后一一放好。每洗一个杯子，那堆脏乱就变小一点，很有成就感。厨房在他眼前逐渐变化，它感觉更大、更宽敞、更舒适，虽然他还没有擦窗户，但如果要连照进来的阳光都更加耀眼，擦窗户是一件一直都需要进行的事。

洗完碗盘之后，他将料理台和厨房里其他台面擦得亮晶晶，至少是尽其所能接近亮晶晶的程度，他看得出来它们已干净得很尽力了。

他觉得这是个很不错的厨房，友善又实在。接着，他决定处理地板，需要扫过再吸尘。他将包包、外套挂在走道上，再把所有小东西堆在沙发上，先动手擦桌子。

他边吸尘边轻声哼歌，除了帮忙整理书店，他已经很久没做过一些帮得上忙的事了，他伸个懒腰，假使苏菲看到了，一定会以他为荣。

他对苏菲说："看吧，爸爸还没有倒地认输。"

“啊，克莱尔。”格蕾丝跟她打招呼，好像她出现在这里一点也不奇怪，克莱尔已经好几年没有来了，格蕾丝认为大概是因为她上班的时候看太多汉堡，都看腻了。

克莱尔在她前面的吧台位子上坐下，格蕾丝说：“你知道的，我一直很欣赏你。”

格蕾丝的语气没有任何带刺的意味。

她接着说：“不嫁给葛拉翰真是明智之举，那家伙太无趣了。”

“你怎么知道是他？”

格蕾丝夹着烟挥手，好像不值一提。

“简单的删除法吧，可能的人选本来就不多，而你很快就决定不要结婚。假使是汤姆或其他人，你应该至少会考虑一下。”

“我和汤姆从来没有……”

“唉，真浪费。总之，你做得很好，立场很坚定，将女儿养成坚强的好女人，由此可以看出你有格调。”她挤眉弄眼一下，“除了看上葛拉翰那部分。不过老实说，我们格蕾丝家族每一代都爱过不对的男人。当然，这没什么不好，重点是趁能跑的时候快点跑。”

“有时候和实在太烂的男人在一起，分手之后会有一种好像‘治愈’的感觉，很奇怪吧？”克莱尔说，“就像感冒一样，沾染上了、治疗、痊愈，然后人生继续。”

“就像感冒一样。”格蕾丝说，“我喜欢这说法，一针见血，对吧？”

克莱尔又要了一杯咖啡。“我等一下还要去值班，这一轮时间很长。”

格蕾丝打量克莱尔的制服：黑短裙、球鞋、白色针织衫，姿态和神情都很疲惫，她判断克莱尔已经值过一轮了。“你该不会想再找一份工作吧？”她问。克莱尔在两家不同的汉堡店上班，能上几个时段就上几个时段。

“我得找个地方买手工蛋糕。”

"想吃甜的吗？"格蕾丝问，克莱尔大笑。

"卡洛琳命令我要摆摊卖蛋糕，显然市集不能没有蛋糕的摊位。"

她的语气有种无法喘息的疲惫，但假使她期待有人同情，恐怕她要失望了。

格蕾丝嗤笑摇头。"搞不好那些蛋糕只是在每个市集传来传去，根本没人买。"

"果酱更是这样。"克莱尔无力地笑笑，准备站起来。

格蕾丝说："等一下，我想用你做个小实验。"

"嗯？"

"我总是认为尽量不要被扯进事情里，尤其是别人的事情。"

克莱尔似乎不明白格蕾丝想说什么，但她又坐下了。"很有智慧。"

"可不是嘛，但我的好友英吉让我改变了想法。"克莱尔的表情好像在纳闷这个叫英吉的家伙是谁，但格蕾丝似乎没有察觉，她继续说，"如果一个人强悍又带种，不像别人那样老爱哭哭啼啼、耍白痴，那么他是不是应该主动帮助别人？这是不是一种道德上的义务？"

"或许吧。"克莱尔谨慎地说，"不过，我不知道能不能帮上忙，光是兼差，我就快忙不过来了。"

"英吉会送酒和食物给流浪汉，有一次，为了弄来一头大象，非得在牌桌上赌赢不可，她也毫不迟疑挺身而出，这很发人深省，对吧？"格蕾丝靠在吧台上，点起一根烟。

"是啦。"克莱尔说，"可是大象……你需要大象吗？"

格蕾丝不耐烦地夹着烟一比。

"我可以帮你解决蛋糕的问题。"她说，"虽然没几个人知道，但其实我会烤蛋糕，我有一个家传秘方，非常美味的朗姆葡萄蛋糕，秘诀在于不要用朗姆酒。"

克莱尔怔怔地说："这个星期六就要举行市集了。"

"没问题。"

“我会给你钱。”

“想都别想，快走吧。”

看到克莱尔的车子接近，乔治感到异常开心。他坐在自家的厨房里，看她停好车下来，虽然动作还是有气无力的，但不像上次那么无奈了。她停在自家门前，将前额靠在门板上，仿佛完全不知道该如何开门面对那一切。

他很高兴他去打扫了，她应该会很高兴的，他幻想她看到干净的地板会有多开心，看到空空的洗碗槽会有多安心。

但第一个疑虑悄悄溜进心中：她会不会觉得他多管闲事？气他擅自跑进她家呢？她会知道是他做的吗？他是不是该留张字条道歉呢？

终于她打开门走进去，顺手关上。

这是善意的表现，对吧，苏菲？他紧张地问，克莱尔走到他看不见的地方，他完全不知道她有何反应。

一个钟头后，她来敲门，感觉并不高兴，她面无表情、姿态紧绷，好像拼命要控制自己。他紧张兮兮地看着她，带她进厨房，她沉沉地坐在一把椅子上，好像再也没有力气站着。

他考虑是不是该说些话，解释一下他所做的事情，但最后他只是启动咖啡机，然后靠在冰箱上，像上次在她家那样，他感觉站着比较好。

“我是来道谢的。”虽然这么说，但她的语气听不出感谢，反而有点像是来吵架。这时他才发现她拿着一瓶红酒，她随着他的视线往酒瓶看过去，突然察觉送酒给刚戒酒的人好像不太对，突然她崩溃大哭，把他吓得半死。

这下他真的不知道该说什么了。

她发出一阵笑声，但也可能只是抽噎。

“老天。”她说，“瞧瞧我，竟然因为有人帮忙洗碗盘就哭成这样，白痴透了。”

“我……”他沉默了一下，“你要不要来杯红酒啊？”

她大笑，这次是真的笑了，紧接着她欲言又止地问：“那你……”

“我喝咖啡，别担心，我不会为了区区的葡萄酒破戒，反正我本来就不太喜欢葡萄酒，但烈酒就不一样了。”

她无力地笑笑。

“嗯，好。”

“你应该没有生气吧？”他说，“我只是想帮忙。”

“帮忙！”她环顾他的公寓，格局和她家一模一样，只是左右相反，而且干干净净、整整齐齐。

他微笑。“反正我没事可做啊。”

“看得出来。”

“是啊。”他淡淡地说，以迅速流畅的动作打开那瓶葡萄酒，她不禁扬起一条眉毛。他说：“我的开瓶经验很丰富，虽然不喜欢，但不表示我不喝。”他帮她斟上一杯，然后倒一杯咖啡给自己，“不过，我还没到不会动心的程度。”他承认，“我不太确定该不该去舞会，因为场地在广场酒吧，我想还是远离诱惑比较好。”

“你最近……怎么样？”她一脸尴尬地问。

“相当顺利。”他说。

克莱尔点头。

“主要是因为苏菲。”他说。

“还有蜜雪儿吗？”

他怅然地微笑。“对我而言，她已经没有那么重要了。”

“别担心，尽管去舞会吧。”克莱尔说，“我可以帮忙看着你，万一发现你接近酒瓶，我就拿来敲你的头。”

他放心了，但还是希望把话说清楚。“要仔细看喔，假使是可乐瓶就不用了。”

他的冷笑话逗得克莱尔大笑不止，他心中最后一点不安也消失了，万一他破戒，她绝对会用酒瓶敲他的头。没问题了，苏菲，他对自己说。

克莱尔把酒喝完，然后站起来，离开之前，她在门口停下脚步，她似乎能在他面前放松了，虽然眼神依然有点空洞，但至少眼泪干了。

“乔治。”她回头说，但没有真正看着他，“你来帮我打扫这件事……”

他点点头。

“从来没有人为我做过这么贴心的事。”

当她离开之后，他站在厨房里，看着剩下一半的红酒，他只迟疑了一下，然后重新将软木塞塞好，放在架子上。

“苏菲，你知道吗？”他说，“我好像可以向你保证，我永远不会再喝酒了。”

格蕾丝与英吉的友谊面临考验

第二天，卡洛琳去找外甥女，发现了几件令她非常佩服的事情。首先，屋里非常干净（就连她这么挑剔的人也觉得满意），而且克莱尔还烤了一个无比美味的朗姆葡萄蛋糕。

卡洛琳客气地切了一小块品尝，和善地问食谱，她已经好多年没有对外甥女如此另眼相看了。

但克莱尔支支吾吾说出来的内容非常不对劲，她不可能做出眼前这个蛋糕。因为差异太大，卡洛琳不禁怀疑克莱尔烤蛋糕的时候，是不是……喝醉了。

她心中的一个声音说：假使克莱尔喝醉了还能烤出这么棒的蛋糕，那不是更令人佩服吗？

卡洛琳！另一个声音斥责。

终于，克莱尔承认这个蛋糕不是她烤的。

“那是买来的喽？”卡洛琳想说的话不只这样，但她成功憋住，改口问，“那么，市集那天又该怎么办呢？我们得准备能摆满整个摊位的手工蛋糕，如果你做不出来就该早点说，那我还可以想别的办法，可是这下——”

“摆摊绝对没问题。”克莱尔说。

“怎么可能？你要买那么多的蛋糕吗？你怎么负担得起呢？”她停下来思考，“看来得由我出钱了。”她无奈地说。虽然在市集出售买来的蛋糕令她良心不安，但比起她最近买的其他东西，这真的不算什么。“你需要多少钱？”

卡洛琳原本以为她会立刻接受，没想到克莱尔却没有开口，反而一副左右为难的模样。

“不是买来的。”她说。

十五分钟后，卡洛琳大步走进格蕾丝的店。

“听说你帮了我外甥女一个大忙。”

格蕾丝靠在吧台上说：“我尽量啦。”然后她狐疑地补上一句，“我帮了什么忙？”

“烤蛋糕。”

“她告诉你我会烤蛋糕？难道她不能说点别的吗？例如，我是个反基督教的人之类的。”

“你的朗姆葡萄蛋糕好吃极了。”

“那不是朗姆酒。”

“我不想知道细节。”

格蕾丝耸肩。

“我认为你应该在市集摆摊，用你自己的名号。”

格蕾丝惊得后退一步，骇然地看着她。“格蕾丝汉堡摊吗？”她的语气酸到不行。

“我想的和汉堡无关，名字比较接近‘格蕾丝手工蛋糕铺’吧。”

有一道黑影挡住光线，莎拉惊讶地抬起头，格蕾丝矗立在门口，表情十分火大，莎拉不禁庆幸她手中没有猎枪。她还穿着工作服，油腻的气味很重，但她脱掉了围裙，一口气说出整起事件，蛋糕、克莱尔，还有卡洛琳，每个句子都简短而愤慨。

“太污辱人了吧！”格蕾丝接着说，“都是你害的，都是你和那个该死的英吉，还有流浪汉，害我心软了。”

莎拉说：“呃……你要不要进来再说？”

格蕾丝冲进店里，坐在一把扶手单椅上，动作很大，但火气更大。莎拉在柜台边犹豫着该不该过去，她忽然觉得店里好挤，格蕾丝无论出现在哪里，总是能占据所有空间。

“他们要我在市集摆摊。”

“呃……你想卖什么？”

卖自酿私酒好像不太可行，毕竟当天会有很多青少年。

“手工蛋糕。”格蕾丝的语气非常阴沉。

“很好啊。”莎拉松了一口气。

“好什么好！她是故意要惹我生气的，是吧？重点是，我们格蕾丝家族从不让自己卷进镇上的麻烦，不过，我们或许会制造新的麻烦，但她竟然冠冕堂皇地要我摆摊，卖手工蛋糕！简直像……简直像帮教会募捐啊，而且还是在光天化日下，就连我们也没有那么不要脸。”她停顿一下，想了想，“呃……或许老妈例外。”

“你要不要喝杯咖啡？”

“暗中进行是一回事，继承格蕾丝名号的女人当然也会挺身助人，只是不会帮教会募捐。除了老妈，她就是那种人。”

“她是个大好人。”莎拉说，尽管没有见过她。

“什么？嗯，或许吧。”格蕾丝似乎动摇了，“用‘玛德莲’这个名字呢？呃……应该无伤大雅。”

“市集的事情你要怎么回复？”

“当然是拒绝。”

“我实在想不通，她为什么要去找你。”

“是克莱尔出卖我的，我答应要帮她烤蛋糕，当然是偷偷帮忙。这年头，世道怎么败坏成这样呢？”

莎拉有点笑不出来了。“也就是说，现在克莱尔得自己做蛋糕吗？因为你会拒绝吧。”

“什么？不知道，大概吧。”

“她怎么可能有时间？”莎拉不解，“她不是有两份工作吗？”

“她不会烤蛋糕，她得买现成的。”格蕾丝一脸烦恼，“我不介意帮她烤，因为一开始就是我的主意。介入别人的问题是我错了，但我说话算话，我只是不想让人知道。”

“可是卡洛琳已经知道了，这下克莱尔该怎么办……”

格蕾丝猜忌地看着她，她在思考。“我不知道。”她承认，双手抱头说，“看来我非帮不可了，这是我最后一次帮忙这个镇，果然好心没好报。”

“得到赞赏算是没好报吗？好吧，这么说来，卡洛琳真的是恩将仇报。”

“你是在兜圈子算计我吧。”格蕾丝指控。

“很可能喔。”她对格蕾丝微笑，“你知道吗？英吉曾被一位牧师救过，在她杀了人，而且还分尸、烤熟在餐厅里卖那一段描写之后。”

“这很发人深省，对吧？”格蕾丝似乎不由自主感到敬佩，她叹息，“那本可恶的书。”

人与原则

其实此刻的卡洛琳正在与良知角力，格蕾丝如果知道一定会觉得很痛快。卡洛琳还没有脱离读同志爱情小说的罪恶感，却又发生了一件令她心神不宁的事情。

时间从早晨转入下午，她没想到又会发生扰乱心思的状况。她几乎天天去教堂，这天也不例外，她缓缓绕一圈，捡起长凳底下一本被遗忘的《圣经》，取下一支烧完的蜡烛，帮祭坛边的花换水。她在想，窗户好像该擦了，但不得不对自己承认只是因为她闲得发慌。

这间教堂貌不惊人，但卡洛琳很喜欢，整体的感觉更像是会议室而不是教堂，有米白的墙壁、平凡的窗户、光滑的木长凳，还有两侧座位中央的宽敞走道，空间足以容纳一百人左右，但卡洛琳最多只看过二十个人，至少二〇〇〇年之后便没有超过这个数字了。

主啊，您对莎拉这个人有什么看法?

上帝没有回答，卡洛琳悄悄松了口气。假使她听见天上传来说话声，一定会认定是自己终于发疯了，而不会相信是天启。

更何况，就算最不可思议的事情发生了，上帝真的对她说话，恐怕也不会是什么好话。

她从小认识的上帝绝对不是和蔼可亲的大好人，大家都觉得卡洛琳很严厉，他们真该见见她的上帝。

她十分确信上帝不会偷看她的心思，读过同志爱情小说之后，她更是如此希望。不知为何，她无法忘怀那个寂寞男孩的故事。

那个故事几乎算是柏拉图式的爱情了，她为自己辩解，但她从小认识的上帝绝不会因此网开一面。

那只不过是发生在小镇上的寂寞男孩的禁忌之恋，直到一百七十八页才终于有吻戏。（卡洛琳绝不会对任何人承认，包括她自己，但她当时的反应是：也拖太久了吧？）

上帝有忙不完的大事，没有那种闲工夫监视你的一举一动，她是这么告诉自己的，半是责备，半是安慰。尽管如此，她依然努力要保持纯正的心思，绝不去想任何与书本有关的事，她甚至刻意避免使用大写字母，小心为上。

大概是因为教堂的气氛吧，在这里特别容易想和上帝说话，无论他是否在听。她耸肩，他现在没有回应，等再久也不会的。

她把所有能想到的事都做完了，最后再多巡视一圈，单纯是为了打发时间。她应该回家去，找点事情做，虽然她想不出有什么事情可做，但总是有的。但她没有回家，反而在教堂外面走了一圈，经过破轮镇上勉强称为公园的地方，在一条长椅前停下脚步。

公园里有几棵年轻的桦树，俯瞰坑坑洼洼的小草坪，长椅的两侧种着瘦小的枫树，树叶闪耀火红。她总是觉得这几棵树像小孩，迫不及待地想热情投入季节变换。相较之下，浅芥末色树皮的桦树就显得毫无特色。

天气晴朗舒适，卡洛琳忍不住在长椅上坐下，秋天很凉，她整个人包得密不透风，穿着大衣，戴着围巾和手套。她坐下，努力掩饰她有多享受在下午闲坐着。

突然性格大变、展现好心情绝不是好事，会害镇上的居民惊恐害怕，但要压抑真的很难，如此美好辉煌的秋日，一脸严肃也未免太可惜了吧。

一定是因为空气不一样了。秋天有一种净化的能力，只要记得保暖就能感觉到。她每次呼吸，气息都会在眼前凝结成白雾，这是今年第一次。

也许是因为天气太好，她的思绪不断飘向书中那个男孩，她想着他和其他男人的浪漫恋情，心情幽默而宠溺。

那个故事有种让她放不下的感觉，可能是那种时时刻刻活在别人眼光里的感觉。就好像他们的一举一动，每个眼神，每次最最最轻微的接触，都会被人们分析、归类，甚至评判。有些人可以终日酗酒，对彼此做出很恶劣的行为，甚至一个接一个不停生小孩，搞得多夸张都不会有人说话，但其他人……却好像一个眼神便足以让大家议论纷纷。

她十七岁的那年夏天，曾经出现一个对她有意的男生，他们不常见面，所以她并没有爱上他，但有几次他从教堂跟踪她回家，也不是那种变态的跟踪，只是陪她走到家门口。他有时会对她微笑，但她从不曾给他好脸色，他们连手都没牵过。

但光是那样，就足以引起人们说闲话、开玩笑，于是，她以最快的速度画下句点。

她纳闷着，那现在心里的感觉是后悔吗？还是单纯好奇呢？“如果当初……”这样的心情，就随着秋季冷冽的空气溜进心里。

她太专注想着她的心事，没察觉到有人在她身边坐下，直到他转头对她微笑，然后说：“希望你不介意我和你一起坐。”

或许是因为她藏不住的好心情，那个人没有半点犹豫或歉意，他的笑容有如晴朗秋日般灿烂。她的嘴角跟着上扬，他点头表示同感，仿佛她刚刚才放声大笑。

“我从这里路过看到你。”他说。

她扬起一条眉毛，没有说话。

“几天前，我也在书店看到你。”

一开始她吓得动弹不得，脑中考量着是该反驳还是该逃跑。然而，他看她的眼神很率直，那句话似乎没有什么暧昧的暗示，他似乎以为她只是去买书。

卡洛琳，你确实只是去买书，她提醒自己。

是啊，是啊，心中另一个声音泼冷水。

现在想想，那时候选择戴太阳眼镜似乎不太明智了，九月底还戴太阳眼镜，未免也太可疑了。

“今天天气很舒服。”她忍不住说，只是为了改变话题，还是小心为上。

他点头，继续静静看着四周，他不时会将双手握起又放开，动作很慢，说不定他自己根本没察觉。他的手很好看，手指很修长。他没戴手套，不过他很年轻，所以也无所谓。

“这个镇很不错。”他突然说。

她惊讶地看着他，他们可以看见前方通往主街的小路，房屋两侧的低矮建筑毫无特色，历尽沧桑。一楼的店面全部都空荡荡的，连主街也没有好到哪里去。从长椅这边可以看到一小段街景，沐浴在清冷阳光中，也可见书店的一小部分、五金行的一个角落、两间店面之间的树，就这样。

但他的语气十分真诚。现在想想，其实她也有同感。真奇怪，她怎么很少有这种想法？片刻之后，她说：“是啊，你不是镇上的人？”

“我是从希望镇来的。”

“啊。”卡洛琳回答。

他再次露出开朗的笑容。“对极了。”他转身伸出一只手。握手时，她隔着手套感觉到他的手温暖扎实，“我是乔许。”

“我是卡洛琳。”

之后他没有再说话，但并不是那种令人尴尬的沉默。很少有人懂得欣赏沉默，她想着，尽管不听话的思绪趁这个空当儿反复数落她的种种失误。

更何况，这种日子会让人想静静地反省自我，对她而言，这代表静默地爬梳灵魂。她想到莎拉，卡洛琳不懂自己究竟为何会愿意配合这种荒谬计划。

老实说，她很清楚原因。上次她问莎拉要不要回家时，莎拉的眼神打动了她。莎拉并没有犹豫，只是展现出绝望的勇气，好像决心不让任何人看出她多想留下，而卡洛琳敬重那种自我牺牲。有时候她在自己身上也能感觉到，只是她掩饰的功夫比较好。

这种时候，她母亲和那些妇女是否会挺身帮助莎拉呢？还是会躲起来悄悄说她的八卦呢？

这很难猜测，她怀疑她们应该也有不知道该怎么办的时候。

“你知道，如果世上没有这么多人，人生会单纯许多。”她竟然说出这种话，连她自己都感到意外。

他大笑。“但也有不少好人啊。”

“或许吧。”他一定听出她语带怀疑，因为他再次大笑了起来。

“人的价值被高估了。”她说，“要不是有那堆人扯后腿，我应该能把事情处理得更好。”

“但你还是得面对自己。”他说。

她本身绝对没有问题，几十年下来，她把自己控制得滴水不漏。“只要有纪律就没问题。”她不以为意地说。

不过，求婚这件事是你的错，卡洛琳，她提醒自己，是你在律师事务所挑起这整件事。她做个苦脸，幸好那个人没有发现。她无意揭露自己近来的软弱行为，就算对方是陌生人也一样。

“你从来不怀疑自己吗？”这个问题似乎是真心的，他好像确实在乎她的回答，这倒是个新体验。

“自我怀疑完全是浪费时间。你只要犯错，别人绝对会让你知道。”她微笑着补上一句，“很可能是像我这样的人。”

他大笑。“所以除非你说我做错了，否则我不必担心，是吗？很好，这成了我全新的个人道德指针。服务只限于道德问题吗？还是其他人生的选择也适用呢？”

她瞄他一眼，想知道他是不是在嘲弄她，但他似乎很放松，好像只是在享受好天气和闲聊。她大笑，发自内心深处的笑，非常意外，她还来不及制止便笑了出来。

“劝你不要太相信我的意见。”她说。

他再次微笑，这次更有自信。“现在已经来不及了，我完全信任你。问题在于，我应该在做之前先来找你，还是等做完之后再来请求你的赦免呢？”

“劝你不要太期待我的宽恕，我向来不太擅长。”人们老是期待原谅。当然啦，卡洛琳相信告解、忏悔的价值，也相信罪孽可以得到赦免，但大家似乎总想跳过反省与赎罪的步骤，将所有希望放在教会上，不然，就是期待别人右脸被打还转到左脸准备再挨一下。

她认为纵容恶行对谁都没好处。

他看着她，几乎像在探究什么，仿佛在掂量她所说的话。然后他耸肩：“没有人擅于原谅，顶多只会嘴上说说。”

难得她不知道该说什么，她好像已经很多年没有敞开胸怀和人聊天了，他虽然年轻，但想法很成熟。

她对自己摇头，然后说：“天知道，或许我会对你特别通融，只要不是七大罪行就可以。”

“我不太记得七大罪行包括哪些。”

她正准备一一列举，却看到他露出笑容，她大笑着再次摇头，这次是对他。

“星期六的舞会，安迪要我来帮忙。”他说。

她没有回答，但并非是那种尴尬的沉默。

“因为会有很多人。”

她依然没有回答，他有些欲言又止地接着说：“是我自己去找他们的，我想……认识其他同志。”

“很好啊。”这是她唯一能想到的回答。他似乎非常感激，她好希望能想出更有意义的话，她想到那本书里的主角，忽然觉得或许说什么并不那么重要。

有点冷了，她调整了一下围巾和大衣，决定多坐一会儿。她瞥他一眼，他看来不是会乱八卦的那种人。

“你会去吗？”

卡洛琳略微迟疑，她挺起背脊，他误会了她的意思，急忙站起来。

“很高兴认识你。”他匆匆说，迈步离开，而她留在原位。走上主街之前，他转身看她，但阳光由他身后洒落，她看不清他的表情。

“希望你星期六会去。”他说，“如果你去了，我保证会帮你调一杯好喝的酒。”

她目送他远去，完全无法说话。

她要去吗？她之前完全没有想过，虽然其实早该决定了。那天他们要向莎拉求婚，这场闹剧有部分是她的责任，他们鲁莽轻率地做出的决定，她不能逃避，必须当场面对结果。

但是，那场舞会势必会变成酒醉或是失德的大混乱，绝不应该参与这种活动。“不道德。”她试探着说，却失去平时严厉的水平。

至少有一件事情毫无疑虑，她绝对不会喝酒。

二〇一一年四月十四日

莎拉·林奎斯特　收

亲爱的莎拉：

莎拉，你知道吗？有时候我会在破轮镇看到你，犹如一连串光线清晰的小照片。虽然好像很奇怪，但老人家说起往事时，就是这样的。要成为其中一部分很容易，或许是因为很大一部分的往事只存在于我的心里。我很高兴现在这些往事也是你的一部分了，不过，我劝你不要太常去想，陷入别人的回忆很危险。希望你明白，我从来不怕老，但现在我有一点恐惧了，并不只是因为未来变得太少，而是因为随着身边的人死去，连过去也逐渐消逝了。我从镇上其他老人身上看得出来，他们的生活只剩下送终与奠祭的循环，配偶、朋友，甚至子女，像是“我丈夫九年前走的”“我儿子过世七年了”。

我想，我应该是运气不错，我的小朋友都还在人世，但有时候我会觉得所有人都陷入这样的循环，整个镇都是如此，所有可能发生的事情都已经发生过了，所以想象你在这里总能带给我安慰。在我心中，我的整个人生以一种奇异的方式与你相连，你可能会和卡洛琳一起卖《圣经》，和安妮老师一起送出书本，也可能只是和我的约翰闲话家常。

祝安好！

艾美

书之书

怎么会？怎么会？她怎么会被说服呢？

莎拉站在卧房的镜子前，郁闷地看着镜中的自己，她的表情既像闹脾气的幼童，也像极度忧郁的少年。

那些在超市或购物中心被迫打扮成推销物品的前辈一定都有同感，演员不都是靠这种打工讨生活吗？关于演员生涯的电影和电视节目都有这种情节，不是吗？他们会扮演西红柿或公鸡，运气好的或许还能登上电视广告，但运气不好的只能在购物中心打工，不是吗？

当然，最大的差异在于她不想当演员，而且他们有报酬，打扮成的物品也无伤大雅。但她被打扮成一本书，而且还不是一般的书，是书之书。

她到底是怎么落到这步田地的？

书本真的不该受到这种污辱，像个不入流的小明星一样。书本应该有尊严，应该是通往另一片天地的门户，让人体验神秘、快乐，以及爱。

阿珍极为热衷，因为市集就在店前的街道举行，所以书店不会特别设摊，而是正常营业，不过，她说一定要来点特别的，才有节庆气氛。

“书之书”，她如此称呼她的点子，语气非常得意，“大家可以来问你书本的事。”

就算她穿正常的衣服也可以来问啊，莎拉指出，她甚至愿意妥协，提议穿特别的 T 恤，但阿珍不为所动。

“T 恤？我明明可以帮你做很漂亮的服装，何必穿 T 恤呢？而且你又不必多花力气，所有事情都由我一手包办。不是因为我很闲，我有两个小孩，还要做宣传，百忙之中特别抽出时间，因为我在乎这个镇。”

“我也在乎这个镇。”莎拉软弱地抗议。

除了打扮成一本书，一定还有更好的办法可以展现这份爱吧？

那套服装一点也不漂亮。

阿珍的原始设计是用闪亮的轻薄布料，以特制的金属框架固定在肩膀上，做成书脊的样子，然后印上像古董书的金字。然而时间已经快十月了，天气很冷，于是她不得不改用法兰绒，甚至答应让莎拉在里面穿牛仔裤。

她原本非常期待能再次和汤姆见面，自从那天晚上在他家沙发上热吻之后，这是他们第一次见面。她做好准备，要表现出轻松自然的模样，但还是要比平时漂亮一点。

已经十一点了，市集十二点开幕，乔治很快会来接她，她活像个书本外形的怪怪稻草人，没有其他词可以形容了。

更讨厌的是今天天气很舒适，光明灿烂，微风轻柔，而且阳光温和。所有人一定都看到阳光，很期待能出来玩，但她一看到镜子，只觉得今天是公开受辱的处刑日。

她将头靠在镜子上，闭上双眼。和汤姆见面时，她将要打扮成一本书。

破轮镇从来没有这么热闹过。主街上悬挂着旗帜与横幅，组合出美国国旗的颜色。可惜街道太宽，所以中间部分有些下垂，但大家都觉得还是很好看。市集的摊位分散在整条街上，牢牢钉住以抵挡艾奥瓦的强风，只怕有个万一。摆设摊位之后，主街难得显得宽度刚好，就连柏油路面也感觉温馨。

格蕾丝摆摊卖手工蛋糕，而且心情似乎只有一点糟，她挂了一块牌子，上面写着“警告：可能导致头痛”，而卡洛琳正忙着想办法拆掉它。

格蕾丝虽然在一旁吵闹，但似乎也没那么认真抵抗，或许是因为一开始她就知道不可能获准挂出来。

有一个摊位贩卖各种小装饰品与缺件的手绘餐具组，另一个则卖绣花抱枕和鲜艳毛衣、手套、帽子，为抵御冬季寒风做准备。

破轮镇的居民大多已经到场了。莎拉企图偷偷溜进书店，想晚一点再开始出丑，但她被格蕾丝拦住。她应该穿正常的衣服来，然后在店里换上这身怪装扮的，但她担心时间不够。刚才在车上她得转到侧面才能容纳肩膀的框架，现在她更是得在做好心理准备之前面对大家。

“你穿的是什么鬼东西？”格蕾丝问，莎拉解释之后，她哈哈大笑。阿珍过来解围，解释设计的内涵，可惜没什么安慰的作用，因为被迫装扮成这样的人不是阿珍。

这套服装应该会吓跑客人，就像稻草人吓跑乌鸦那样。她运气不错，汤姆还没到，或许他突然身体不舒服所以不能来了，她满怀希望地想。

接着，车子一辆辆开进来，人们纷纷下车，犹如准备入侵的军队。家家户户集体出动，小孩蹦蹦跳跳、大人兴奋期待。青少年策略性地在会场边缘晃一下，然后纷纷走向公园的破旧长椅，好像预先设定好程序一样。没有家眷的成年人组成喧闹的小团体，有几位老爷爷、老奶奶也来凑热闹，爷爷们尽量靠近有东西吃的地方，奶奶们则聚在一起交头接耳研究缺件的餐具组。

所有破轮镇镇民都来了，还有许多从希望镇来的人。

只要解释一下她的打扮是书，大部分的人都不觉得书中书有那么奇怪，莎拉推断他们大概早已习惯打扮成鸡的人了。她本来想躲在店里，但很快就抵抗不住热闹市集的诱惑。

“过来这边站一下。”格蕾丝叫她，“这样小鸟就不敢过来了。”

街上挤满了人。

“这些人是打哪儿来的？”莎拉问。

格蕾丝耸肩。“这里是艾奥瓦，虽然邻居之间可能相隔几千米，但消息还是很快就传开了。”

莎拉在人群中寻觅汤姆，却到处都没有他的身影，她放心了。今天是个好日子，只要能在脱下书装之后再见到汤姆，便是完美的一天。

安迪在宣传舞会，市集本身没有卖酒。（卡洛琳对莎拉说：“我们不希望成为败坏道德的帮凶。”而安迪这么说：“我们不希望大家还没到酒吧就先喝醉。”然而莎拉看到好多人自备随身扁酒瓶，看来他们两个都要失望了。）

“今晚的舞会你要穿这套……性感服饰去吗？”他问。

“当然不可能。”克莱尔说，她在格蕾丝的蛋糕摊位帮忙。

“为什么不能穿？”莎拉身后有个人问，“她穿起来很好看，顺便问一下，你到底打扮的是什么？”

汤姆夸张地眯起眼睛看她，然后吻了一下克莱尔的脸颊。

“我是一本书。”莎拉郁闷地说。

他成功憋住笑。

“不算太糟。”莎拉说，完全言不由衷。她想了一下，“总好过把我埋在一堆书里……把我打扮成巨大的塑胶书本……书本女王，逼我戴王冠坐在一堆书本搭成的宝座上……把真正的书粘在我身上……强迫我脱光，只用两本书遮住屁股好吧。”

她还能想出一堆更惨的状况，但汤姆好像没有听到，她看到他的眼神，忘记了自己在说什么。

对卡洛琳而言，这次市集非常成功，挽救了她因为同志爱情小说而丧失的道德地位。她望着眼前的景象，心中非常满足，这是她应得的，她发现就连格蕾丝也很规矩。

上次在公园长椅边遇见的那个人突然出现在她身边，她察觉自己见到他时感到很高兴，这种反应非常出乎意料，而且可能很尴尬。

“今天真精彩。”他说，她惊恐地发现自己满脸笑容，打起精神来，卡洛琳，她在心中督促。不知为何，她脑海中浮现一辆别克轿车。

“我们运气不错，天气很好。”这个话题很安全。

他一点也没有急着想离开她的样子，她告诉自己这没有什么，他很快就会发现镇上有更多更有意思的人，然后就会在背后笑她，而不是在面前对她笑。卡洛琳挺直背脊，告诉自己唯恐发生得不够快。

“今晚你决定要去舞会了吗？”他问道。

嫁给我们！

“重头戏就要登场啦。”安迪自言自语说。

所有工作都完成了，该准备的也都准备好了，广场酒吧一切就绪。这场舞会一定会让大家久久无法忘怀，有酒、有音乐，还有各种不同的机遇。

酒吧布置很美观，他的卡尔还是那么英俊，小帮手乔许也学得很快。这场舞会将是他最辉煌的成就、最出色的计划。啊，求婚也很重要，当然啦。

阿珍夫妇很早就到了，她老公一脸无奈但很轻松，身上的卡其色外套显然是老婆选的，而且尺寸好像小了一号。阿珍身穿低调的黑色洋装，布料厚实硬挺，让她显得有点像个四方形。

“我们最早到吗？”她问。其实不然，几位外来客已经到了，坐在远处的位子上喝着啤酒和威士忌。她探身越过酒吧对安迪说话，虽然压低音量但还是能清楚听见，“横幅准备好了吗？所有事情都完成了吗？”

他点头。“一切就绪。”

汤姆来了，克莱尔紧随在后，他们立刻停止讨论。

外地人都找座位坐下，破轮镇镇民却挤在吧台边站着，有点生硬、害羞，不习惯集体盛装出席活动的人往往如此。幸亏有格蕾丝，她泰然自若的态度稍微降低了他们的别扭，她穿着刚熨过的干净衬衫，举止自在，好像习惯天天熨衬衫一样。她径自坐在吧台边的凳子上，点了一杯威士忌，然后才跟旁边的人打招呼，这对她而言已经很难得了。

“莎拉来了吗？”她问，“无论你对她有什么意见，她都有办法让大家动起来。”

“可不是。”汤姆淡淡地说。

安迪和阿珍互使眼色。

“莎拉这个人，够强悍。”格蕾丝摇头大笑，好似想到什么爆笑的故事，“更别说英吉了，哈，给流浪汉喝酒，而且还是在午餐之前，还有大象，她什么都做得出来。”

周围的人一头雾水，但她全然不理会，接着说：“等到她终于开始幻想杀死那些男人，其他女人也跟着强悍起来。土万达[1]，对吧？”

他们依然呆望着她，她大大地张开双臂。“是《油炸绿番茄》！这本书描写的是美国的强悍女性。那个莎拉，她确实很懂书。世上应该没有比英吉更强悍的女人了，或许只有我外婆能赢她。”为了公正起见，她补上一句，“不过，连我外婆也没有扯上过大象，至少我没听说过。”

这番话稍稍唤醒了安迪的记忆。“那不是一部电影吗？”

格蕾丝摇头。“什么电影啊！多谢你的指教，看来不是每个人都像我和莎拉这么有文化。”

汤姆不明白，为什么大家的话题怎么绕都离不开莎拉，简直像一个晚上不提到莎拉他们会活不下去。

大家似乎都在等她，这种气氛还蛮感人的。每次门一开，一定会有几个人转头去看，进来的不是莎拉，他们的视线又回到朋友身上。

她来镇上才一个半月，但大家把她当作一直都在镇上的人，以后也会继续存在。还有她的书店，这些人明明从不读书，就算偶尔拿起书也只是用来打别人的头。

他不禁莞尔。

1　土万达是《油炸绿番茄》里忧郁的中年妇女艾芙妮幻想出来的女超人。土万达发泄内心不平、有疯狂行为时，会以大喊作为口号。

他已经开始觉得无法想象主街上没有书店，但他告诉自己那只是习惯使然。时间久了，她会继续她的人生，一切都将恢复原状。

他灌了一大口啤酒，强迫自己对阿珍微笑，她在他旁边说个不停。他根本懒得去听她在说什么，好像是什么大象的事情。

本打算一直避开她，直到她回国，这是最理想的办法。他知道不该在市集上和她说话，但她竟然打扮成一本书，要他怎么避开她？

只要她不再提起她的裸体，他应该可以简短打个招呼，单纯因为他是有家教的人，然后整个晚上远离她。他决心背对门口，继续和阿珍言不及义地闲聊。

然而，当莎拉终于进门时，他转身了。

她看起来比平常成熟，而且令人惊讶地漂亮。她穿着简单的无袖洋装，方形领口挖低的程度适合派对，但又不至于太暴露。裙子在腰间呈伞状散开，长度到膝盖上方。在饱满的黄色的衬托下，她的发色显得更深，几乎像黑色，眼睛也比他印象中更大。洋装剪裁衬托出她纤细的身材，她的动作灵巧、自信，太性感，令人心烦意乱。昏暗的灯光让洋装更显眼，也让她裸露的手臂与洁白的肌肤闪耀光芒。

只要避开她就好，尽管他这么告诉自己，却无法将视线移开。她很快就要回瑞典了，他想。他在脑中默默计算，顶多再两周，然后一切都将恢复原状。

一走进酒吧，破轮镇镇民的热情与和善立刻令她感动不已。他们微笑欢迎她，挥手要她过去，好像已经等她很久了，好像她如果没来，他们会很失望的样子。这是前所未有的全新体验。

她的视线本能地寻觅汤姆，在四目交会的刹那，他立刻将头转开。她敢发誓，他的表情很反感，这下再也不容她有所妄想了。她的笑容垮了，但还是任由阿珍和格蕾丝将她拖向吧台，她看到在吧台里的乔许，轻声打个招呼。大家挤在她身边，对她打招呼，和她有说有笑，好像她在镇上住了很多年。

除了汤姆，他只对她冷冷颔首，然后往反方向走去，被克莱尔所说的话逗得哈哈大笑。

她强迫自己不看他，他的打扮好像故意想刺激她，雪白的衬衫熨烫得很笔挺，挺到令人沮丧，勾勒出他的宽肩，贴着平坦腹部，垂落在健壮大腿上，牛仔裤也藏不住他的肌肉线条……她再次转开视线。

她开始回味那次在沙发上亲热的经过，连忙打醒自己回到现实。她好希望他能忘记那天的事，这样他至少不会刻意避开她。

音乐与舞蹈都开始热闹起来，破轮镇镇民大多依旧站在酒吧附近，跳舞的大多是参观市集的外来客，以及之前来过的女牛仔。她们没有光顾市集，但现在全部现身了。安迪与阿珍不停互使眼色，但莎拉心事重重，所以完全没察觉。

她当然不爱汤姆。

她只是想要他的友谊，就像之前那样，他会不时造访书店并取笑她爱读书的那份友谊。

于是她将第六感放逐到太阳穴附近，就算能时时察觉他的所在也要装作不知道。

那不过是个……吻，这种事情很常见，朋友之间也会发生的。两个人一起在沙发上闲坐着，一下子太放空，不知不觉就压住了对方。

只是意外，莎拉想。不必认真看待，他们会放下这件事，彻底忘记曾经发生过，或者一起拿这件事说笑打趣。哈哈，太扯了，你竟然那样把我压在沙发上，然后他们就可以重新当朋友了。

很简单。

她永远不会提起那天晚上的事，希望汤姆也一样。假以时日，他们一定能回到以前的状况。

然而，就在短短几分钟后，却是她自己差点儿提起。

她离开格蕾丝去找乔治，因为太放松，所以没发现汤姆同时往克莱尔走去，结果他们四个人变成超尴尬的组合。莎拉刻意看着乔治，但还是捕捉到汤姆眼神中的无奈笑意。

太过分了，她整个晚上都没有和他说话，而且已经整整一个小时不看他。现在她只是无心瞥他一眼，单纯因为不想撞上他，他竟然笑了，厚脸皮地以为她是特地过来接近他。

她的眼眸冒出火光，转身准备对他说……

音乐忽然停止。

聚光灯打在她身上，酒吧后面出现一条横幅，不知从哪里跑出来的，长度和吧台相同。

白色旧床单上用红色油漆手写着几个大字，意义让人完全无法理解："嫁给我们！"

赣第德[1]给予的安慰

她活像是一只在车头灯前吓呆的兔子。

卡洛琳不由自主握紧手中的粉红调酒，听着安迪解释他们的疯狂主意，那一瞬间，这整件事感觉似乎是可行的。莎拉的笑容一开始有些僵硬，但渐渐变得灿烂耀眼，她的眼眸闪着光彩，好像真的很感动，她让所有人看到了她的笑容。

她的笑容与眼神有着纯粹坦率的喜悦，让卡洛琳目眩神迷、不知所措，差点儿忘记要报以微笑。

安迪与阿珍依然讲个不停，但卡洛琳知道没有人在听，莎拉的眼神紧紧抓住每个人。卡洛琳想着：他们能够让一个人露出那样的眼神、那样的笑容，至少总算有点成就。这个念头才刚冒出来，紧接着就出状况了。

莎拉确实很开心，这个主意太疯狂、太搞怪，她忍不住大笑起来，心里非常感动。她知道，他们以这种方式表达喜欢她，就当临别的夸张欢送，无论以后会发生什么事，那条横幅表明她属于这个地方。

安迪和阿珍继续说："当然啦，小镇是不能结婚的，可想而知。所以我们决定指派一位……呃……代表。"

"没错，一位代表。"安迪赞同附和，"我们决定……指派汤姆。"

---

1 法国哲学家伏尔泰（Voltaire，1694—1778）所著的讽刺小说《赣第德》中的主角，他性格纯真，因与贵族的女儿相恋而被赶出家门，经历各种苦难。

阿珍说："当然完全只是权宜性的婚姻。"莎拉点头，当然喽，她匆匆瞥了汤姆一眼，满怀当下的幽默与欢笑，她必须找人分享这疯狂的时刻，暂时忘记之前打定主意不看他，这时她才看到他的脸。

他彻底面无表情，硬挤出来的微笑非常僵硬，他的脖子冒出两片火红，逐渐往脸颊蔓延。因为他挂起笑容，除了卡洛琳和莎拉，没有人察觉他的眼神冰冷，近乎愤怒。她噎了一下。

聚光灯消失，音乐又重新开始播放，所有人围在她身边。她在人群中寻觅汤姆，想知道刚刚看到的神情是否只是她的想象，但一直有人跑来，遮住她的视线，无论他们说什么，她一律机械化地回应。她终于再次看到他，他在吧台边，卡尔帮他斟上一杯威士忌，他喝得非常快，几乎像是在灌酒。

她告诉自己不要放心上，这是属于她的求婚惊喜，他们只是很喜欢她。

他们喜欢她，所以想出权宜婚姻这种疯狂的主意，她打算尽情享受，于是她大笑、微笑，昂首阔步在酒吧里走动。只有点头之交的人，完全不认识的人，大家都来拍她的背，也有好几个女牛仔把她拉过去熊抱。

"吧台里那个帅哥现在自由了？"其中一个问，但莎拉不需要回答。另一个女牛仔硬挤过来道贺，她猛拍莎拉的背，力道太大了，她一下子说不出话来。

不必理会吧台边姿态生硬的汤姆。

可恶的汤姆。

终于她无法继续回避，只好往他走去。"真疯狂的计划。"她笑嘻嘻地说，这样应该能让他放松一点。

他看看四周，应该是为了确定没有其他人偷听。卡尔在吧台另一头忙，音乐声非常大，完全听不见附近的人说什么，尽管如此，他还是压低声音。"看来我该恭喜你，噢，不对，是我们。"

他的语气太酸、太刺了，她忍不住说："看得出来，你现在绝对是整个镇上最幸福的人。"

她的语气依然有几分轻快，但汤姆似乎毫不领情，他说："老天，莎拉，你在想什么？"他看看左右，"我们得谈一谈，我送你回家。"他的语气很冷淡，她发现他已经帮她拿好外套了。

派对正值高潮，所有人都很开心，大部分的人都聚集在酒吧中央，一些人在跳舞，甚至有个乐团在前面临时搭建的舞台上演奏，有吉他手、女主唱、小提琴手，还有几个鼓手，莎拉也好想去跳舞。

她想，难得有机会跳舞，而且现在时间还很早呢。他将外套递过来，她默默叹息接下。

以后还有机会，她告诉自己。

她愣住了。

以后不会有机会了，不会再有舞会，也不会再有人一时冲动向她求婚。她就要回瑞典了，今晚的记忆将渐渐淡去，她在这里所经历的一切也将烟消云散。汤姆已经快走到门口了，反正没什么可损失的，就勇敢问吧。

"要不要先跳支舞再走？"

"老天。"他用力打开门，几乎是将她推了出去。

"看来是不要。"莎拉对自己嘀咕，她感伤地看了大家最后一眼。他们是最早离开的人，就连卡洛琳都还在。

她知道他想谈什么，他会以这种方式将她拖出去，肯定只有一个理由。

猜也猜得到。

一到门外，他立刻爆发："你以为你在做什么？"他们站在宽敞的停车场，除了他们，只有黑暗沉默的车辆。路灯大多坏了，只剩几盏还亮着，即使光线昏暗，她依然能看出他不悦的神情与紧绷的姿态。

她微笑，她早知道会这样，他是很好猜的人，虽然这样说好像有点失礼。

他依然令人心醉神迷，白衬衫几乎没有皱褶，他卷起袖子，没有穿上外套。

“我不完全知道明确的法规是怎样的，但万一你被逮捕了，将永远无法再次入境美国，而且还会被罚款。这是犯罪行为，你有没有搞错啊？”

她抱着外套在晚风中发抖。十一月她就得回瑞典了，那是最不适合回去的月份。

“你到底有没有在听啊？”

“犯罪、罚款、后果不堪设想。”她乖乖复述，没有看他。

“这不是闹着玩的。”

他站在车子旁，钥匙已经拿在手上，但他继续说个不停，好像想一次全部发泄出来。她拼命转开视线，看什么都好，就是不看他的脸。

“……我们的事。”她突然听到这一句，忍不住对上他的双眼，“根本没有‘我们’这回事，你应该很清楚。是不是因为那天的状况，才会发生今晚的事情？”

她脸红了。“当然不是。”

他狠狠盯着她，但她不打算继续说下去。

“我是认真的，这种计划不可能成功。”

她点头。

“你不爱我——”这次他话还没说完就被她急忙打断。

“对。”她说，“我当然不爱你。”

“我也不爱你。”

当然，她也很清楚。

“你打算在这里待多久？”

到不能留下为止，她想。

“你打算怎么做啊？嫁给我，待几个月，然后等你觉得无聊就回瑞典，再寄张离婚证书来吗？”

他愤怒的程度出乎意料，好像决心要让她明白她不属于这里，他真的没必要这么刻薄，毕竟刚才的求婚不过是个温馨的玩笑。

现在想起来，她还是忍不住微笑，那条横幅太棒了。她靠在车门上，这样才能面向广场酒吧，大家依然在尽情欢乐。她想，瑞典真的没有什么可让她牵挂的。虽然不愿承认，但想到未来她就害怕，又要回到孤独的生活了。

但她什么都没说，她不想暴露在家乡的那个自己一无所有。如今他表明不希望她留下了，就更没有什么好说的了。

她耸肩。“万物都是为了达到最好的结果而存在。”她低声对自己说，赣第德的冒险旅程总能带给她慰藉。无论她发生多惨的遭遇，赣第德都早已经历过更大的难关，或许这并非伏尔泰写作的本意，但效果很不错。

汤姆的眼神再次变得冰冷。“真是的。”

她想，非常杰出的观察心得，亲爱的哲学家，不过，我们还是来照料我们的花园吧。[1]

他绕到车子的另一侧帮她开门，似乎认定她会愿意抛下欢乐派对，上车听他继续说教。她后退一步，以最坚决的动作摇着头，她哪里也不去。

“或许他们不是在开玩笑。”她说，“但也不必那么当真，只不过是他们表现心意的方式，没什么。你……或我只要告诉大家我们不打算结婚，这样就解决了。很明显，我们不会结婚，你该不会以为我真的期望你娶我吧？没有人能逼你结婚。”

他转身离开她，坐上车，准备把她一个人丢在这里生气。拒绝跟他走，让她感到莫名刺激。

1　此句与“万物都是为了达到最好的结果而存在。”皆引用自《赣第德》。

当他开车离开之前，他打开副驾驶座的车窗，探头出来说：“你不像我这么了解他们。”接着他低声说，“老天啊。”

他走了，她还在原地，就这样。她看看时钟，九点半，派对依然热闹滚滚。

可人儿卡洛琳

广场酒吧渐渐安静下来，卡洛琳终于可以放松了。

她刚到的时候被人数吓了一跳，不只人多，嘈杂的程度也令人难以忍受，而且每个人都很没礼貌。她在人群中推挤，一开始还好声好气地说“请借过一下”，很快就变成凶巴巴的“借过！”

她差点儿想干脆转身离开。

她，跑来参加派对，就只为了见一个男人，内心深处她知道这是她来这里的真正原因，她想再见到他。她曾经相信，坚强聪慧的女性能够拥有正常人生，但那已经是很多年前的事情了。一九八四年的那个夏夜改变了她的想法，她原本深信世上一定有懂得欣赏女性力量的男人存在。

她被人群推来推去，怀疑到底值不值得费这么大的工夫挤到前面去。想想还真好笑，她已经不记得那个男生的名字了，但她还记得丝袜贴在皮肤上的触感，营火与汽车废气的味道，以及抵达现场时心脏怦怦乱跳的感觉。她忘记了性行为的过程，却依然记得接吻时男孩口中烟草与烈酒的滋味，以及他压在身上有多重。

卡洛琳，振作一点，她在心中叮咛自己，她是为莎拉而来。但就在此时乔许看到她，帮她调了一杯酒，是可笑至极的粉红调酒，而且绝对有酒精。

假使他没有看到她，她是否会就此离去，她到现在都还不确定。拿到酒之后，她就那么站在那儿，看着他处理点单，他的动作很沉稳，简直像大半辈子都在当酒保。尽管人很多，没想到气氛相当愉快，直到上演那场求婚大戏。

现在跳舞的人渐渐少了，大家分成小团体坐下，聊他们想聊的事情。他们弯腰靠近桌子，这样说话才听得清楚，偶尔有人会碰碰别人的手臂或手掌，可能是为了引起注意，也可能是为了展现友好。舞池中还有三对男女在跳舞，舞步缓慢自在，就像老朋友的感觉，不时会有一对出去透透气。卡洛琳能够理解。此时此刻，她完全能体会那种需要。

她忍不住想起汤姆的眼神，她不确定是惊恐还是愤怒，但绝对有什么。后来她看到他和莎拉一起离开，她敢发誓绝没看错，但后来莎拉一个人回来，装出一副若无其事的样子，好像一切没问题，或许真是如此。

安迪、卡尔和乔许终于能稍微放松了，他们懒洋洋地清洁整理，招呼最后几位客人。莎拉坐在吧台边听格蕾丝说故事，格蕾丝的手势太夸张，感觉好像快跌下凳子。当卡洛琳甚至考虑要加入她们时，乔许拎着两瓶啤酒走过来，刚好救了她，他轻触她的臂膀，用酒瓶指向一张空桌子。

“来吧。”他领着她过去，他坐下，往后一靠，闭上双眼，“今晚真够精彩的。”

“你很累吗？”

“有一点。”他承认，“但今晚真是精彩。”

他坐正，然后弯腰往前探过桌子。“谢谢你来。”他碰一下她的手，几乎像无意识的动作。他的手指只稍微轻触到她的皮肤，但她却突然有种小鹿乱撞的感觉。她的喉咙咽了一下，用尽力气阻止自己惊慌抽开手，改为缓缓握住拳头再松开。

“的确不错。”她语带保留，能坐下来安静说话比跳舞更好，她谨慎地啜了一口凉爽的冰啤酒。当然，她不会整瓶喝光。

他们静静坐着，观看少数几个还在玩乐的客人，他们许久没有开口，就像之前在公园那样。一个舞客在舞池跌一跤，舞伴急忙过去搀扶，卡洛琳本能地往乔许那边看去，他们四目交会，分享此刻的欢笑。吉他手和歌手还在表演，但鼓手已经靠墙休息，他拿着一瓶啤酒，鼓棒就放在腿上。拉小提琴的女生和一个从附近农场过来的男生出去透透气。

“可以让我送你回家吗？”

她点头，但两人都没有要离开的动作。“今天晚上你表现很棒。”她说。

“我玩得很开心。你喜欢那杯调酒吗？”

她再次点头，毕竟善意的谎言无伤大雅。

他们离开时，安迪与卡尔正在认真收拾。乔许挑起一条眉毛表示要走了，他们挥挥手要他们快点回去。

车程中他们没有交谈，感觉比平常花了更长的时间，但也好像一眨眼就到家了，没想到乔许竟然下车送她到门口。

她犹豫了一下才开锁，她不希望今晚这么快结束，而他也好像不急着回车上。

“谢谢你今晚来。”他的声音很轻，她差点儿没听见。

他弯腰往前靠近她，她不解地看着他。

一瞬间，她几乎以为他要吻她，他靠得好近。别蠢了，卡洛琳，这个念头才刚冒出来，他就真的吻了她，他轻轻吻上她的唇，她完全动弹不得。

她知道她应该快逃，打开门快点跑，但她动不了。

他稍微后退，伸出一只手指触摸她的脸颊。“看看你，竟然没有立刻纠正我的错误行为。”

然后他再次亲吻她。

美好时光从未如此美好

她对自己说："你知道吗，卡洛琳，我觉得你彻底发疯了。"

她在客厅里，坐在平时常坐的扶手单椅上，喝茶镇定情绪，可惜无效，茶早已冷掉了。屋外美丽的花园里只剩下黑暗的空壳，几星期前花已经谢了，叶子也逐渐凋零。她完全不像原本的自己，只是一道影子，她看见映在窗户上的倒影，苍白，面无表情，眼神也仓皇不安。

一早醒来，她就开始在内心教训自己，昨晚发生的事情错误至极，她很清楚不该助长他的行为。怎么能这样？她四十四岁了，是个受人敬重的基督徒，竟然表现得像个被爱情搞到昏头的小孩子，而且对方也是个小孩子，还是个同性恋。

他至少二十五岁了，她告诉自己。

你以为这样就没问题？二十五岁！

天哪！

整个早晨她呆坐在厨房餐桌旁，担心万一有人发现乔许的事情该怎么办，他们绝对会笑死的，她反复告诉自己。整个世界都仿佛在天旋地转了，这种事最后一定会被发现的啊。

那年夏天，年轻愚昧的她爱上了一个男生，他是那种外形俊俏、热爱冒险的人，从不将任何事情放在心上，因此备受崇拜。他比她大两岁，即使在那个年纪，她已经感觉到，同辈人觉得她太顽固、太拘谨了。这么说吧，就是太无聊。

那个男生对她笑，说些她听不太懂的笑话。后来想想，她觉得那些笑话应该是在嘲弄她，但这样已经足以勾起她的注意。直觉告诉她，他不会被那种聪明的女生所吸引，但她也觉得可以改变自己，只要下定决心就能像大家一样，不要那么聪明。

她去参加了一个派对，用新洋装、淡妆和荒谬透顶的发型来掩饰她原有的性格，她想得太简单。学别人出去玩一个晚上，喝酒、呛咳抽完一根烟、在别克车后座献上贞操，光是这样还不足以让大家原谅她那颗聪明的头脑。

事后他们一起回到派对，后来她稍晚就看见他搂着另一个女生，大家看到她的表情后就开始狂笑。她努力想当正常人，自愿放下防备、放下武器，结果最后面对嘲笑时却无力抵抗。过了一段时间后，那些人又找到新的八卦，但那年暑假痛苦无比。

现在她竟然重蹈覆辙，还是那么蠢。

午餐过后，她听到有人敲门，知道一定是乔许。一瞬间，她很想假装不在家。

他的样子令人火大，神清气爽的，一点也不觉得尴尬。他走进她的客厅，好像这里是他家一样。现在她依然能清楚记得他当时的模样：健壮、自信，青春俊美的外形令她自惭形秽。她整个人缩进单人沙发椅中，仿佛试图要保护自己不受回忆所侵扰。

他若无其事地说："昨晚很不错。"

她不得不解释昨晚的事不该发生，在各方面都大错特错了。他没有反驳，也没有要求说明，只是耸肩说："我只是想确定一下，你不是因为怕见到我，所以才躲在家里。"

这么说也太毒舌了，此刻她在心中想，她当然是在躲啊。

都是莎拉害的，她来之前，这种事情绝对不会发生的。

她站起来去厨房重泡了一杯茶。她太老了，不能这样。她的行为，简直就像那些浓妆艳抹、企图挑逗年轻服务生的中年妇女。她们不知道的是，那个服务生回家后，会和同龄的年轻女性好友一起嘲笑她们。

也可能是男朋友。

卡洛琳，要这样玩的话，你连合适的配备都没有。乔许一定只是正好对自己的性向感到焦虑，而你不巧被卷了进去而已。乔许属于安迪与卡尔的那个世界，不是你的世界。更何况，你所拥有的那些配备也已经老旧残破，不堪整修了。

不过，有些倒还能用。

卡洛琳！

（那又怎样？是真的啊……）

那天晚上，乔许又来了。

他还没进门，劈头就问："为什么这件事大错特错？"

她转身走进客厅，门口的走道太窄了，不适合和他单独站在那里。"我不想谈。"

他跟着进去。"只是一个吻而已，而且我喜欢吻你。"

她脸色发白。"噢，老天啊。"她嘀咕着自言自语。

"老天和这件事没关系吧？"

至少他这句话没说错，但他还是成功地逗她露出一丝笑容了。

"那样不对。"她冷静地重申，仿佛只是说出事实。这当然是事实没错，她提醒自己。

"是因为教会吗？难道教会禁止女信徒和双男交往？"

她愕然看着他，双男？男人有分"单""双"的吗？这又是什么分类法？

"就算有也不奇怪。"教会有许多生殖繁衍相关的规定，"但不是因为那样。"

"我敢发誓，你明明也喜欢。"

她没想到，自己竟然这么容易被看透，她打个哆嗦，强迫自己转身背对他。"我……总之不对。"

"为什么？"

他站在舒适的老旧单人沙发椅旁边，那是她平时坐的位子，她不由自主后退一步，她不知道该看哪里。他站在她的客厅里，感觉好诡异，他那么青春有活力、朝气十足，又精神旺盛，周围却全是陈旧老土的女性化摆饰，她觉得被困在他与绣图画框之间。

“你很年轻，而我……不年轻了。”不年轻了？天哪，卡洛琳，“我老了。”她纠正，“比你老太多了，你应该选个像你一样年轻美丽的人……”她意识到自己说错话，羞得满脸通红，“像你一样的年轻人。”她急忙改口，希望他刚才没听清楚。

“你很美。”他似乎没有在听她说话，“我觉得你很美啊！这件事有这么严重吗？不过是一个吻，真是的。”

“当然只是一个吻，不然还能是什么？”

他挑起一边的眉毛但没有说什么，她深感庆幸。

“不然是因为年龄差距吗？”他问。

“这只是其中一部分。”

“你嫌我太小？”

“是我太老。”

他烦乱地挥挥手。“都一样。”

她大笑。“不一样，你的问题会过去，我的却只会更严重。”

他微笑。“至少我们相差的岁数不会改变。”

这句话让她笑不出来。

“还有什么？”他问。

她转动视线。“还有？”

“你刚才说年龄只是其中一部分，那么，你拒绝我的其他理由是什么？”

很少有人问她觉得他们哪里不好，通常她会直接说，不会等到他们问。真讽刺，现在难得有人问了，但问题的根源却是她。

“其实是我的问题。”她承认。

“‘不是你不好，是我的问题’？去他的，卡洛琳，这年头没人说这种话了。”

她脸红了。“但你也不用说脏话吧？”她说，“我本来就不清楚现在流行的说法。”

“不是流行的问题，而是你用陈词滥调敷衍我，那种老套又没意义的陈词滥调。”

她说：“对我而言并不老套，我从来没有对任何人说过这种话。”

他闷闷叹了口气，然后又笑了，他说：“好吧，你有什么问题？”

一旦发现自己才是问题所在，她反而不想说了，这也很讽刺。

“我太老了。”

他不留半点情面地说：“你已经说过了。”她察觉他没有反驳，很合理，因为这是事实，她感到莫名忧郁。

“我……不够漂亮。”她急忙往下说，生怕这次他又不反驳，“我快报废了，这个身体的里程数太高了。”

“但实际上跟新的没两样，前任主人只用来在周日去教堂。”

这句话戳中要害了，她完全笑不出来，他没有说话，只是站在她的客厅里，不肯让她安静过日子。

“我的配备也不适合你。”她狗急跳墙了，想起书中的那个男孩，“你该找个好男人定下来。”

“卡洛琳，配备？”

她又脸红了，谈话的方向失控，完全不是她想说的内容。

“你真是个不同凡响的女人。”他半是自言自语。

完全超乎她原本的计划。

“事实如此。”她说。

他扬起一条眉毛，看她敢不敢进一步解释。

“男女我都喜欢。”他说，“是有这种可能的，你知道吧？天知道未来会怎样，或许我会找个有礼貌的年轻好男人定下来，或许也不会，这对现在的我们有影响吗？”

“没有‘我们’这回事。”她急忙说清楚。

他耸肩，但眼神变得有点吓人，多了一种坚决而叛逆的神采。外面一片漆黑，客厅窗户犹如一面黑色镜子，到处都是他高挑而冷静的身影。

他上前一步，单手搂住她的腰就往前拉，她倒抽一口气，不得不承认并非因为害怕。她几乎确定他打算要吻她，但他一直拖拖拉拉，他的眼眸闪过一种感觉，好像笑意。她的视线移动，发现他一边的嘴角勾起，他在笑她。她因为火大而对上他的双眼，这时他吻她。

他的嘴唇既温柔又顽强，他的身体结实、青春、有男人味，她闭上眼睛，脑中浮现两个结实的裸男在黑暗中互相抚摸。

她没想到自己竟会陶醉其中，体内深处陌生的部分活了过来，她没想到自己竟然还能陶醉，她一直以为这种能力会随年纪消失呢。

她心中有一个部分着迷了，但另一个部分吓坏了。

她稍微推开他。“真是够了，我可是教会执事呢。”

他对她微笑。“真是够了，我可是双性恋呢。”但他放开她，眼眸依然闪着笑意，他后退一步，他对她挤一下眼睛，“我说过了，你没有反对的理由。”

她永远不会对自己承认，但当他离开的时候，她有一种非常类似失望的感觉。

他说：“我星期二再来，希望你到时候下定决心了。”

她差点要开口问：“下定什么决心？”但她强烈怀疑自己并不想听他说出来。

舞会过后第二天，破轮镇镇民都有些心烦意乱，还不止卡洛琳一个，其中最严重的是乔治，尽管他是唯一没喝半滴酒的人。

天刚破晓，他心情很愉快，完全不知道混乱与迷惑正以时速一百千米前进，沿着八十号州际公路朝他飞奔而来。

昨天晚上他觉得很平稳、很开心，他完全没有喝酒，最棒的是他送克莱尔回家，她主动靠过来吻他的脸颊道谢，像真正的朋友。

他下床，对自己微笑，喝咖啡，甚至刮了胡子，虽然他昨天才刮过。他瞥了一眼《BJ单身日记》第二部，想着不知道今天会发生什么好事。

他真的那么觉得，这一天可能会有好事发生，那是一种前所未有的感受。

他慢慢喝着咖啡，今天他觉得想加奶精和糖，这个决定并不难。

他想着，是不是该出门去问莎拉想去哪里，不过，她好像比较喜欢走路。天空虽然有几片云，但并没有下雨，万一下雨了，他也可以下午再去接她。

门铃响了，他暗自微笑，猜想会不会是克莱尔，他带着友善的笑容开门。

他呆住了。

她比印象中老了不少，而且更娇小，她的头顶几乎不到他的下巴，然而在他心中，她被放大成巨人尺寸。她并不美，只是可爱，但眼神有股狠劲，他记得很清楚。

“嗨，乔治。”她说。

“蜜雪儿？”

“嗨，我也很高兴见到你呢。”她的头发因空气潮湿而毛躁，他知道她最讨厌这样。

“苏菲在哪里？”

“不知道，两年前我把她扔在前男友家了。”

他脸色刷白，几乎听不见她的声音。

“别傻了，乔治，她在车上。”

他越过她的肩膀往前看，好像现在才发现原来车子长这样，前座有个人，但他看不清楚。

她推开他进去，但他站在门口犹豫不决，他很想见苏菲，但又怕会别扭尴尬。

“真是的，快过去打招呼呀。”蜜雪儿毫不考虑他的感受。

“你来做什么？”他借此争取时间。

蜜雪儿耸肩，往客厅走去。一进去，她猛然停下脚步看看四周。“真不敢相信我又回到了这里。”

乔治也不敢相信。

“那个……你打算待多久？”他问。

“别担心，我不会一辈子赖着你。”

他担心的不是这个，他瞥向车子，苏菲下车绕去后车厢拿行李。她和蜜雪儿一样高，但更可爱，她是个还不习惯大人身体的青少年，而且完全欠缺蜜雪儿的嚣张自信，她是世上最美的人。

他出去帮忙拿行李，一共两件，一样老旧的印花，其中一个比另一个大很多。“那是妈妈的。”她说。他没有说话，她同样沉默，但很感谢有人帮忙，她拎着比较小的行李走在他前面，进屋之后停在门口。

虽然这么多年来，他一直在心中对她说话，现在却想不出该说什么。当然啦，他在心里说话的时候可能不太清醒，想到让她看过那样的丑态，他不禁脸红，不过，其实她什么都没看见，虽然可惜，但这样比较好……因为他之前经常烂醉如泥……他迷失在思绪中，实在不知道该怎么做，于是只好再次对她微笑。

“我是苏菲。”她自我介绍，好像他们素未谋面。

这句话让他觉得好像心脏被刺了一刀，不过他承受得住，他有种莫名的冲动，想告诉苏菲他的感受。

他说：“我是乔治，你小时候叫我爸爸。”

“叫他乔治就好。”在厨房的蜜雪儿大吼着。他很庆幸昨天打扫过。这间公寓虽然枯燥单调，毫无个人风格，但至少很干净。假使知道她要来，他一定会多做点什么，重新粉刷、买新家具，或买新房子。

苏菲对他露出仓皇的笑容，往厨房里瞥了一眼。

“叫我乔治就好。”他说。

他发现手中还拿着书，于是先将行李放下，然后四处找地方放书，最后干脆也放在地上。

“好看吗？”她问，她的声音很好听。

“什么？”他站起来之后问，“你想借吗？”

“晚一点好了。”她微笑着说。

他点头，她再次往厨房看去。

她当然想和妈妈在一起。他必须记得，她对他毫无印象，很可能根本不想认识他，他必须给她时间适应。

她甚至不必喜欢我，我不会要求那么多，他在心里对上帝或被遗忘父母的守护神说，既然他再也不能对心里的女儿说话，只好随便找个能发誓的对象。她只要知道她可以信任我，无论遇上什么难题都可以来找我，这样就够了。等她习惯之后，他会亲口告诉她，让她知道他很正常，而且，呃……很酷？或者该说，他也可以做到这样。为了她，他甚至可以不再古怪、不再丢脸了。

至于现在，他打算只说些平淡轻松的话，问她饿不饿、渴不渴。他当然不会硬逼她吃，只是善意地询问。

“我可以为你做什么吗？”他问，“你需要什么？汽水？吃的？还是新车？”

听到新车，她笑了，他也跟着笑，松了一口气，幸好她以为只是开玩笑。

“我没有驾照。”她说。

“你需要驾校报名费吗？”他可以变卖东西筹钱，不如卖掉沙发好了。

她的笑容变得有点勉强，她再次望向厨房。

“汽水就好。”她终于说。

每个人都有适合的书

市集隔日，莎拉勉强撑完一天，连她也不知道是怎么做到的。

她很高兴可以走路去书店，她需要疏解她的烦躁。一整天，她都站在柜台里，看着镇民有说有笑的，拆除摊位，打扫街道。

乔治和卡洛琳都没来，但她看到汤姆的车停下，那之后她再也不敢出门，谁知道他什么时候又会经过。

她站在店里，沉默地发呆，对自己和汤姆都感到厌烦。

她不太确定第二天心情是否会好些，但她一大早刚到书店，已经有位在门外等候的客人了。

有一个瘦瘦小小的身影独自站在橱窗前，拉长脖子往里面看，她应该顶多才十五岁。她一定站在小雨中等了好一阵子，因为她的头发都湿了，一束束粘在脸上，但莎拉开门时她依然露出微笑。

“这家书店是你的吗？”她问。

“算是吧。”

莎拉将外套放进小储藏室挂好，然后打开店里所有的灯，她整理出几本要上架的书，但先堆在柜台上，她站在柜台里，不打扰那个女孩，让她静静参观，但她依然站在门口，一脸入迷地看着四周。

“我是苏菲。”她说。

莎拉觉得这个名字有些耳熟，但她不知道为什么。她耸肩，晚一点自然会想起来。

“你喜欢看书吗？”莎拉问。

苏菲点头。莎拉想，她是很聪明的孩子，而且很可爱。外面还在下雨，但苏菲一走进来，店里立刻变得温馨舒适，顶着一头湿发的少女才拥有这种特殊能力。

“你喜欢什么书？”莎拉问，“有特别的偏好吗？”

苏菲摇头，她往店里走几步，一脸严肃盯着书架。“这些书全都是你的？”

“可以说……是吧。”莎拉停顿思考，“其实该说属于整个镇，直到有人来买走。”

“失去这些书会很难过吗？”

莎拉当下有点想解释市场经济的基本原则。她并非失去那些书，而是以书换取金钱，她可以用这些钱去买东西，也可以存在银行或藏在床垫下。然而，说这些不但太过现实，而且完全没有说服力。钞票不过是一张小纸片，印着关于上帝的无聊文字与政治人物头像，书本却是厚厚一大叠纸张，印着神奇美妙的故事，两者怎么可能价值相当？

莎拉怀疑自己从未弄懂市场经济的原则。

于是她认真看待少女的问题，仔细思考了一番。她说：“其实不会，我自己不可能读完每一本书。假使有人买走，至少书能被欣赏，而且爱书的人会想和别人分享书本。”

“没人想要的书该怎么办？”

“每本书都有适合的人，每个人也都有适合的书。”

少女展开笑容，转身看着一个书架问：“我也会有吗？”

“当然。”

少女似乎很高兴，但没有问寻书的小秘诀，也没有特别要找哪本书，不过，她似乎并不急于离开。

“我小时候住这里，后来搬走了，这是第一次回来。”她说，“我对这里完全没有印象。”

“真的？”莎拉问。

“我很小的时候就跟妈妈搬走了，不过我妈妈是当地人，妈妈每次都说她永远不要回来，这样反而让我更好奇，更想看看这里到底是什么样子。”她微笑，“被禁止的事情最有趣，对吧？我已经把整个镇走遍了，两次哦。”

莎拉微笑，她刚来的时候也是这样。

“妈妈总是说，如果她要回来，一定会坐豪华礼车呼啸而过，连窗户也不开，单纯想看看那些……”她突然打住。

“那些什么？”

“有点失礼，我不敢说。”

“我想也是。”莎拉说，“她真的很不喜欢破轮镇，对吧？”

“嗯，她说这里的人天生都是大白痴，整天没事做，老爱说三道四，多管闲事。”她似乎很尴尬，“我不该说这些的。”她彬彬有礼地道别，“很高兴认识你。”

莎拉对她微笑。“下次再来。”

店里只剩她一个人，于是她动手整理店面。

虽然破轮镇被批得一无是处，但莎拉没有放在心上。假如真有闪亮的黑色礼车由主街呼啸而过，应该会很有看头。莎拉想的不是那些事，而是关于书的那段谈话。她脑中有某种念头被勾动，店里还缺一种分类。没错，这家书店属于整个镇，但很大一部分属于艾美。

在动手打扫之前，她先找出与艾美交换过的书本，然后挑出艾美藏书中最精华的部分，全部放在一个书架上。路易莎·梅·奥尔科特打头阵，很恰当，她命名这区为“艾美专区”，她以为这样就足够了。

明明没什么客人，店里怎么会这么脏呢？莎拉纳闷着扫地，得先扫干净才能拖地。她尽可能集中精神做事，不去想汤姆，但疯狂打扫的动作却越来越烦躁，汤姆真的很莫名其妙。

她又没有爱上他，如果是那样或许真的很烦，她能够理解。单恋不一定能得到回应，爱情与性欲也是一样，因为必须另一方也有感觉。爱情如此自私，谈恋爱肯定很辛苦，得忍受伤感叹息、别人的夸大期待，就算自己不愿意，也得站在高台上，小心地维持平衡。

她不爱他，所以这些都不会发生。但她无法理解，为何连朋友也当不成呢？就算只是点头之交，也不行吗？只要一星期能和他见一两次面，她就很满足了，就算只是安安静静、舒舒服服地一起坐着也好，只要能见到他就好。

她放弃扫地，直接开始拖地，但脚下不时响起踩到小砂石的声音。她叹气，当阿珍进来时，她几乎有些感激。

她直接走向柜台，于是莎拉放下拖把过去站在柜台里。“有什么事吗？”

“在这里签名。”

她低头看眼前的文件，右上角印着“一一三〇表格”，是外籍人士结婚申请书。她忍不住微笑，在官僚眼中，非美国公民简直像外星人。

“你拿的是观光签证吧？”

莎拉点头，而阿珍指着文件底端的虚线。“在这里签名。”她已经填好了汤姆的名字，写着“汤姆·哈瑞斯”。

莎拉连他姓什么都不知道，这样的婚姻基础似乎不太妙，她抬头看着阿珍。

她原本想拒绝的，但脑中闪过汤姆愤怒的模样。他的无理行为，擅自认定她也加入了假结婚计划，实在太不讲理、太令人火大了。

阿珍的事就交给他应付吧，她想着，然后以夸张的花体字签下名字。

阿珍要离开时，莎拉叫住她，转身找出放在柜台后的那本书。《自费出版指南：做自己的书，写作、出版、推广、营销，相关知识大全》，玛丽莲·罗斯与苏·科利尔合著。

“万一有天你想把博客文章集结成书，这应该会有帮助。”她说。

阿珍彻底哑口无言。

不能说的秘密

星期二晚上乔许来的时候，卡洛琳并没有下定任何决心。

她连想都不肯想，她心中有一部分努力地争辩说，这样最好，既然她什么都不打算做，也就没必要想了。

另一部分的她，却几乎快要承认了，她之所以不肯想，是因为不想听到他们之间没有可能，也不想知道原因。

看到他站在门外，她最强烈的感受是惊讶，他竟然真的来了。她认定只要给他几天时间思考，一定会明白对她心动有多疯狂。

其次，她感受到一种困惑的欢喜，很高兴能再见到他。当他弯腰靠近以亲吻她脸颊时，她完全没有退缩。

他好像很累，前额垂落着一绺发丝，眼睛周围多了许多细纹，上次见面的时候还没有。他沉沉地坐在沙发上，闭起双眼片刻，好像烦恼了很多天，现在终于能放松了。她坐在他身边，努力克制想伸手抚开那束发丝的冲动。

他对她微笑，坦率开朗、轻松自在，好像很高兴见到她，好像他们是…… 朋友。她忍不住报以微笑，很少有人这样对她笑，很少有人高兴见到她，甚至很少有人能在她身边放松。友谊真美好。

“婚礼计划还顺利吗？”他问。

“计划？”她最近很少关心镇上的事务，竟然如此玩忽职守，真是可耻。

她耸肩，她在不在都一样，反正没人在乎。

乔许好像已经放下了这个话题，他看着她，笑容变得完全不一样。

他的眼神带着询问，也可能是邀请。

“卡洛琳。”他说，她谨慎地看着他。噢，老天，他眼睛里又出现那种光彩了，“你不觉得差不多该吻我了吗？”

她呆望着他，感到十分震惊，这种事不可以说！她在心里想，她应该觉得“不可以做”才对，她不得不承认两者之间差距非常大。

她不知所措，只好站起来，拉开距离以逃离两人间突然升高的张力。乔许也站了起来，镇定的态度令人恼火。

尽管如此，他并没有出手触碰她，他只是站在那里，与她相距不到一英尺，静静地等待。

显然下一步得由她主动，她几乎希望他直接吻她，这样她就不必做决定了。她知道这整件事大错特错，但此刻当她真的有机会触碰他时，她想不起来为什么不可以。

一次就好，她告诉自己。现在我可以触摸他，我一生敬畏上帝，只是来段小插曲应该没有大碍，结束之后，我就可以重回教会主持义卖会了。

她不太信任自己，但她相信失去这次机会，将再也无法触摸他。

于是她直接伸出手，她确实能听见血流冲上耳朵的声音，她紧张地吞咽了一下，一只手找到他的锁骨，往下移动到他的胸口，接触到衬衫的第一颗纽扣时，她略微迟疑，但很快就全部解开，因为太碍事了。

为什么不可以？她叛逆地想，然后看看四周，似乎生怕有人回答，有谁会回答？上帝吗？老妈吗？

我很可能再也没机会触摸任何人。

他依然一动也不动，但眼神改变了，笑意消失，变得深沉而幽暗，她这才领悟到那是欲望，因此更加大胆。

他察觉到了，一手搂住她的腰将她拉进怀中。即使她主动采取攻势，但显然他才是掌握局势的一方，他显得比较成熟，更为自信。她难得将控制权交给别人，她喜欢这种感觉，她回应他的吻，感情超越理智了。

“天啊。”他说，而她也有同感。

与蜜雪儿、苏菲住在一个屋檐下相当辛苦，乔治依然不知道她们要住多久。他以蛛丝马迹拼凑出大概的状况，蜜雪儿似乎和最近的一任男友吵架了，她们应该不会长住，但他希望有足够的时间让他重新认识苏菲，他尽可能不去想以后会怎样，但这件事并不容易。

蜜雪儿几乎整天待在他的房间里（他被迫睡沙发）。她带了一台电脑来，他相当惊讶。当他们还是夫妻时，她对科技没什么兴趣，现在却整天盯着电脑。

有一天他说，既然她回来了，要不要去见见老朋友？她以轻蔑的语气说：“什么？到处去拜访邻居吗？还是去看我爸妈？要来个温馨大团圆吗？”

他强烈怀疑当初她之所以嫁给他，只是为了离开父母，后来发现这样还不够远，于是干脆抛下他，离开这个小镇。

和蜜雪儿住在一起没什么大问题，可以说他早已习惯她的作风，但棘手的是苏菲。

他必须提醒自己，不能再和想象的她说话。有一次，他以为没有其他人在家，于是开口说：“苏菲……”没想到门口传来她惊愕的回应。

她是那么贴心、那么善良。她终于回来了，他却不得不假装是陌生人，实在很痛苦。他很感激，真的，但他希望能多为她尽一点力。

他们一起煮饭，她说：“今天我去书店了。”

他小心不去看她，视线牢牢盯着砧板。这是她第一次主动说话，通常她都会等他先开口。他喜欢静静相处，她似乎也是，有时候他会问她学校的事、日子过得如何、交了什么朋友，她的回答总是很有礼貌，但并不深入。他甚至不知道她们母女之前住在哪里，他猜想应该也是在艾奥瓦州，但不太确定，总之，她们和一个男人住在一起，这一点也不奇怪。

“你有没有见到莎拉？”他问。

她说：“有，她告诉我世上一定有适合我的书。”

“我不知道你喜欢阅读。”

“我自己也不太清楚。”她对他微笑，“可是，那么多书……放在一起好漂亮哟，乔治。”

被苏菲直呼名字，他轻轻抽了一下，但他告诉自己慢慢就会习惯，真的，他绝不会说什么。

“她说书店属于整个小镇，是这样吗？”

他略微思考。“大概吧，但主要是莎拉的功劳。”

“也就是说，店里的书有一部分也属于你吗？”

他微笑。“或许有几本吧，开幕前我去帮过忙。”他不想吹牛，于是急忙澄清，“主要是打扫，还有接送莎拉，因为她没有驾照。”

“世上有一本适合我的书，你觉得她说得对吗？”

“既然莎拉这么说，那一定是真的。”

她报以微笑。“谢了……爸。”

蜜雪儿出现在他们身后，不假思索地纠正：“叫他乔治。”

苏菲只是对他嘻嘻一笑，几乎像偷偷做坏事，等到蜜雪儿走远后，她靠过去说：“妈妈觉得镇上的人暗中瞧不起她。”

乔治想了一下，他说：“好像真有这么回事，但大家都做的事不一定是对的。”

苏菲说：“我知道，小时候我们经常搬家。”她迟疑片刻，“我想知道……如果我觉得这个镇上的人其实很不错，算不算对妈妈不孝呢？”

他微笑。“我认为你可以拥有自己的想法，这是你的权利，所有人都有这种权利，不过，或许……”

“不要让妈妈知道比较好？”她帮他说完。

“或许比较好。”

“你知道，她认为他会来找她。”

“谁？”

“她的男朋友，罗纳·路克曼。”

“你和他相处得好吗？”

她耸肩。“他还算不错吧，很难说，他在一家叫约翰塔可的连锁店上班，他是店长。”

乔治不知道该怎么回应这件事，所以只好点点头，这样似乎就够了，因为苏菲压低声音接着说：“我不确定他会不会来，不过，这样想好像也很不孝。”

二〇一一年五月四日

莎拉·林奎斯特　收

亲爱的莎拉：

世上很少有人会让我想直视他们的眼睛，然后说：“你应该多为自己打算，自私一点。”大部分的人似乎不用别人说，但我很想对汤姆这么说。

我应该跟你提过我的侄子吧？他刚刚才来我家。虽然我知道很没道理，但我很生他的气。责任感太强的人偶尔会让人讨厌，你不觉得吗？我比较坏心眼的时候会想，或许那是一种变相的自大：我得拯救所有人，否则世界会毁灭。不过呢，其实我认为那只是出于习惯，他长久以来一直在照顾人，很可能不知道怎么停止。

我并不是说无私奉献是件坏事，但总得有个限度。汤姆很孝顺父亲，陪伴麦克面对货运公司的起起落落，也一直照顾我。就算他认为整个小镇都是他的责任，我也不会觉得奇怪。没错，奉献有时也会换来收获，他在麦克的公司有份不错的工作，他也很喜欢。他偶尔也帮人修理东西，但只限朋友。但问题在于，有些人无法被拯救。

汤姆无法拯救农场，也无法拯救他父亲，也就是我弟弟罗伯。罗伯没有成为记者，而是投身农业，镇上的人大多都选这条路。唉，汤姆真的努力过了，他非常拼命，整天在农场忙碌，然后还去麦克那里兼差。他原本申请到艾奥瓦州立大学的农业研究奖学金，但他放弃了。我认为，他并不在乎农场能否维持，但他很孝顺父亲，于是选择留下。当然，最后他们还是得要卖掉农场，而附近许多农场也面对同样的命运。汤姆成功谈好条件，让父亲能在农场多住几年，度过余生。他们保留了住家、小前院，以及车道。大家都知道他父亲不久于人世了，而他父亲过世之后，他将钥匙交给买下农场的人，但他们说不必了，反正都要把房屋铲平。

汤姆盖了一栋新房子，引起了不少议论。破轮镇是小地方，每个人都爱嚼舌，这很讽刺吧？这么少的人，却有这么多的意见。他自以为那些大型观景窗和开放式楼层很新潮时尚，而其他人，像是安迪，则是认为他是借此出气，好像要对全世界说："去你的，钥匙给你，我才不在乎。"至于我，我一直相信，经历了罗伯的事情，他只是不想再对房子产生太多依恋，反正迟早得放手。于是他将房子设计得以实用为主，没有个人色彩，然后告诉自己这就是他想要的，筑起一道心墙，极力避免投入感情。

无私奉献的人最惨的是什么，你知道吗？所有人都要他们多关心自己，但又不希望他们停止帮忙，在紧要关头还是想要他们伸出援手。我呢，假使哪天有个三长两短，至少我知道会有汤姆陪着，这样我就安心了。

看吧，莎拉，我也没有比其他人高尚。

祝安好！

艾美

为那城求平安[1]

在律师事务所时，乔治就已经非常不自在了，但不自在的程度还是比不上此刻，他就坐在汤姆家的客厅里，看着阿珍说服汤姆。

目前双方势均力敌。阿珍非常有毅力，像一只凶猛的斗牛犬，即使赢面再小也不肯放弃。无论她说什么，汤姆一概冷处理，以有些幽默的方式反复地拒绝。可想而知，阿珍气得七窍生烟。

“你一定要娶她。”阿珍说。

“我不爱莎拉，她也不爱我。”

“哼，这能怪谁啊？假使你愿意努力追求，她一定早就爱死你了！”

汤姆淡然地微笑。

“你难道不关心这个小镇吗？”

“比我们更惨的小镇多的是。”他反驳说。

“不然呢？”

“不然什么？”

“汤姆，假使你不娶她，她就得回国。拜托，她找了本书给我呢！”

汤姆似乎没有被这个理由打动。乔治看得出来，当他和阿珍、安迪上门时，汤姆一派悠哉，即使一看就知道阿珍不怀好意，他依然处之泰然。阿珍使尽浑身解数，好说歹说说了半个小时，他却不动如山。汤姆独坐单人沙发，而他们三个则挤在一张沙发上，因为空间太小，好几次

---

1 《旧约·圣经·耶利米书》第二十九章第七节：“我所使你们被掳到的那城，你们要为那城求平安，为那城向耶和华祷告。因为那城得平安，你们也随着得平安。”

阿珍比手势过于激动时，还差点儿打到乔治。

乔治有种感觉，安迪好像不太投入，他几乎没有开口，但现在他终于说话了，却好像在开玩笑。“别这样嘛，汤姆。”他说，“为这整个镇牺牲两年的青春，不算什么吧？反正你也没有更好的对象，不是吗？”

“为什么他需要更好的对象？”阿珍说，“我们莎拉很完美……呃……她的性格很完美！”

“非常完美。”汤姆欣然附和。

“真是的，汤姆，我们又没有要你爱她。”

乔治觉得这句话有点残忍。

安迪说：“当然，假使异性恋只和相爱的人结婚，异性恋恐怕早就绝种了。”

乔治开始觉得他们全都有点讨厌。阿珍用尽心机，安迪把整件事情当笑话，至于汤姆，唉，他能体会汤姆的心情。但是他也无法接受汤姆这样，宁愿和阿珍幼稚地吵来吵去，也不肯帮助莎拉，似乎完全没有人替她着想。

“到底要开什么条件你才肯答应？”阿珍问，“钱吗？这就是你要的吧？我们应该能筹出一小笔钱。”

至少她成功让汤姆脸色大变了。“老天啊，阿珍。”他厌恶地说，“拜托你饶了我，好不好？”

汤姆突然显得极度疲惫，乔治虽然很同情他，但帮不上任何忙。

乔治突然站起来，谈话瞬间停止，他其实并不打算发表什么意见，只是想趁早离开，以免听见会让他不高兴的话。但他站起来之后才看清这些人，个个儿都不痛不痒，全都没有搞清楚严重性，就连阿珍也一样。对她而言，这件事似乎成了面子问题；而安迪把这件事当作笑话，他看待所有事情都是这样；至于汤姆，唉，他可能毫不在乎。

乔治说：“重点是莎拉，我们的莎拉。我和艾美不熟，但之前……苏菲离开时，她对我很好，我知道这个镇有多么需要她。我和莎拉很熟，我知道我们需要她。”他说得不是很好，他自己知道，他向来不善言辞，但他一定要让他们明白，“她得回国，回瑞典过孤孤单单的生活，她的父母好像也不太关心她，而我们也会在这里孤孤单单，我很清楚。”

乔治知道自己很傻，但他一直有种感觉，镇上发生的所有好事都是莎拉带来的，包括苏菲突然回到他身边。自从莎拉来了之后，所有不可能的事情都变成可能。

阿珍似乎想说话，但乔治不理会，他说：“那好吧，我娶她。”

所有人呆望着他。

“你的好意我们心领了。”阿珍说。

“为什么不可以？”安迪点头鼓励。

汤姆说：“乔治……我只是……”但他好像不知道该讲什么。

“总得有人出面吧？”乔治说。

“对啦，可是……”阿珍似乎要绞尽脑汁，寻找反对的理由，但最后还是说，“也是，你说得有道理，为什么不可以呢？”

乔治不怕承认，这整件事情让他很不安，他相信莎拉会比较想嫁给汤姆，这是人之常情。但至少她可以留下来，他也可以继续接送她。

“听我说，乔治，我——”但乔治不让汤姆说完。

“她一定要留下来，当然，她不会想嫁给我，但至少她能留下。”

“那个律师！”阿珍大喊。

“他怎么了？”安迪说。

“我们已经跟他提过汤姆了。”

“三角恋情很常见啊。”安迪说。

阿珍万分丧气说：“我们又回到原点了。”乔治看看汤姆，他没有说话。乔治转身准备离开，至少他努力过了。

汤姆说：“好吧，乔治，由我来。我娶她。”

“很好。”乔治说。

然后他潇洒地离去。

书香与冒险

“嘿。”

苏菲站在门口，一脸迟疑地看着莎拉，她刚好整张脸埋在书里。莎拉抬起头，缓缓地将书放在柜台上，刚寄来了一箱新书，她正忙着整理，而且她显然会一本本拿到鼻子前嗅闻。

“你有没有闻过书？”莎拉由柜台里走出来。

苏菲摇头，莎拉便递上一本平装书，是玛丽安·凯斯的新作品。封面上充满闪亮的粉彩色调，有温馨的蓝色与粉色渐变层，书名是大大的花体字。“翻开吧。”她说。

苏菲小心翼翼打开书，好像怕弄坏一样。

“不对不对。”莎拉说，苏菲紧张地抬起头，“要完全地打开。”她做给她看，“要能把整张脸塞进去。”

苏菲将书举到面前，依然谨慎而小心，然后缓缓用鼻子吸一口气，她微笑了。

“有没有闻到？是新书的香味，是还没有被阅读过的冒险，是还没认识的朋友，有好几个小时的神奇旅程正等着你出发。”

当然啦，莎拉知道苏菲或许不会这样形容，但她确信苏菲也能感受到。她由架上取下另一本书，这本是漂亮的精装本，里面有很多橡树照片，纸张既厚实又光滑，这种纸的气味完全不同，有着塑胶与高级彩色印刷的气息。

“再试试这本吧。”

这次是普通的书，虽然一样是平装版，但纸张比较薄，而且有些泛黄，她们都闻了闻。

莎拉微笑着。精装书与平装书的气味不同，但即使同样是平装书，英文版与瑞典版也有所不同，而经典作品也有一种独特的气味。教科书也有专属的气味，而大学用书和中学、小学的课本又不一样了。有趣的是，成人进修用的课本气味和中小学课本一模一样，是教室常有的气味，充满躁动与闷热。

新书的气味总是最浓，大概是印刷的油墨味尚未消散，一旦书本被打开、阅读、翻弄，理所当然气味就会消失。尽管她在纯粹理智的层面上这么想，但实际上并不相信。她依然相信，她所嗅到的气味来自书中的崭新冒险与阅读体验。

现在苏菲似乎比较有自信了，她放下书，沿着书架缓缓走动。莎拉回到柜台继续整理新书，她在这里的时间只剩下不到两周，现在要进新书似乎有点愚蠢，但只有这样，她才能撑过这段时间，就像平常一样工作，假装什么都不会改变。最终，她会坐上飞机回国，一切就结束了。

莎拉问："你喜欢什么题材的书？"

苏菲耸肩。"不知道。"她继续在店里走动，似乎并没有细看书名，只是单纯看书本本身，她会不时伸出手摸摸书脊，有如在船上将手指放进水中感受水流。

她待了将近半个小时，离开之前，她说："龙，我喜欢龙，迟早我一定会找到关于龙的书，就算只有一本也好，无所谓。"

龙吗？莎拉想。她说："等一下，你会在镇上待多久？"

苏菲耸肩。"不确定。"

"你平常住在哪里？"

"布伦菲。"

莎拉拿出一沓便条纸，请苏菲留下地址。苏菲默默写下，没有问莎拉做什么用，而莎拉也没有说。她决心要帮苏菲找到适合她的书，最好能在她离开前拿到。

她还在想龙的事，接着，阿珍开门进来。

她一定已经和汤姆谈过了，莎拉想，他肯定拒绝了吧？假使他没有拒绝，那么，现在是她开口拒绝的好时机。

她直视阿珍的双眼，以最坚定的语气说：“我——”

阿珍抢先说：“你得去希金斯夫人那里一趟，她在破轮镇卖结婚礼服很多年了。”

莎拉看过希金斯夫人的店铺橱窗，令人却步。

阿珍看看手中的纸张，似乎是一张清单，因为她像是照着上面的字在念。“男女双方的单身派对、拍照记录、文件。移民部的人很多疑的。”她把负责移民事务的单位弄错了，不过只差一点点。

他们能不多疑吗？莎拉酸溜溜地想。她说：“阿珍，这样太疯狂。”

“虽然必须举行单身派对，但不用太盛大。”她大笑，“不过，我很想看看脱衣舞男登场时卡洛琳的表情。别担心，我都考虑好了，我们邀请几个亲近的朋友一起去试礼服，顺便喝点红酒。照片拍起来好看，也不用费心筹备，而且还可以分享一下造型小秘诀。”

“这桩婚事太疯狂了。”莎拉再次强调，“不但违法，而且汤姆根本不想结婚。”

“汤姆！”阿珍不以为意地说，“不用烦恼汤姆的事。”她直视莎拉的眼睛，“你想不想留下来？”她问。

至少这个问题莎拉能够回答，她毫不考虑地说：“想。”

盖文·琼斯是个好公务员，他知道很多人认为公务员和“好”这个字扯不上关系，但法律不是无故存在。人民投票选出代表，而大部分的代表决定法律是好东西。既然都大费周章进行选举了，那么就得有人负责推行议会所通过的规定，并确保大家遵守法规。他这样的角色必须存在，因为国家付他薪水，他尽忠职守作为回报，他有能力、有头脑，工作表现出色。

盖文之所以这么适合这份工作，是因为：第一，他能够凭直觉分辨出哪些人不对劲。第二，他认真看待这份直觉，并且愿意不畏艰辛地进行调查。第三，他善于收集片段信息并牢牢记住。例如，邻镇来了位观光客，住了好一阵子了，却找不到相关签证申请资料。根据传言，有工厂雇用不会说英文的员工和形迹可疑的短期居留人士。

因为他想在工作上力求表现，所以固定阅读地区报刊，记住可疑事件，也追踪调查看似无关紧要的报道。他的直觉很可能来自无意间记在脑中的各种信息，不过，这次的案件并没有立刻触动他脑中的警铃，他读着这份申请书。

破轮镇？这个地方，他好像听都没听过呢。他耸肩，倘若那里有人搞鬼，他迟早会查个水落石出。

没什么好说的了

“你打算告诉你的父母吗？”

她裸体躺在床上，他在身边，他们当然没开灯，不过现在是正午，所以房间里还是很亮。她无法确定这是罪孽还是自由，也可能是老派人所说的伤风败俗。

事实上，卡洛琳完全不知道该如何看待这整件事，就连她内心的声音也沉默了。她已经有好几个小时没有被自己严厉纠正，就好像……这件事……太难以想象了，她的道德指针顿时失去方向。多年前的那次性经验毫无意义，完全不值得她大费周章去想，也不值得她内疚自责。但这次不一样，她从不知道性爱可以像这样。老天，她和乔许上床了。

“关于我们的事吗？”他问。

她瞪他一眼，激动地想在床上坐起来，却突然察觉自己一丝不挂，她将被单拉到下巴，重新躺回枕头上。

她惊恐地说：“当然不是我们的事。”她无法理解他怎么会想到那里去，绝对不能让任何人发现这件事。他的父母不能知道（想到那个场面，她羞得想把头埋进被子里），而破轮镇的人更不能知道，“是指你的事，你……喜欢男生也喜欢女生的事。”

他大笑，并将她拉得更靠近他，她的头离开枕头，就靠在他的脖子与肩膀上。好奇怪，这样反而比较舒服。

“现在说不说都一样了。”他说。

她想破头还是不明白这句话的意思，最后她干脆说：“你知道我们没有在一起吧？”

他懒得回答。

“你终究会找到一个年轻的好男人，继续走你的人生路。如果你想的话，也可能是个女人，但必须是和你年龄相当的女人。”她强调。

对他来说，这理所当然。对她来说，也不会是个问题，或是说，只要没人发现就没问题，不过就算被发现，她应该也应付得来。

卡洛琳，你疯了吗？万一被人发现，你绝对会吃不了兜着走，他们会把你生吞活剥了。

他同样会深受其害。他大概不知道，当人们发现可以嘲笑的事情时，就连最善良的人也会变得残忍无情。

对于这问题，他还是不回应，但以防万一，她又再次提醒：“乔许，绝不能让人发现我们的事，他们只会……嘲笑我们。”

他的指尖溜过她的肩膀，在她的肌肤上慢慢画出几个没有意义的图样。她放松下来了，但还是忍不住怀疑他究竟有没有听懂。

“既然我们没有在一起，那就没什么好说的了。”他说。

她靠在他的肩膀上点头，一点也没错，这段关系可以单纯只是享乐，能维持多久就多久。

疑似图谋不轨

“哈哈。”盖文·琼斯的邻居笑着。他的笑声不像真的笑，比较像只是发出“哈”音，他靠在盖文家院子的篱笆上，似乎不打算走开好让盖文安静一下，“最近有没有遣返几个墨西哥佬啊？”他问。

盖文叹息。几分钟前，他还在享受宁静的周五傍晚时光，忙着清扫落叶，现在却变成一个被白痴开玩笑的对象。

“几年前在波斯特维尔[1]的那次搜查行动，记得吗？”邻居说，“有好几百个可怜的墨西哥人被逮捕，他们根本没有做错什么，只是卖命工作，赚点血汗钱，就因为懒惰的美国人根本不屑赚那种小钱……”

对波斯特维尔事件，盖文也十分反感。他之所以请调到地方分局，也是因为那起事件。现在他每天辛勤地调查可能是假结婚、真移民的欧洲人，虽然主要是文书工作，但依然很有成就感。

“你不觉得难过吗？那些人已经够可怜了，就不能放过他们吗？”

一个月前，这位邻居才抱怨过工作机会都被“黑鬼”抢走了，移民局都不去逮捕他们。那时候他心里想，反正都是些你不屑做的工作啊。现在，他们又变成无辜的可怜人了？他耸肩，反正怎样都说不过对方。

同事们都很佩服他能识破谎言的第六感，但有时他们看他的眼神带着一丝轻蔑。他们对工作没有足够的信念，所以无法理解怎么会有人能做得好，而他的工作表现非常好。于是乎，他渐渐放下逮捕非法移民的

1 波斯特维尔（Postville），艾奥瓦州的城市，2008 年 5 月 12 日，美国移民暨海关执法局与其他执法单位联合突袭当地一家肉品包装工厂，逮捕了四百多名持有伪造身份证件的海外劳工。

工作，调查欧洲人成了他的首要任务，那些任性的家伙自以为凌驾法律之上，待在美国是他们的人权，想赖多久都没问题。相反的，拉丁美洲人一辈子都不知道世上有人权这种东西，他们工作再辛苦也是任劳任怨的，还要忍受与家人分离之苦，薪水更是低得可怕。

逮捕行动依然无法带给他任何成就感，他知道一些同事认为他最喜欢这部分，最爱看人在他面前紧张崩溃，他知道真的有人喜欢这套。现在他的工作已没那么严肃了，欧洲人通常罚款遣返了事。以前抓墨西哥人的时候比较难熬，他们有些还没搞清楚状况就进了监狱，被遣送回国对他们而言更是悲剧。

“我有条线索可以给你。”邻居说。盖文强迫自己放下耙子，说不定专心听他说话能让他快点讲完。

“等我一下。”邻居离开了一两分钟后，就拿着两张印着文字和图片的纸回来，盖文勉强收下，上面写着“破轮镇通讯报”，邻居的线报或许真有点用处。

“破轮镇开了一家新书店。”邻居说。

盖文看了一下报道内容，莎拉，当然可能只是巧合，说不定那个镇上有两个叫作莎拉的人。文章没有写出姓氏，然而，他桌上有一份待处理的文件，申请人是莎拉·林奎斯特，她拿了观光签证（尚未到期）入境美国，然后就和一名美国公民相遇相恋。

至少有一件事很清楚：拿观光签证入境的人不能开书店。假使她真的开了书店，那么，她和那位汤姆·哈瑞斯的闪电恋爱似乎另有隐情。

“可以给我吗？”他不情愿地问，朝那两张纸撇撇头。

“没问题。”邻居双手大大一比，露出一大片胸口。盖文反感地想，都已经十月了，这位老兄依然有着黝黑的肤色。他穿着外套，但里面的衬衫里头有三颗纽扣都没扣。

他叹息着，看来得去书店一趟，找这位莎拉谈谈，他的周六假期泡汤了。

第二天下午，盖文一眼认出莎拉，她和《破轮镇通讯报》上的照片一模一样。他站在书店外面的人行道上，角度刚好可以看清她工作的模样，她忙着向一位顾客推荐两本书，举止自然而沉稳，显然很习惯在店铺工作。

他没有马上进去，处理这一类案件，他希望先取得确切的证据再找嫌犯谈话。尽管如此，他确信一定能问出真相。

申请书上的莎拉·林奎斯特在艾奥瓦州待了将近两个月，倘若她结婚并非为了取得居留权，而是真的爱到神魂颠倒，那么镇上的人一定都会知道，而他们的恋情也会在镇上传得沸沸扬扬。他们会长时间在一起，而且举止过度亲密，他们很可能已经同居了，绝不会没有人发现的。

除非他们之前已经认识，但即使如此，镇民也一样会知道，他会向大家介绍她是他的瑞典女友或朋友。若打算结婚却持观光签证入境，一样是违法的。

他旁边有家餐馆，客人还算不少，但柜台后的女人独自站着发呆，她感觉像是眼观六路、耳听八方的人。餐馆是打听八卦的好地点，仅次于酒吧。

他走进去，有些笨拙地爬上吧台凳，那个女人开始煎汉堡，他有种感觉好像是要做给他的，油腻的气味让他一阵阵反胃，他告诉自己要忍耐，要以最快的速度查出最多的消息。

他进行过无数次问话，其中有不少脾气暴躁的人，就像柜台里的那个女人一样。根据他的经验，大家都有话想说，只要稍微煽动一下，想知道什么都能打听得出来。秘诀在于要让他们放下戒心、畅所欲言，不管他们说什么，听就对了，偶尔发问。只要在他们说完之后，再以疑问语气重复最后一个句子，就能让他们滔滔不绝讲下去，毫无难度可言。

一杯咖啡自动出现在他面前，他含糊道谢后举杯致意。“你的家族应该在破轮镇住很多年了吧？”通常以友善的语气问起家族的事，便足以打开话匣子了。

格蕾丝脸色一亮，她说："啊，你真是问对了。"她伸出一只手，"我是格蕾丝，不过，我的本名其实是玛德莲。"

四十五分钟后，盖文精疲力竭了，他完全没打听出莎拉的事，反而对藏在柜台下的猎枪了如指掌，想不知道都不行，之前好像还有提到一位警长的事。

他希望这些都只是趣谈逸事，但她说到升级猎枪时，语气好像是最近的事。他之所以能够脱身离开，是因为餐馆要提早打烊了，天知道为什么。他出来时，书店也一片漆黑，连半个人影都没有。

单纯只是床上的朋友

“你确定要穿婚纱结婚吗？”

他们全部挤进希金斯夫人的服饰店。莎拉满怀疑虑，她穿着蓬蓬的白色婚纱，老旧而泛黄，款式比较适合仪表堂堂的艾奥瓦女性，穿起来才有……气势。

“你们知道为什么女人结婚要穿白色的吗？”安迪问，大家懒得理他，“很简单，因为所有家电都是白色的呀。”

莎拉大笑，阿珍立刻拍照。

希金斯夫人的服饰店刚好可以塞进他们整群人，不过，因为太多蓬蓬的礼服占据空间，他们得分组才能走动。三件玫粉色的巨大礼服将橱窗挡得密不透风，完全看不到外面的二街。

安迪在柜台上摆了两瓶红酒和一整排塑胶杯，任何刚好倒霉站在他旁边的人，都得忍受听他说莎拉在镇上的故事。“我们求婚的时候，她的表情真精彩，那么惊恐，是吧？”他对乔许挤眉弄眼，“但还比不上汤姆，他才是最合理的选择，有一阵子我还担心他们会来说服我或卡尔呢。”他用手肘推推乔许，“几乎像选你一样疯狂，对吧？”

乔许紧张兮兮地看他一眼，他挤在安迪与格蕾丝中间，背靠着挂衣架，卡洛琳在店面另一头。每次他一接近，她就会吓一跳。

“破轮镇算是挺开明的，但大家没有疯狂到能接受这种事情的程度。”

“为什么……”乔许才刚开口，却被阿珍的笑声打断。

莎拉发现阿珍终于放弃了，不再努力让安迪认真看待这桩奇妙的美事。她悄悄溜回更衣室（根本是用两块布围起来的角落），让身体脱离那件恐怖透顶的礼服。随便吧，反正礼服只要是白色就好，就连移民局也无法要求她在照片里必须很美。

“老天，当然不可能。”阿珍说，“我承认，一开始确实考虑过卡尔，至少他长得很帅，说莎拉在短短两周内爱上他，谁都会相信。”

“可是没有人会相信乔许突然转性爱女人。”

“我不懂，我和女人结婚有那么不可思议吗？”乔许气呼呼地说，“你们知道吧？世界上是有双性恋的。”

克莱尔和乔治站在比较外围的地方。他比平常轻松自在，几乎算是有自信，而且身上朴素的棉衬衫还熨过，第一颗纽扣没扣，里面的白汗衫领口与蓝衬衫形成强烈对比。他靠向克莱尔，微笑着说：“最近我都没有去找你，你应该觉得很奇怪吧？”

“没有。”

他大笑。“当然啦，你应该看到过她。”

“嗯。”

“我是说苏菲。”

“还有蜜雪儿。”

“对啦……可是有苏菲就值得了，她是个好孩子。”他大方地补上一句，“像蕾西一样。”但完全没有得到回应。克莱尔死命盯着前方的汤姆与莎拉，表情相当坚决，乔治耸肩。

其他人忙着聊自己的事，莎拉将那件难看的礼服挂回架上，心不在焉地翻找其他的选择。

她不知道为什么要做这种事，她再次发誓要找阿珍谈谈，这个计划太疯狂，必须及早停止。她看阿珍一眼，她笑得很夸张，不停按着快门，莎拉打个哆嗦，今晚显然不太适合。

她拿起一件礼服仔细观察，这件礼服似乎毫无爱情与婚姻的幻想，非常适合假结婚。

她叹口气，挂了回去，但已经太迟了。她一转身，汤姆就站在旁边，她知道他一定看到她在选礼服，他一定以为她还在设计逼他结婚。

“汤姆。”她按住他的手臂，不等他开口。

当她触碰到他，两人之间的气氛变得深沉，而他的眼眸变柔和，仿佛第一次真正看见她。她想着，人们太少用眼睛表达情感了，也想着她有多么喜欢他。

真奇怪，这番领悟并没有令她震惊，她甚至没有慌乱。她只是看着他，一动也不动，全身放松，百分之百确定她爱他，这是一种平静的笃定，就好像说出地球是圆的，就这么发生了，如此清楚透彻，她无力抗拒。她确信，这份爱以后一定会造成许多问题，但此时此刻，这番领悟感觉很……平静。

至少这份爱给了她勇气说：“汤姆，你不必勉强。”她的手依然按在他的手臂上，“我跟阿珍说过了，这整件事太疯狂。”

汤姆大笑。“然后，她就会尊重你的想法，仔细聆听之后，就会决定取消了吗？”

“我会再找她谈谈的。”

“莎拉，我已经签名了。”

“可是……”她愣住，“为什么？”

他耸肩。“艾美一定也会这么盼望的。”

“这样不对。”

他只是出于义务而娶她，她想。

“有什么不对？”他朝前面挂满礼服的架子一撇头，“你找到礼服了啊。”

她拉长了脸。

“据我所知，阿珍已经和牧师商量好了，安排下周六举行婚礼。”

“我们还是照计划走吧，现在很难喊停了，反正牧师问你是否愿意时，你还是可以说不的。”

她正努力要牢牢抓住现实层面，她不可以为了居留权而结婚，不可以跑去另一个国家，嫁给不认识的人，更不可以强迫别人娶不认识的人。

她望着那些衣架与旧礼服，仿佛褪色发黄的布料与老派配色剪裁能带给她平静。

但她只看到眼前的绝境。

真好笑，人常常只走人生中安全的道路，专注地看着地面，绝不东张西望，尽可能不看美妙的风景，没察觉爬到了怎样的高度，没察觉其实各种机会就在伸手可及处等待着，没察觉应该纵身一跃、放胆飞翔，就算只有一下子也好。

她一辈子就处在安全防护网里，此刻是她有生以来第一次站在悬崖边缘，盲目地摸索崭新的顿悟。原来生活可以有这么多不同的方式，人生可以这么精彩丰富。

面对全新的人生风景，她的反应就像真正站在悬崖边，她头晕目眩，有种想跳下去的强烈冲动，就不顾一切了。她能够想象自由坠落的感受，她很想跳，但有一股同样的强烈力量将她拉回安全处。

“少来了，莎拉。”汤姆说，仿佛可以看穿她的心思，她很希望不会真的被他看透，“你不是想留下来吗？”

“对。”她简洁地说，然后看着他，“但只是因为我非常喜欢镇上的每个人，我有生以来第一次觉得找到了归属的地方。”她沉默一下，接着问，“你还是要搬去希望镇吗？”她实在忍不住。

“如果有选择我绝不会搬。”他说，“但过几个星期，我就要去那里的公司上班了，其实也没关系的。”他耸耸肩，“如果我们结婚，你不必陪我搬去希望镇。”他无奈地一笑，“不过，或许还是先和我一起住一阵子比较好。”他接着说，“我们需要多了解对方，例如，早餐你是否会吃鸟饲料之类的。”

"鸟饲料？"她听糊涂了。

他说："这是电影情节啦，就是杰拉尔·德帕迪约和安迪·麦克道威尔主演的那部[1]。"

她说："噢，我不太常看电影，我……"

"比较喜欢看书。"他帮她把话说完，这次他露出笑容。

"你觉得乔许是不是真的爱上了莎拉？"阿珍问。

"为什么这么说？"安迪问。

"他嚷嚷着什么双性恋，我觉得有点可疑。"她在塑胶酒杯里斟上酒，"他的反应很激动。"

"他最近经常去书店吗？"格蕾丝纳闷。

"没……"阿珍有些迟疑，"最近没有。"她举起酒瓶，格蕾丝和安迪递上杯子。

"这不就对了。"安迪说。

"他一定和女人发生了什么纠葛。"阿珍坚持，"不过，应该不是破轮镇的人，我没有看过他和镇上的女人在一起，除了卡洛琳。"

格蕾丝和安迪一起呆望着她，安迪思索着说："老天啊，舞会结束后他们一起喝啤酒，然后一起回家。"

"啤酒？"阿珍说，"卡洛琳？"

他们三人不约而同地往乔许与卡洛琳所在的方向望去，乔许刚好按住卡洛琳的手臂，被她说的话逗得哈哈大笑，她立刻抽开手臂。让人怀疑的并非只是肢体上的小动作，而是竟然会有人可以被卡洛琳逗笑！这一定有鬼。

"他大概喝多了……"格蕾丝说。

---

1 美国喜剧电影《绿卡》中，法籍男主角为取得绿卡而假结婚，最后男女主角情愫暗生。此桥段为两人一同购物时，女主角拿了一包早餐什锦麦片，男主角误以为是鸟饲料。

“看吧，看吧。”阿珍说。安迪不再反驳，眼眸中出现令人担忧的决心。

乔许再次经过时，安迪一把抓住他的手臂说：“阿珍想出一个非常有趣的理论。”

乔许镇定地看着他。“哦？”

“真的很好笑，她以为你和卡洛琳在一起。”

乔许没有说话。

“她就爱胡乱扣别人帽子。”安迪接着说，“还不是别人哟，是卡洛琳啊。”

“嗯。”

“我知道没有这回事，我很尊重双性恋，也尊重姐弟恋，但任何人靠近她都会被冻伤的，不然，就是会突然要发誓守贞吧。”他被自己逗得大笑，但为了公正起见，他还是澄清一下，“不，不，世界上应该有人能和她上床，至少她保养得还不错，可是你？跟卡洛琳？”

“我和卡洛琳当然没有在一起。”乔许平淡地说。

安迪拍拍他的手臂。“我知道，我知道。”然后抱着一丝希望追问，“你确定她没有喜欢上你吗？很多大姐姐会突然爱上小弟弟的，这种事情我见多了。”

乔许大笑，但完全没有开心的感觉。“我可以保证，卡洛琳对我毫无兴趣。”

“真的？”安迪有些失望。

“真的。”乔许说，“她只是利用我泄欲而已。”

莎拉·林奎斯特　收

莎拉：

我只剩一张信纸了，所以要等约翰送新的信纸来，我才能仔细回复你的信。不过，我等不及想告诉你，一整个早上我一直使唤汤姆帮我拿书架上的书。你说得对！味道真的都不一样，没想到，在人生的晚年还能有这种大发现！虽然我无法赢得蒙眼猜书比赛，但我绝对会认真练习。我已经订购了三种不同的平装书、一本摄影集和一本精装小说，想体验一下这些书“新鲜”时的气味。

我必须承认，汤姆不懂我在搞什么鬼，我说这是“我的瑞典好朋友莎拉”分享的小秘密，他立刻安静闭嘴。到了我这把年纪，还有新朋友可以炫耀，真的实属难得。

其实汤姆并没有说什么，他太有礼貌。他有一种特别的眼神，好像和人一起笑，也像是在取笑，但因为他喜欢对方，所以愿意配合。有时候汤姆会把事情看得太严肃，不过，至少他眼中还有欢笑的光彩。虽然不一定会不幸福，但我个人建议千万不要嫁给眼神中没有笑意的人。

关于这个建议，我自己就没有做到。不过我要辩解一下，那时候我太年轻，不知道该留意怎样的特质。其实约翰的眼睛也很少有笑意，但常常有微笑，所以或许因人而异吧。

如果有一天你来这里，希望你会喜欢约翰，他是我所见过的最非凡的人，毫无疑问。当我写这封信时，他就坐在我床边的扶手单椅上，那是他的固定位子（因为一个无聊的小毛病，我偶尔得卧床休养，我有没有提过这件事呢？反正不重要了）。我敢说，他一定知道我在写他的事，他大概很想抗议吧。他知道我只会写好话，但他觉得我太夸大。尽管如此，他还是坐在那里嗅着一本平装书。回顾一生，有件事让我感到非常满足：我有幸体会如此的友谊，认识这么棒的人，而且有足够的智慧去欣赏他。

就写到这里吧，刚好在我情感泛滥时，信纸就写满了，不过我最后还想到一件事：你想不想来拜访呢？

祝安好！

艾美

附注：这个提议绝不是一个糊涂老太婆的突发奇想。假使你想造访小镇，或者想找个安静的地方度假，希望你知道，我非常欢迎你来。我可以带你去看吉米·库根街，我们可以聊书，还可以，呃……一起打发时间，而且你不会只让我一个人来照料，所有人都会款待你，整个小镇会尽力让你度过愉快的时光。好好考虑一下吧。

赫斯特太太（书本和人生：四比零）

这道菜的味道，就像是甜死人的松饼加上美式腊肠，莎拉仔细一想，其实根本就是啊！

汤姆为她做了裹面炸热狗，这道算是前菜，接着，他切碎洋葱、炒熟绞肉，准备要做“邋遢乔汉堡”。她坐在餐桌旁，拼命忍住泪水，他要做裹面炸热狗给她吃呢！一道百分百的纯正美式料理。

他先送她回艾美家，然后再去买食材。她收拾行李准备要去他家住，当他回来接她时，一直保密不肯说晚餐要吃什么。

裹面炸热狗的面糊材料，包括鸡蛋以及大量的砂糖（美国的食谱似乎少不了砂糖，而汤姆在炒绞肉时也加了一大堆），此外还有粗玉米粉，然后再将热狗裹上面糊。在深平底锅中要加很多油，这样将热狗放下去才能将它炸得漂亮一些。通常面糊会渗出来，所以会变得比较扁、比较方，不会像食谱图片上的样子，但莎拉觉得这样更地道。热狗的味道像是水煮过，而且比一般的口味甜。

他们两个都没有提起卡洛琳，但莎拉忍不住想到她，她的眼神是那么……无助。

服饰店里的每个人都听见了乔许的话，立刻转头看她，但卡洛琳只是稍微昂起下巴看着他们，态度像平常一样，自信十足、略显冰冷，然后她对希金斯夫人略一颔首，头也不回地走了出去。

她的脸色或许有些苍白，皱纹也比平常明显，除此之外，完全看不出异常，没有说话，也没有回眸。

那是一个庄重的出场。

大家都知道只是开玩笑，但莎拉对乔许很失望，不能开这种玩笑。

安迪开心死了，但莎拉只感到同情，即使卡洛琳应对合宜，即使卡洛琳不想被同情也一样。

汤姆转身背对料理台，喝了一口啤酒，他的姿势突出腹部与肩膀的肌肉，厨房突然感觉好狭小。

“邋遢乔汉堡的重点是浓稠度。”他说，“必须在一口咬下去时不会全掉光，但也必须能流得到处都是，秘诀在于炒绞肉的时候要弄散。”

“也就是说，邋遢乔汉堡只是汉堡包夹了绞肉？”她问。

“没错。”

“蔬菜呢？”

“肉里放了番茄酱，这样算数吗？”

她大笑，喝了一口啤酒。汤姆转回去，将青椒、洋葱、大蒜切成细末，她想象着梦幻的生活。白天在书店工作，晚上回家和他一起煮饭，听他取笑她和她的书，这是多么神奇的世界，有着……日常生活与温馨友谊，这样真的会太奢求了吗？

“只要能用锅铲盛起一大块然后不会掉落，就表示肉炒好了。”汤姆盛起一些肉作为示范，但肉末立刻从两侧滑落，“看来还要再炒一下子。”

她微笑，但告诉自己不要胡思乱想，正因为这个晚上如此美好，她知道一定要说清楚，自从在礼服店和他说过话之后，这件事一直压在她心头上。或许，正因为她需要打醒自己，或许是为了让他明白她不抱有任何的妄想。

她说：“汤姆，结婚之后我们不必住在一起，你可以像平常一样过日子，这段婚姻不会有任何……感情。”她原本想用坚定、沉稳的语气，但真正说出来的时候却带着疑问。

汤姆眼神中的微笑消失了，他再次转向洗碗槽。

“当然。”他说，“没有感情。”

“我可以住在艾美家，或是睡沙发。”

她真的太多话了，睡沙发？她怎么会说出这么白痴的话？刚才正幻想的幸福人生瞬间消失，这段婚姻必须维持两年她才能取得工作许可，难道这期间她都要睡在客厅里，努力让自己隐形，看着汤姆的女友一个接一个川流而过吗？

莎拉，振作点，至少你可以留下。

终于能有个归宿，不能和汤姆在一起，只是小小的代价。

“你还是可以和别人交往。”她说，只是因为她非说不可。

汤姆根本懒得回答，看来他一直都这么想。

他们得睡在同一张床上。

虽然很白痴，但她再次提议睡沙发，他指出这个想法蠢透了，如果不睡同一张床，他要怎么知道她睡觉的状况？例如会不会打呼？移民局一定会问这个吧？莎拉反驳，但他只是淡淡地说，打呼这种事本人不会知道。

如果这只是汤姆想把她弄上床的花招，那么，她绝不会反对。

问题就在于，并不是如此。他急于澄清的态度令她沮丧，于是，他们现在在床上只能尽量拉开距离。

他们换衣服的时候没有开灯，但月光透过窗帘照进来，他躺下之前，她瞥见他的肌肤与裸胸，害得她的心更不平静。

她轻声叹息。

他的寝具很陌生，干净而有男人味。她听到他在身边呼吸，心中涌出强烈的欲望想伸手碰他，几乎无法抑制。为了阻止自己，她将双手交握放在胸口，躺在床上望着陌生的天花板。

他对她毫无兴趣，但她提醒自己那不是坏事，也不是新鲜事，有时候就是只能单恋。她不抱任何期待，真的。

在书中也是如此。汤姆认为她之所以喜欢书，是因为书中的世界比现实幸福，但即使在书中，主角一样会被甩，会分手，也会失去心爱的人。现实与书本都一样，人们终将挥别过去，展开新恋情。现实与人生在这方面毫无差别，都有幸福与不幸的爱情故事。

尽管如此，当她一动也不动地仰躺在床上，望着天花板，听着他轻柔规律的呼吸声，她觉得好寂寞，来到破轮镇之后，她第一次感到如此寂寞。

当然，在读书的时候，她比较容易相信结局一定会很美好。尽管情节会让人失望或纠结，但你内心深处一直很清楚，伊丽莎白绝对会得到她的达西先生，但在现实中，你很难能持有相同的信念。不过，她提醒自己，迟早会有一个特别的人出现，让你想象他就是达西先生。

前提是，你必须是女主角。

这记当头棒喝的顿悟让她差点儿坐了起来，在她身边的汤姆动了动，她强迫自己放松，但头脑依然转个不停。

救命啊老天，千万不要让我当配角。

就算尚未找到达西先生，她也能好好活下去。老实说，她不期盼能找到了。曾几何时，她一心只想当个小配角。登上主角位置是种奢求，当个小配角比较好，偶尔出场一下，只有和真正的女主角相遇时才会有所着墨，但也只是两个句子就带过。但现在……想到汤姆注定要和别人在一起，她内心涨满全然的恐慌。她的思绪自然飘向克莱尔，但她努力要摆脱这念头。

想象一下，她，莎拉，不是伊丽莎白·班奈特，而是卡洛琳·宾利。

或是赫斯特太太。[1]

1　卡洛琳·宾利及赫斯特太太皆为小说《傲慢与偏见》中男配角宾利先生的姐妹，性格高傲，看不起身份较低的人。

二〇一一年五月二十二日

莎拉·林奎斯特　收

亲爱的莎拉：

很高兴知道你一直在存钱，也很遗憾你的工作状况不太稳定，真的不用谈钱。（不过，这样你就可以在我们这里待久一点，对吧？）我以老朋友的身份邀请你来做客，既然我们的书本已经见过面了，你不觉得我们也该见面吗？我不能让你付钱，这次我说了算。

想想看，你特地来陪一个老太婆，都已经无聊得要死了，竟然还要给钱啊？我说真的，人生不是抢着付钱的比赛。

过过日子、读读书啊，想待多久都可以，完全免费，但是请快点来。

温暖的祝福！

艾美

艾美·哈瑞斯通过代表介入

莎拉想，或许这不是世界末日。人类一直在结婚啊，就连最平凡无奇的人也会结婚。

车窗外的玉米田飞掠而过，一些田地已经开始收获了，柔美的田园景色不时会出现一片光秃。

汤姆坐在旁边的驾驶座上，神清气爽、精神饱满，看了就讨厌，就连天气也跟她作对，温暖又晴朗。

假使要留下来，她就得想办法养活自己，她还有一些存款，但撑不了太久，而且她也不打算要让汤姆来养她。

书店的来客数逐渐增长，最近她几乎每天都有业绩，可是一天只卖三本平装书，要怎么过活呢？

假使要留下来，就得改善销售策略。

她暗自微笑，偷看汤姆，这个想法令她开心得有些昏头。不仅有时间，而且能够继续在书店工作。他察觉到她在看他，于是赏她一个微笑，然后又回头看路，差点儿就撞上另一辆车。

要不要帮书店建个网站呢？在瑞典的时候她就想过这件事。谈论书籍的博客，结合网络售书，多了些人情味，可以访问当地作家、介绍所有与艾奥瓦相关的书籍，或是来自艾奥瓦州的名人。就像古早年代那小型独立书店的网络版，不知道人们是否愿意走远一些，来看一家温馨的小书店。如果店里卖他们认识的人所写的书，应该会有顾客不远千里而来吧，千万不能小看热血业余爱好者的营销能力。设一个艾奥瓦州锡达郡的专区如何呢？也可以在网络上做艾奥瓦各郡的专区。

她悲观地想，你这是在骗自己，她心中有个部分坚持要闹脾气，很可能是整夜没睡又累又头疼的那部分。

就连汤姆的笑容也没能让她打起精神。

“第一次见面的时候，你为什么讨厌我？”她来不及制止，问题已脱口而出。

她立刻后悔了。她很想说，不要回答，就这样假装下去吧。

“讨厌你？”他说。

“你开车送我去广场那次啊。”太好了，他可能已经忘记了。

“我没有讨厌你。”他说。

“感觉像是。”

他扒一下头发。“我只是太累了，艾美前一个星期刚过世，那时候什么麻烦我都不想管。”

“是什么让你改变了想法？”

“对你吗？我不是说了，我没有讨厌你。”

“什么麻烦都不想管，而现在你惹上一堆了。”

他大笑。“你总是这么浪漫。”他似乎察觉她是认真的，因此便马上改口说，“他们很有说服力。”

“他们是谁？”

“阿珍和安迪带头，但最厉害的是乔治，很好笑吧？”

莎拉一愣。“乔治说服你娶我吗？”

“他确实很厉害。”他微笑，但莎拉笑不出来，“而且，那天感觉不像第一次见面。”

“什么？”

“我去接你那天，感觉不太像是第一次见面，因为艾美经常聊你的事。”

她终于露出笑容，但略显哀伤。

“你突然出现，像是从书里走出来，你甚至在口袋里藏了一本书。比起和我说话，你宁愿读书，不要假装没这回事。”

看来他确实记得。“你也不太友善啊，我是说那时候。”

他凝视她许久，她忍不住转开视线。“对不起。”他说。

她摇头。“没关系，你又累又伤心，而且根本不认识我。”

“我知道你让艾美很开心，或许我只是无法接受，她走了，你来了。她真的很想见你，结果见到你的人竟然是我，那时候我觉得有点遗憾，她说你是她的‘瑞典好朋友’。”

莎拉吞咽一下，不知道该说什么，最后她只是呆呆坐着，直到汤姆探过身来帮她开车门。

“快去卖书吧。”他说。她成功挤出笑容。

他被说服要和她结婚，这件事真的有那么严重吗？她想留下，而他也愿意提供方法。假如他彻底反对这个主意，就算乔治能舌灿莲花，他也会拒绝的吧？

格蕾丝靠在门边，莎拉经过时她点点头。“来杯咖啡吧？”她大喊。莎拉很高兴，至少她可以停止胡思乱想。

格蕾丝倒了两杯咖啡，一人一杯，然后靠在柜台上。“我实在不懂，你为何想要留下来。”

莎拉想，为什么不？格蕾丝本人显然也不打算离开，既然她能在这里找到归宿，为什么莎拉不行？只因为上天错误的安排，让她生在瑞典的汉宁格市吗？

“我有没有跟你说过啊？有一次镇民联署要赶走我外婆，他们说神奇格蕾丝是‘伪装的恶魔’。”她一脸期待地看着莎拉，但她只是把玩着咖啡杯，“和猫王那首歌一模一样！很扯吧，破轮镇竟然有猫王迷，想到这个口号的人一定偷偷开心死了，而那些教会的女人连这首歌都不知道，那可是猫王充满叛逆帅劲的年代呢。”

“是哦，但你也没有离开啊。”

“他们还是有可能赶我走啊。”格蕾丝的语气很夸张，然后稍微冷静下来说，“竟然要我卖手工蛋糕！”

莎拉说：“别这样，这个镇都接纳你和你外婆了，好像也没什么大问题了。”

“你怎么能说这么恐怖的话！”

“他们喜欢你。”莎拉说，“他们想要你在镇上，虽然你总是假装不属于这里，但其实你也喜欢他们，就连你外婆也选择留下，我敢说她也很喜欢这个镇。”

格蕾丝的表情仿佛莎拉揍了她一拳，她急忙接着说：“喜欢？不只是我外婆，我们格蕾丝家族代代都被驱逐，我们卖酒！我们打架！基本上——”

“——是家族传统。”莎拉帮她说完了，不过为了公正起见，她接着说，“或许不是你个人的问题，时代不一样了，这年头要当个边缘人还不太容易呢。”

“可不是嘛。”格蕾丝酸溜溜地说，“大家什么都看惯了，喝酒、放荡，以及暴力……都是好莱坞的错。”

“这确实是部分原因，加上现在你改卖汉堡了。”

乔许第二次上门时，卡洛琳终于让他进门了。“那天晚上”（她现在想到还是会发抖）他也来过，但她没有办法强迫自己跟他说话。

“我知道，我做了不该做的事情。”他懊丧地伸了一只手抓着头发。

“对。”她点头。她其实也没有生他的气，她挤不出生气的力气。

“我说你没有爱上我。”

“但你说出我们上床的事。”

“我知道。”他忘记要用懊悔的语气，“但他们一直激我啊。”他愤懑地说，“说不定这样反而比较好？”他试着缓解她的情绪，“坚强大姐姐带着年轻小弟弟……”他打住了，她的眼神让他明白不该说下去，“看来不太好。”

“确实不好。”卡洛琳同意。她整整一天没有出门了，她认真考虑再也不要踏出家门。她看出他似乎还是不明白事情的严重性，因此决定至少该解释一下。她想着，如果他可以保密就好了，那样他们的关系还可以延续久一些，尽管迟早还是会被发现。

她开始说明。“单身的老女人……”

他一脸专注的样子，好像很在乎她的想法，但很快他就不会在乎了。

“单身的老女人，一定会遭到人们耻笑，就算没做错什么事也一样。大家都会取笑的，他们就是那样。通常我不放在心上，因为那是我自己的选择，你明白吗？”

他显然不明白。

“大家或许不太喜欢我，但我能把事情做好。他们取笑我，我唠叨他们，可以说是我自己选择让他们取笑。本来一切都很平顺的，但现在……那份平衡被打乱了，他们会因为其他事情取笑我，你明白吗？从今以后，我不会只是卡洛琳了。”

“那是会变成什么人？”

她不确定该如何解释。“我们之前的关系……从此将成为我这个人的一部分，那个对小男人投怀送抱的卡洛琳，或者是那个卡洛琳，你知不知道她谈过姐弟恋？至于你，应该不会有影响，依然还是乔许，而且他们说得没错，他们再怎么笑，我都不能反驳。以前他们取笑我死脑筋、爱唠叨，我可以为自己辩解，而且我依然只是卡洛琳。”

“为什么我们要偷偷摸摸的？莎拉和汤姆的关系很公开，在全镇人的眼前结婚，还被集体求婚。”

“首先，莎拉和汤姆并没有在一起，而且他们年龄相仿。”她轻声说下去，“再者，世界并不公平。”她努力讲道理说服他，“虽然说要你保密并不公平，但我也不会冲去你家找你父母，告诉他们你交过很多男朋友，对吧？”

“拜托，我连一个男朋友都没交过。”

她也懒得回答了。他们依然站在门口，她不打算让他进去，但如此一来，他们之间的距离变得很近。

“对不起。”他的语气粗鲁愤慨，依然没有半分歉意，“我要怎么做才能弥补呢？”

她真希望世界没有这么恶劣，这样便不必由她来告诉他世界的真面目。她一边肩膀靠在墙壁上，手缓缓摸着墙。“你再怎么做也弥补不了。”她说，“过一阵子，他们就会发现我们没有在一起，或许到时候我又会变成‘那个可怜又寂寞的卡洛琳，竟然以为那年轻人会想和她在一起’，或是‘那个卡洛琳，你知道她谈姐弟恋被甩了吗？’说不定最后他们会放我一马。”

“等他们发现我们没有在一起？”

“我不打算再和你见面。”她尽可能以最温和的语气说，虽然她知道他很快就会抛在脑后了。

乔许脸色发白，变成令人担忧的惨白，眼眸中有一种近乎狂暴的神情。她后退一步，并非担心他会伤害她，而是担心他会再次触碰她，她会欲罢不能。

他终于开口时，语气冰冷，几乎毫无感情，只有未经掩饰的愤怒。“卡洛琳，如果你想离开，我就走吧，但不要假装是因为人言可畏。或许现在你变成‘刚刚被甩的卡洛琳’，但你从来不单纯只是卡洛琳。在我出现之前，你一直是‘可怜又寂寞的卡洛琳’或者‘那个卡洛琳，根本是会走路的教会狗屁’。”

她注视着他。“再见，乔许。”她的语气不再温和了，她由他身边挤过去，用力打开门。她的头往外面一撇，他后退出去。

“卡洛琳，我不是那个意思……”

但她已经关上门了。

莎拉收拾扶手单椅旁茶几上的那堆书，准备换新的，眼睛刚好瞄到

《伊拉龙》[1]，她暗自微笑，突然有了灵感。这本书很适合喜欢龙的少女，她放在柜台下面，准备下次苏菲来的时候交给她。

“我和艾美是好朋友，我猜你应该已经知道了吧？”

莎拉抬起头，看见约翰正站在门口。他背对着太阳，所以很难看清他的表情，但他说话的速度很慢，姿势垂头丧气的，在艾美过世之后他迅速衰老。

她点头。

“你没有机会见到她，她真是个了不起的女人。”

“我知道。”她想起汤姆在车上说的话，于是问，“你觉得她会喜欢我吗？”她不敢看他。

“她喜欢你。”

“那……书店呢？”

他脸上闪过一丝笑容。“书店也是。”他严肃地看着她，“但她不会希望你嫁给不爱的人。”

莎拉不由自主地将书紧抱在胸前，她说：“当然。”约翰大概不知道他的告诫多没有必要，她爱上汤姆和这个小镇很长一段时间了。她鼓起勇气说：“我知道她有多重视你，远远超过她的丈夫，你就是她的罗伯特·金凯[2]，站在滂沱大雨中等她。”

他继续说下去，仿佛没听见她说的话。“她也不会希望汤姆娶不爱的人。”

她很想知道，他是不是以为她设计汤姆结婚，是不是以为她利用他。

因为愤慨，她终于能够直视他的双眼，终于能够说出：“艾美自己就是嫁给不爱的人。”她忍不住接着说，“为什么你们两个不干脆结婚？

1 《伊拉龙》（*Eragon*），美国作家克里斯托弗·鲍里尼的四部曲系列之一，为少年与龙的冒险故事，曾被改编为电影。

2 《廊桥遗梦》的男主人公。男女主人公再度相遇在雨景中，彼此深情相望却只能选择错过。

艾美怎么会那么……软弱？为什么不敢反抗那些偏见呢？”

她无法理解。艾美照顾安迪，收到印着半裸男子的明信片也很开心，她无法理解。

“她很清楚没有爱情的婚姻是什么滋味。”约翰回答，他算是承认了，虽然非常勉强，莎拉感觉到了一些慰藉。她很想说：那又怎样？艾美还不是嫁了？不过仔细想想，这么说似乎不太对。艾美经历过那种痛苦，莎拉相信她一定很后悔，绝不会希望侄子重蹈覆辙。

“她不会希望汤姆娶不爱的人。”约翰重复说着。

她叹息。确实如此，在婚姻里，只有单方面的爱并不足够。

当他要离开时，停下脚步转过身。她看着柜台不敢抬头，双眼注视面前的那堆书。

“我们没有结婚不是因为艾美太软弱。”他说，“软弱的人是我。”

乔治落入黑暗深渊

即兴的试装派对结束后，乔治回到家，迎接他的却是个人专属地狱，化身为开着大型蓝色轿车的约翰塔可连锁店店长，罗纳。

休旅车停在乔治的停车位上，旁边放着两个打包好的印花行李袋，准备放上车。

他的第一个念头是“没想到他还真的来找她了”，他为她感到高兴。后来他才意识到这实在蠢透了，他真是个超级大傻瓜，像上次一样。

约翰塔可的店长从乔治的公寓走出来，一副那是他家的样子，不过，其实他没有那么可恶，他笑容满面，和乔治打招呼的态度简直过于轻松自在。

“我是罗纳·路克曼，蜜雪儿应该提过我吧？”

“对。”乔治说。

“真受不了那个女人，对吧？”

乔治再次说“对”，因为他不知道该说什么。

蜜雪儿接着走出来，穿着紧身牛仔裤，头发弄得漂漂亮亮，一脸刚化好的妆容。以破轮镇的标准而言，她的眼影太浓了，但自从回来之后，她难得如此容光焕发。她站在罗纳身边，感觉有点傻，但是很开心。

最后苏菲也出来了，她穿着外套，手套拿在手里没戴上。

“你……你们要走了？”乔治说。蜜雪儿的表情瞬间由开心变成恼怒。

“醒醒吧，乔治。”她说。

“可是……”

他想不出该说什么。蜜雪儿由他身边飘然而过，留下甜腻的香水味。罗纳伸出一只手，乔治心不在焉地握了握。

“苏菲。”他凝望罗纳身后。

她走到他身边时停下脚步。“没想到他还真的来找她了。”她说出乔治脑中的想法，她满脸笑容，好像很高兴她猜错了一样。

乔治吞咽了一下，说：“那么，你……”他清清嗓子，“你真的要走了？”

“好像是。”

“苏菲！”蜜雪儿大喊。

乔治转身，看到蜜雪儿与罗纳站在车子旁，行李已经放上车了……他拼命想找话说，什么都好，但还是想不出来。

苏菲轻轻抱他一下，他呆住，转眼间他们就走了。她走了，再一次。

他进到屋内，淡黄色的公寓依旧如昔，仿佛她们从不曾回来，只有厨房餐桌上留下两张字条。

“乔治，我们走了。”其中一张写着。

“谢谢你收留我们。”另一张写着。

他拿着字条站在冰箱旁时，突然察觉两件事：她没有留下地址，还有他再次落入黑暗深渊了。

这一次，失去她更加痛苦了。

第一次没那么惨，或许是因为不确定的因素太多了。他慢慢想起当时的状况：摩擦、争吵、打包行李、出发离去。当时他不准自己相信她们永远不会回来。即使大家用怜悯的眼神看他已经很久了，他依然相信苏菲会回来。

当他终于不得不承认她不会回来，那时他已经酗酒一段时间了，酒精很有帮助。他终于放弃一切希望的时候，酒精淹没了最难耐的悲伤。

他忘记了那时心有多痛，即使如此，印象中也没有这么痛。

他非常清楚，身为父亲不该两度失去女儿，毫无疑问地，这个想法带给他一种扭曲的慰藉。第一次失去她时，他努力振作，但这次他不打算努力了。

很奇怪，他没有立刻想到酒。

前一天，大家才开开心心去选礼服，回到家，苏菲就走了。第二天他坐在厨房餐桌旁，连呼吸这种简单不需思考的动作都变得困难，他看到黑暗深渊再次敞开，却完全不想阻止自己跌落。

终于，他的视线从餐桌移动到克莱尔的那瓶酒。

他考虑是不是该喝光。

尽管他曾经向苏菲保证再也不喝酒，但这个念头完全没有让他良心不安。反正那又不是真正的苏菲，只是他脑中的一个声音，甚至连声音也不算，因为她从不曾回应，而且现在他甚至不能再和她说话了。真正的苏菲离开时，把他脑中的那个苏菲也一起带走了。

他没有力气站起来拿酒，光是坐着就够辛苦了。他摇摇晃晃上床躺着，衣服没脱，甚至没拿书。

晚一点如果有力气再喝好了。

第三天，他整天没下床。

他没有放弃，因为要放弃必须先努力过，总要有个东西才可以谈得上放弃。上次他努力过，从一开始的否认、自我欺骗，经过漫长的酗酒时光，最后才一个接一个放弃幻想。这次根本没有什么可放弃的，他只是认命接受失去她了。

没有否认，也没有愤怒。第一次的时候他很愤怒，但再生气也无法改变什么。

当然，如果从不同的角度来看，或许可以说现在他还是放弃了，他放弃假装没有她也能正常生活。或许其实他放弃的是人生，但他认为自己原本就没有选择的余地，现在比较像是人生放弃了他。

不然，为何要将苏菲送回他身边，却又再次夺走她呢？一时间，他几乎要冒出这样的想法：假使她没有回来就好了。但他连忙挥开，能够和真正的苏菲相处一个星期，就算失去脑中的苏菲也值得，就算更短的时间也足够。一天、一小时、一分钟，甚至只是惊鸿一瞥。

当然啦，倘若人生只给他惊鸿一瞥的机会，他应该不会认出那是苏菲，这个念头让他冷汗直流，小小粒的汗珠凝聚在前额。见到她却认不出来，那该有多可怕。

看来他并没有放弃，只是什么都不在乎，所以什么都不想做。

天花板需要粉刷，白油漆出现了很大的裂痕，而且因为脏污与岁月而变成黄黄的棕色。

他的视线沿着裂痕移动，带给他一种莫名的慰藉，裂痕让他有实在确切的东西可以攀附、思考。

粉刷、重新粉刷、打扫，然后遮盖家具。

他转头，窗帘拉着，他上床前应该先打开，这样才有比较多的东西可看、可思考。

要换窗帘、缝制新窗帘，当然，他不会裁缝，而且他完全不想下床。

有人敲门，但他没力气起床应门，开门只是第一步，他还得说话、聆听，以及交谈。

都是难以想象的苦差事。

他猜应该是克莱尔，没关系。克莱尔会理解的，她也有自己的“苏菲”。没想到，他的良心突然刺痛，搞不好是莎拉，她不会理解，而且她可能需要去什么地方。

破轮镇沉溺忧伤

三点半，莎拉完全放弃希望，今天不会有生意了。打烊离开之前，她的视线落在写着少女地址的便条纸上，突然想到不知道苏菲是否还住在乔治家。她写了一张温馨小字条，决定假使她已经回去了，就把书寄过去。假使苏菲喜欢这本书，她之后再寄两本续作，不过呢，她郁闷地想，说不定根本没机会，到时候她已经不在破轮镇了。

她没有等乔治或汤姆来接她，而是自己走路回去，至于要去艾美家或汤姆家，就看她的脚往哪里走吧，说不定半路上会有其他想法。她感到忧愁烦闷，她只有一个想法：她不能留下来。艾美说话了，距离婚礼只剩一天。

乔许再次被卡洛琳拒之门外，离开途中经过格蕾丝的店。

“老天，我需要喝杯酒。”他在吧台旁坐下。

格蕾丝开玩笑说：“哈哈，你被卡洛琳甩了吗？”

乔许没有笑，格蕾丝觉得她最近的玩笑常正中红心，而他的表情令她心中一惊。

“快告诉我没这回事。”她说。

“已经没有了。”

“卡洛琳勾搭小男孩！”格蕾丝自言自语，“我不是故意的。”她急忙道歉，“好啦，是勾搭年轻人。”她冷冷一笑。为了安慰他，她说：“别担心，没有人会相信是她主动提分手的，就算有人相信，一定也认为反正你迟早会甩了她。”她乐呵呵地接着说，“你知道吗？这个消息值得我高兴一整天了，卡洛琳那个老爱摆端庄架子的臭婆娘。”

“强悍。”乔许说着，格蕾丝用质疑的眼神问他什么意思，“不是端庄，是强悍。”

“没错。”格蕾丝相当公道，“她很强悍、很讨人厌，谁想得到？这下她休想对大家颐指气使了。”

乔许并没有因此而打起精神。

“如果你们维持久一点就好了，这样她才有足够的时间为爱昏头。”

“卡洛琳绝不可能为爱昏头的。”

“哦，是吗？大姐姐爱上小鲜肉，最后总是会为爱昏头的，这是自然定律，老男人爱上年轻妹妹也一样。”

他双手撑着头，发出闷闷的怪声，有点像痛苦哀鸣。“我需要喝酒。”他重复说。

“这我倒是能帮忙。”

他离开餐馆，心情比进去时更糟，但至少手里有一整瓶私酿蒸馏酒。当她送他出门，他夸张地耸肩，往希望镇的方向出发。他一手拿起酒瓶，迈开脚步之前先灌一大口，连站在柜台里的格蕾丝都能看见他整张脸揪成一团。有些人就是不懂欣赏好酒，真是浪费。格蕾丝心中有点不自在，她能够想象莎拉的表情，一脸温和微笑，友善中略带责备。

“去你的，莎拉。”她对着空气自言自语，“她活该啊。如果我是她，她也会那么说的，只是开个玩笑嘛。”

到底什么时候开始，她有了良心这玩意儿？她根本不是这个镇的一分子啊。

乔治勉强地走到厨房的餐桌旁，只因他的身体一直在吵闹，害他不能好好躺着。

他盯着那瓶红酒。他可以喝酒，也可以出去走走，不然，只是坐在这里也行。

假使他喝了这瓶酒，就得出去买更多酒，这件事他很清楚，半瓶红酒绝对不够。格蕾丝不会卖酒给他，而安迪也一样。在以前的那段美好时光这些都不是问题，他自有门路，有人能帮他弄到酒。当然，他也可以问克莱尔，但她家应该也没什么酒。

他可以走路去希望镇，他可以永远地一直走下去。

去希望镇的路上，乔治遇到乔许，一看到乔治，乔许就立刻挥动手中的酒瓶。乔许似乎已经开喝了，但还没醉。“一起喝吧。”

“好。”乔治终于有气无力地说。

乔许耸肩，将酒瓶递给他。“女人啊。”他说。

他们继续往前走，两人都不在乎会走到哪里，乔许又喝了一大口，将酒瓶交回给乔治，他猛灌酒，好像完全不觉得辛辣。

“我又回到黑暗深渊了。”乔治说。

“我应该只爱男人才对。”乔许说，“不过老实说，我爱男人的时候也没什么好下场。”

乔治举起酒瓶。“敬苏菲。”他喝一口，将酒瓶递回去。

“敬卡洛琳。”乔许再次举起酒瓶。他的眼神很叛逆，但乔治根本没听见他说话。

“我想要卡洛琳。”乔许解释。

“这次她不会回来了。”乔治说。

汤姆到书店来接莎拉，但她已经离开了。他正要回车上时，约翰在五金行里对他招手。

他说：“我和莎拉谈过婚礼的事了，我不能任由他们牺牲你。”

“是我自己答应的。”他说。

“艾美不会希望你这么做。”

“莎拉怎么说？”

“她当然同意。”约翰点头，“她大概也明白，她不该留在这里，这里没有值得她留下的事物。”

汤姆快步回到车上，莎拉竟然说出他一直以来在思考的想法，这令他十分烦躁。为什么她不能下定决心？前一刻她还一脸难过，说她想要留下（而他忍不住想安慰她），像一只该死的小狗，睁着无辜的大眼睛。下一刻，她又说没有什么值得她留下的了。

她也不在他家，显然同居的闹剧已经结束了。他由客厅走向厨房，看到莎拉的书，他几乎笑出来了。

他拿着酒杯和一瓶威士忌到门廊上，这里有种自然的沉静，鸟儿与昆虫歌唱，因为太过熟悉，所以通常只是溜过他的意识，他不会真正听见。他现在之所以注意到，是因为虫鸣、鸟叫制造出少许一个家的氛围。

屋子的南方有点点的灯光，那是破轮镇。入夜之后，由这里看不见小镇本身，只有灯光，而破轮镇早已今非昔比。他看见克莱尔住的公寓建筑亮起零星灯光，两处之间是一片浓黑的玉米田。

屋舍灯光提醒他小镇依然存在，黑暗拉开距离，告诉他在那里发生的事情都不急。

他竟然以为她真的想嫁给他，真是太疯狂了。尤其现在好像整个小镇深爱着她，她出现的时候，大家的脸都亮起来，有时候他会忍不住觉得她很像艾美。

这个镇似乎需要一个核心，让所有人能够团结，莎拉填补了艾美留下的空缺，像是艾美的店面、她的书，还有几乎不分对象的慈祥和蔼。

他想着莎拉、书店，还有市集，主街仿佛重新活了过来，突然间好像总是阳光普照，短短几周内，这个镇由黑白变成彩色。

破轮镇，全新彩色新版本！即将在各地区戏院上映。当然，破轮镇的戏院早已倒闭。等莎拉回去瑞典，书店也会关门，凝聚的人们将重新变成一盘散沙，主街将恢复原本……安静的面貌。

他有种强烈的预感，镇民将会受不了这样的对比。说来奇怪，但他很爱这个镇，这次的打击恐怕将会葬送破轮镇。在莎拉与她的书店之后，他们将很难满足于宁静而平稳的生活。

不过，这有区别吗？他不需要书本、市集，或是广场酒吧的舞会，也不需要会说话的大眼睛……他的心非常不乖，一直回味在沙发上的那一刻，他吻她之前，那双恼人眼眸中的神情，以及与她的身体紧密相贴的感受，温暖诱人。

汤姆，你是一个大白痴。

卡洛琳坐在厨房，面前放着一杯冷掉的茶，忧郁的症状很明显，但她努力要忽视。卡洛琳不会忧郁的，她总是精神奕奕，她绝不会悲观、被动，也不会呆呆地望着前方发愣。

或许暴怒会比较好，像是搞破坏、尖叫、摔东西之类的。她喝了一口冷茶，没力气再去重泡一杯了。

夜已深，时间应该将近一点，甚至可能是两点。几个小时前，她一动也不动地站在门口，就像现在一样，被动而沉默，完全无力做任何事情。

他疯狂地大力敲门，在她家外面等了将近一个小时，或许这是他报复的方式，这下邻居真的有说不完的八卦了，也可能是因为他真的很想见她。

“拜托，卡洛琳。”他对着她的门说，“你真的只会来这招吗？‘让年轻人心碎的大美女卡洛琳’这样？”

但是，她只是站在门口一动也不动，甚至没有碰门板，即使她知道他的手一定贴在另一边的门上。

这不是什么了不起的大发现，对着门说话的人最终一定会按住门板。假使她走到门前，相信一定会把手贴在相同的位置，基本上就是这样。

在现实中，她不打算触摸他。与其隔着一扇关闭的门几乎和他接触，不如干脆打开门，不如干脆真正触摸他。

或是吻他。

然而，当他呼唤她的名字，她忍不住上前一步。有些事情再怎样也没用，他不会思念她，她无法说服自己相信那样最好。

真的很蠢，她竟然会如此……难过。

破轮镇闹头疼

婚礼当天，威廉在清晨的掩护下公然违背卡洛琳，再次不顾牧师的尊严亲自整理花园。

他打算在花园里东摸摸，西弄弄，完全不去想牧师的职责。十月中的花园没什么好整理的，但还是有灌木、有泥土，真正热诚的人还是能找到事情做。

面对上帝的伟大造物，他以崇敬的表情动手开工。空气中有清凉泥土的气味、树叶即将腐烂的气味，以及晨雾缓缓散去残留的余味。他能够闻到那湿润的气息，但可能只是草坪上露水的气味。

今天晴朗灿烂。

而且要举办婚礼！这些年破轮镇很少有人结婚，甚至比出席礼拜的人更少，他希望这样的对比能反过来。对于小镇而言，婚礼比一般礼拜更重要。在婚礼上，人们觉得比较容易亲近上帝，比较能体会上帝真正的意义。

他在脑中默默练习布道演说，突然看到灌木丛下有一只长长的脚。

一时间，他很担心该不会婚礼刚办完就紧接着要办葬礼，但他听到微微的痛苦哀鸣，那只脚轻轻抽了抽。

他弯下腰，有些犹豫地对灌木丛说："打扰一下。"

这种状况该怎么做呢?

"孩子，你还好吗？"他尽可能镇定，表现出慈父的关怀，但说出口的效果却很蠢。下次对灌木丛说话，他一定会改称"我的朋友"。

那只脚抽动的频率增加，最后终于往后收回灌木丛中，接着爬出一个高瘦的男人，显然非常狼狈。

“早安，神父。”乔许说。

威廉的脸一垮，考虑是否应该纠正他，说明他并不是天主教神父。然而，站在眼前的这位年轻人模样实在太惨，于是他决定神学研究并不急于一时。看得出来他非常虚弱，很可能……放纵了一整夜。他的眼神有种自暴自弃，可能是喝太多酒的下场，这种恶习的报应来得很快，但感觉似乎有更深的根源。

威廉暗自点头。“要咖啡吗？”他说完径自走向教堂旁的小住宅，不等年轻人回答，他听见乔许跟过来的脚步声。

等水煮开的空当儿，他说：“这个季节不太适合在外头睡觉。”他由橱柜拿出咖啡和糖，乔许婉拒了奶精，这样刚好，因为他其实也没有。

“抱歉，打扰了。”乔许说。

“怎么会？我只是在花园里摸摸弄弄，顺便练习今天的布道词。”他开心地微笑，“破轮镇要办婚礼呢！”

“你很期待？”

“当然喽，婚礼是很美好的场合。”

“我还以为……这次的情况比较特别？他们结婚的背景……”

威廉只是一脸呆滞看着他，然后说：“我能帮你什么吗？”

“我并不是特地来这里寻求帮助的。”乔许说。

威廉说：“当然，你醉成这样，是因为感情上……遭遇挫折吗？”那天晚上在希金斯夫人店里发生的事情，他当然听说了。没有人当真，但他已经好几天没看到卡洛琳了。

乔许没有回答。

威廉说：“轻易放弃绝不是好主意，以这次的状况而言，未免有些太仓促了，希望你别介意。”

乔许苦笑。“以现在的情况而言，我早就该放弃了。”威廉看着他，表情如此忧伤，乔许做个怪表情，说，“抱歉。”

“你有没有……和她谈过呢？”

“应该没有我说话的余地吧？”

“也是，”他说，“卡洛琳十分……令人敬畏。”

听到卡洛琳的名字，乔许似乎并不惊讶。“但她有点太在乎别人的想法。”

威廉喝一口咖啡，思考该如何回答，他握着咖啡杯随手转动。“对。”他欲言又止，转而说，“但世人对一直没结婚的女人相当残酷，即使现在也是一样，你知道的。”

乔许再次做出那个怪表情，充满歉意，又略带自责，整张脸都揪在一起。“别担心，我不会因此批判她。有时候，我觉得她说的话其实很有道理。”

之后乔许再也没开口，喝完咖啡之后，他就彬彬有礼地向牧师道谢离开，但威廉似乎由他的步伐看出崭新的决心。

威廉完全忘记了要整理花园，被人需要的感觉让他心中冒出新生的欢喜。

或许，这就是他出生在这世上的意义，照顾那些步调落后的人。

乔治醒来时，他身在破轮镇外的田地旁，有个人一直踢他的脚，他嗅到酒臭与潮湿草地的气味，发现克莱尔站在他脚边，他一点也高兴不起来，不该让她看到自己这副德行的，他想着。他原本就要倒回草地上，但克莱尔弯腰看着他说：“给我振作点，乔治。”

他愣住了。

“快起来，莎拉今天要结婚了，这时候你不能崩溃。”她坚决地说。

他好不容易拖着身体坐起来。她的模样宛如复仇天使，但当然是好的那一面，穿着扎实的靴子、铺棉厚外套，火红发丝，仿佛什么也无法将她打倒，很难想象这样的人，竟然会因为他帮她洗碗而在他家厨房哭泣。

但现在他没办法帮她了，她和莎拉得自己想办法，或许她需要个理由。“苏菲离开我了。”他说。

“那又怎样？”这句话让他震惊到差点儿跳起来，她抓住他的手肘扶他起来，“莎拉今天要结婚了。”她重复。

他摇摇头想醒脑，摇了几下毫无作用，只让他察觉头很痛。“苏菲。”他再次说。

“对啦，对啦，你那个贱货前妻又跑了。”

他努力想让她明白重点。“带走了苏菲。”

“她当然会带走苏菲，而你喝酒了。”

她扶他到她的车上，他瘫倒在前座，不太清楚自己在做什么。他的衣服又湿又冷，但这种感觉很棒，有个实际的问题让他能专心，如果能感染严重肺炎就太好了，那样他就可以不必下床。

克莱尔看着他，眼神中隐约带着同情，整个早上她第一次流露一丝温情，但她的语气依然强硬坚决。他倚靠她的声音，犹如即将溺毙的人抓住救生圈，仿佛她的声音能支撑他，让他能熬到回家再倒下。

她说：“我知道很难，但我们会帮你找到她，现在不是为这件事消沉的时候。”

他一怔。“找到她吗？”

不可以相信她说的话，他必须接受命运，只有这样才能度过。

“老天，现在已经是二十一世纪了，我们知道她的长相，不可能找不到她。她们八成还住在艾奥瓦，这个州没多大，她很可能也有脸书。”他不知道脸书是什么，但她似乎看出他不相信，因为她接着说，“无论有没有，总之，我们会找到她的。我们去找莎拉商量，她一定能想出办法，搞不好有教怎么找人的书呢，《傻瓜也能当侦探》之类的。”

说不定莎拉真能想出办法，她似乎无所不能。

“不然，我们也可以雇用真正的私家侦探，爱喝威士忌，拼命抽烟的那种。”

他露出无力的笑容。

“乔治，她已经是半个大人了，现在的状况不一样，说不定她会自己回来找你。”

他摇头。

“总之，你想喝酒应该来找我。”

“我觉得你应该没有那么多酒，不够我喝。”

她开车送他回家，跟着他进门，等到他进浴室洗澡准备参加婚礼的时候才离开。“一个小时后我再来找你。”她隔着浴室门说，语气半是威胁，半是承诺。

他微笑着脱衣服，现在她看不到他，他的动作更加虚弱。

早知道就把力气省下来做有意义的事情。

乔许不再伤心了。

够了，离开牧师家的路上他对自己说：“没错，和她做爱很美妙，但世界上还有很多性伴侣可找，去狄蒙市或丹佛市，请安迪和卡尔帮忙，挥别过去。”

他并不认为她会开门，但是她甚至不肯当面道别，依然令他心中刺痛。

他一手按着门说：“别担心。”尽管门板似乎全然无动于衷，而且没有半点焦虑，“我不是来纠缠你的，婚礼之后我就要去丹佛了，我只想说再见。”

他等了一阵子，门板没有回答。

“再见了，卡洛琳。”

二〇一一年七月十七日

莎拉·林奎斯特　收

亲爱的莎拉：

我明白，你只能带二十千克的行李上飞机，所以不可能以书支付住宿费，但我不需要更多书，也不需要更多钱。假使你非得付钱不可，那么我顶多只愿意收三百美元，这是我的上限，而且条件是我们要一起用这笔钱去做些好玩的事。就算没什么好玩的，至少也可以在安迪和卡尔的店里吃几顿晚餐。

回信告诉我你抵达的时间，我们会去接你。

祝安好！

艾美

有任何原因反对他们结为夫妻……

莎拉穿着希金斯夫人店里那件朴素的礼服，布料很普通，剪裁也很简单，长度几乎不到她的膝盖，让人觉得有点悲哀。这显然不是一件幸福的新娘礼服，不过，好处是至少没有荷叶边和蕾丝。

乔治送她到教堂，她在后面的小房间换衣服。距离典礼开始还有半个小时，破轮镇镇民已经陆陆续续抵达。她悄悄打开门，但并不是为了去见他们，反而从后门偷溜出去。

她穿着结婚礼服，拿着有些寒酸的粉红玫瑰捧花，偷偷摸摸走在破轮镇的主街上，感觉真够荒诞的。其实她不必担心，因为路上没有半个人影。整条街上连一个人也没有，五金行一片漆黑，神奇格蕾丝锁上门，连她自己的店也空空荡荡，虽然说塞满书的小店很难觉得空。

她开锁溜进去，依然小心观察四周。她不希望被人看到跑来店里，这件事她必须独自进行。

她也不清楚为何一定要在这个时刻做，或许单纯只是想散散心吧。她会告诉大家她不要嫁给汤姆，她几乎成功说服自己相信，但她的头脑很不听话，说什么都不肯专注思考该怎么做。

她没有费事开灯，她察看书架与柜台上的书本，一个个书名，这些书目前依然是她的，至少还有一阵子。她站着，泪水一再企图模糊她的视线，她眨眨眼逼退。

她闭上双眼，仿佛想将这里的一切镌刻在记忆中：干燥的空气、书香、老旧扶手单椅，阳光由橱窗洒落，在她的眼睑后方舞动。

她睁开眼睛，现在没时间伤感，还有很多事情要做。

她将捧花放在柜台上，拿出马克笔与最后几张卡纸。卡纸有点旧了，但她还是找到两张没有折角的。她先放在一边，动手搬动书本。

她写下新的分类标志：艾美与莎拉的书。当然并非全都是她们的书，而是对她们最有意义的那些。当然要由奥尔科特打头阵，她们的友谊将得以长存。

至少可以维持到书店关门，所有书本重新搬回艾美家。

至少他们会怀念她，就像他们怀念艾美那样，虽然很少提起，但从未忘记。一种隐约的存在，另一段留在红砖与柏油中的命运，依然在废弃的建筑中流连不去。

或许会发生奇迹，让她能够留下。说不定汤姆会再次说服她，也可能阿珍会强迫她结婚，搞不好……她拼命阻止自己胡思乱想。她很清楚该做什么，一定会坚强起来贯彻到底。

还有最后一个分类。她再次搬动书本，高高的一堆书，必须抱在胸口用下巴压住。她用最好的那张纸写下分类，然后由小储藏室搬来一把摇摇晃晃的椅子，小心翼翼站上去，将标志挂在她所能碰到的最高处，从橱窗与门口处一眼就能看到的地方。

莎拉对这个新分类恋恋不舍，仿佛这个崭新的标签是让她继续走下去的唯一能量。把最棒的书全部集中在一起，这是整间店里最大的分类，让书本比人生美好的所有优点都在这里。

“你所需要的幸福结局都在这里。”

她回到教堂，破轮镇全体镇民已经集结完毕。约翰坐在后排，一脸严肃。莎拉强迫自己想着艾美，她必须说不，否则将会让汤姆付出惨痛代价。

经过约翰身边时，她弯下腰在他的肩膀边轻声说：“别担心，我不会嫁给他。”

或许，这句话不只是说给约翰听，也说给她自己听，但他似乎并没有因此感到高兴，她没有白费力气微笑，只是缓缓往祭坛走去。

汤姆终于来了，模样像莎拉一样严肃，脸色也一样苍白。他直接走向她，没有停下来和任何人打招呼。他抵达前方，轻轻捏一下她的手，力道有如羽毛轻抚。

她很想知道，如果不是因为她突然太贪心，如果不是因为产生了归属感，现在是否会比较幸福，就像书里的人通常会有的感觉。

真希望不曾与你相遇。

真希望不曾将视线投向你。

如果没有来这里就好了。

但她没有那种感觉，即使到了此时此刻依然没有。

牧师站在他们前面开始说话，但莎拉几乎一个字也没听见，她会更幸福吗？还是说，曾经想要得到归属的滋味，就能让她以后感到幸福呢？等她回到瑞典，不再因为失去这一切而痛苦，到时就能感受到这种幸福吗？说不定这次的经历会唤醒她的理想抱负，让她见识人生不同的道路，她可以重新来过，再找一个小镇，或许换个国家，她知道有些国家允许移民人士居留并工作。但问题在于，她并不想去那些国家。

她应该打断威廉的演说，但这是他的布道时间，而且他进行得非常顺利，他好像很开心，但她办不到。他甚至没有察觉卡洛琳偷偷溜进来坐在最后一排，也没有发现乔许看到她时整个人无法动弹。威廉信心满满，就连格蕾丝进来时他似乎也没看到。她东倒西歪弄出很大的声响，而且腋下还夹着一把猎枪，大概是准备等一下来个华丽的鸣枪庆祝。莎拉将注意力转回牧师身上，他似乎要准备收尾了。

他安静下来，一脸期待地看着大家，一瞬间，破轮镇清醒过来用力鼓掌。威廉微笑，转向汤姆与莎拉。

她真的应该现在就说，但她不确定是否能发出声音，她嘴里有种恶心的干苦，她的脸颊红到发痛。她想哭，但心脏在胸口跳得太厉害，她好像哭不出来。

我的天，我没办法在这么多人面前说话，她想着。

这一刻，她忘记了在场的每个人她都认识，他们是她的朋友，她满脑子想着以前念书的时候每次上台报告都表现很差。

幸好有人救了她，最后一排有人低声清嗓子。

所有人转过身，惊讶地看着那个小个子男人，他刚才悄悄溜进来，现在发出清嗓子的声音要大家注意。“我要找莎拉·林奎斯特和汤姆·哈瑞斯。”

汤姆上前半步。

“据我所知，你提出永久居留申请，事由即为现在这场婚礼，对吗？”

“是。”

“你们已经结婚了吗？”

汤姆讽刺地微笑。“我们正好进行到一半，被你打断了。”

“啊哈，要知道，我有反对的理由。”

威廉呆望着他。“可是我还没有进行到那个部分！”

“恐怕不能等。”那个人说。

意外发展让所有人低声议论纷纷，除了格蕾丝，她早已失去压低音量的能力了。“那家伙是什么人？凭什么反对？”她问克莱尔，后者无力地对她微笑摇头。

“我建议两位重新考虑这整件事。”

“为什么？”威廉问。

“即使他们结婚了，也不保证一定能取得居留权。根据目前的状况，我必须说我们恐怕不会准许。”

“他要抢走我们的莎拉！”格蕾丝怒吼。

克莱尔轻声劝阻，拍拍她的手臂，仿佛安抚一匹马，而且还是一匹带着猎枪的烂醉马。

“可是这样他们要怎么住在一起？”威廉问。

“我必须说，以我的观点，这场婚礼疑似假结婚诈取居留权，我有责任告诉各位，这是犯罪行为。”

“但他们结婚根本不是为了这个目的。”威廉反驳。

所有人坐立不安，莎拉浅浅一笑。

“另外书店也有许多可疑之处，但即使没有这个问题，我很可能依然得建议不予通过。”

格蕾丝站起来。“我们格蕾丝家族绝不会被狗屁法律所左右。”她举起猎枪瞄准盖文·琼斯，手有点摇晃，但他似乎完全不害怕，她大喊一声，“土万达！”

“格蕾丝！”克莱尔语带哀求，安迪却火上浇油，提醒她保险没开。她放下枪，不知所措地看着他们，克莱尔和乔治松了一口气，而安迪大笑。

利用这个空当儿，盖文·琼斯打电话叫警察。

反对的理由

盖文·琼斯埋头看笔记，然后抬起头。警员很好心，答应陪他一起去希望镇的移民局分局。他也同意让盖文以他的方式处理，并且代为保管猎枪。

因为玻璃有一面是镜子，坐在等候室里的那些人看不到他。他不知道设计这间侦讯室的人为何花大钱搞这种噱头，不过，现在他可以慢慢观察他们。这件案子应该很简单，但因为涉及太多可能是疯子的人，所以他条理分明的头脑感到非常害怕。他已经有一种强烈的预感，只要扯上破轮镇，每件事情都不简单。

莎拉·林奎斯特与汤姆·哈瑞斯坐在稍微离开其他人的地方，两人挤在角落，沉默而顽强。女的纤瘦平凡，穿着一件毫无装饰的白礼服，她没有费心打扮。根据他的经验，新娘子会为了蕾丝与花边不惜砸下重金，更会为了发型化妆耗上好几个小时，但莎拉·林奎斯特就连口红都没涂。

另一方面，那个男人好看到令人起疑的程度。倘若盖文去教堂前还有一丝疑虑，现在也消失了。

像汤姆·哈瑞斯这样的男人，竟愿意娶莎拉这样的女人，再怎么想都只有一个原因。

一定有金钱交易，绝对没错。

“要从哪里着手？”警员在他身边问，“猎枪？牧师？礼服？”他似乎觉得很好笑。

盖文看玻璃对面最后一眼。

莎拉·林奎斯特，瑞典公民，犯罪嫌疑人。

“真的值得吗？”他在心中自问。

* * *

先把最无关紧要的人叫来，早点问完就早点放走。两个男人一起走进侦讯室，警员发现他们是情侣而乐不可支，但盖文完全无所谓。在最后一刻，一个感觉像疯狂家庭主妇的人硬是跟来，要求先听她说话。

“请解释一下究竟是怎么回事。”她的语气像在质问打破花瓶的小孩。

盖文打个手势请她坐下，她不情愿地就座，紧抓小皮包，双眼瞪视他，仿佛他是捣蛋的小鬼。她说：“我强烈要求说明，这是个自由的国家。”

“仅限合理范围内。”警员说。

盖文转身看着那对情侣。“告诉我婚礼的事。”

“莎拉和汤姆，”其中一个说，他的眼睛闪闪发亮，“根本是天造地设的佳偶，我们早就看出来了，但他们自己拖了好久才发现。”

“连结婚的事你们都一手包办吗？”盖文酸溜溜地问。

“当然喽。”同一个男人说，他似乎没有半点悔意，“如果交给他们，天知道会搞成什么样子。”

“还有书店的事。”

“哪家书店？”

“破轮镇会有几家书店？”警员开口问。盖文严厉地瞪了他一眼。

“不是啦，我是要问书店怎么了？”

“莎拉负责经营吗？”

那个人停下来想了想。“呃……她有时候会在店里，可是她没有拿薪水，你们关切的应该是这件事吧？而且书店也不属于她，严格地说，书店的店主应该是镇议会。”他大笑，“或是艾美·哈瑞斯。”

盖文记下这个名字。

“我实在不懂，这些事情和莎拉的婚礼有什么关系？”那个女人大发牢骚，没有人理她。

“那猎枪呢？”警员问。盖文再次投以不满的眼神。

“只是误会。”那名男子微笑。

盖文判定，再多问这两个男人，也只是白费力气。他敢发誓，其中一个还对他抛媚眼呢。

警员护送家庭主妇出去，但动作比较像是把她拖出去，她回过头说：“别以为我会忘记今天的事，因为我不会忘记！”

盖文对下一场侦讯怀抱比较大的希望，是餐馆里的那个女人，拿猎枪的那个。

“莎拉是个好人。”那个女人说。

盖文·琼斯低头看面前的资料表，写着“格蕾丝”，没有写姓氏。

“莎拉一来到破轮镇，立刻和汤姆情投意合。”她说，“从那之后，他们一直形影不离。”

盖文不打算写下她说的话。

“猎枪是怎么回事？”警员问。盖文瞪他。

“猎枪？”格蕾丝说，“只是误会，没什么。庆祝用的，就像国庆节那样。”

“嗯哼。”警员笑着说。盖文笑不出来。

“这是我家族的传统，认真看待庆祝仪式。”格蕾丝说，“这件事让我想起，有一次，我的外曾祖母……”

“谢谢。”盖文连忙说，“可以说说汤姆和莎拉的事吗？”

“汤姆和莎拉，那两个人一看就知道会在一起。”她说，“有些人要谈感情很轻松，哪像我们啊，我们总是得拼命争取。”

“你？”

这次盖文懒得瞪警员了。

“相信我，我们格蕾丝家族的女人都得要力争到底。什么叫浪漫，男人就是不懂，老是吵着要结婚、要拥有你，其实我们只想享受相处的时光，喝喝私酿酒，玩玩半自动武器啊，左轮枪不错，刀子也行，我们有广泛的兴趣，我们甚至也用过平底锅，后来才换成猎枪。刀子和平底锅虽然好用，但是在二十米的距离完全敌不过左轮手枪。”她想了一下之后说，“不过，最近我改用马林三三六猎枪。”

“非常感谢。”盖文慌张地说，“请留下地址、电话，你可以回家了。”

警员扬起一条眉毛，但没有开口。

卡洛琳独自坐在等候室墙边，尽可能不看乔许。

除了他们两个，等候室里只剩下牧师、莎拉和汤姆，他们似乎都不关心她在做什么。牧师困惑又郁闷；莎拉和汤姆则只是镇定地静静并肩坐在一起。他们没有说话，或许这样也好。他们俩能说什么？所有人能说什么？

警员来带她过去，卡洛琳本能地往乔许那边瞥了一眼，他离开墙壁走向她。他们穿过一道门，经过与等候室平行的一条走廊；他让她先走，经过他身边时，他的古龙水香气令她胃部纠结。

她不由自主停下脚步，他轻轻按住她的背，握住她的手臂。

他扶着她往前走，以几乎听不见的声音说：“我改变心意了。”

他已经说过，他不想继续和她在一起了，他打算去丹佛，也可能去其他地方。她很伤心，真的，尤其是她已经决定要笑骂由人了，但她并不意外。

她无法理解，他特地跟她去侦讯室，就是为了再说一遍吗？或许是因为这段时间她总是给他吃闭门羹，他非常生气，所以一再强调他彻底改变心意了。

她暗自微笑。她想，这并非不可能，这样反而让她更喜欢他，凭什么要他乖乖就范，轻易饶过她？

倘若她处理感情的态度像处理其他事情一样强悍，那么她也绝对不会让他好过。

警员打开侦讯室的门，婚礼上那个灰灰暗暗的小个子男人就坐在里面，一位警员站在他旁边稍微偏后的位子，悠闲地看着窗户，没有看他们。

没礼貌，卡洛琳淡淡地想。

乔许似乎完全不在乎这是什么地方，即将发生什么事情，他在其中一把椅子上坐下，只是因为她先坐下了。他立刻转身面向她，他正要开口，但那个穿着不合身西装的官员抢先一步，她实在太庆幸，甚至对他微笑。

“说说这场……婚礼的事。”他语气中的质疑刚好足够让他们说出实话，但又不至于令他们因反感而防备。

“你想知道什么？”卡洛琳问，“莎拉来拜访艾美，他们就这么认识了。”

官员低头看文件。“你所说的艾美，是否就是艾美·哈瑞斯？”

“她过世了。”卡洛琳沉着的语气引发警员的好奇心，他终于不看窗户转头看她。

“真是奇特的小镇。”警员似乎很佩服，官员对他摆了臭脸。

“我就知道你会这么想，大概可以说有点不切实际吧。”

“非常。”警员附和。

“不过，她还是住在艾美家，因为这是艾美的心愿。”

“也在她的书店工作吗？”

“她只是帮忙而已。”

“他们的婚姻，也是艾美的心愿吗？”

“我猜她应该会乐见的，但她过世的时候他们还不认识，所以她可能没什么意见吧。”

"书店呢？她希望把店交给莎拉管吗？"

"书店不是莎拉的，里面的书大部分是艾美的，或许可以说店主是镇议会。最近这几年，议会已经变成非正式组织了，我们只是一群热心镇务的人。"

"你们的镇小到不行。"警员说。

乔许就坐在她和警员中间，卡洛琳知道不能转头看他，于是她注视着官员，尽可能避免看到乔许。他没有说话，但卡洛琳能够感受到他的紧绷。说不定是她想太多，但她不打算转头确认。

官员没有说什么，也没有写下来，放在他面前的纸笔没有动过。他在玩故作冷漠那套，卡洛琳一点也不怕。

"后来发生了他们要结婚的这件小事……"

"我认为这件事你还是直接找他们谈比较好。"

"我们自然会这么做。"官员说。

他似乎还想问什么，但警员突然抬起头，目光炯炯看着乔许与卡洛琳。

"你们两个该不会也是情侣吧？"

"我们只是朋友。"卡洛琳说。

"才怪！"

她转身看乔许，她无法控制。他的个性应该没有这么狠，她的双手在发抖。

"我们是朋友，不是吗？"

"我不是说我改变心意了吗？"他说。

没错，他说过他改变心意，不想和她在一起了，但他没说连朋友也不能当。不对，其实她很清楚他们之后不能做朋友，只是没想到他会说得这么直接。

他看着她，她转开视线，匆匆眨了几下眼睛。她强迫自己吞咽一下，然后以最镇定的语气说："当然。"但她的声音软弱而郁闷。她强迫自己点头，以防表现得不够明显，“或许这是最好的结局。”她说。

“我不去丹佛了，我要一直缠着你，让你不能安静过日子。”他说，“两个人彼此吸引不就是这样吗？要让生活更精彩。”

卡洛琳忍不住浅浅微笑。“确实更精彩。”她同意。

他瞪她一眼，他生气的时候简直迷死人。

“人生本来就该辛苦、复杂、错误百出、怪事一堆，别人要笑就让他们笑吧，这表示我们的生活比他们精彩。”

卡洛琳努力想掌握最新的发展，却怎样也抓不住，她沉默不语。

“卡洛琳，世界上有两种人：一种会领导别人、畅意人生，另一种只会跟随取笑。虽然你老爱假装自己乏味又可悲，但你绝对不是，你只需要比其他人更强悍就行了。我看你做过最懦弱的行为，就是和我分手。”他的眼眸有种毅然决然的神情，“我不会让你这么做，我拒绝接受。给我一个好理由，为什么我们不能像之前一样继续下去？真是的，反正我们又不打算结婚之类的。”

“或许吧。”卡洛琳谨慎地说。

他愕然顿住。

“或许？”他说，“不是不要吗？”

“对。”她微笑，“不是不要。”

官员假咳一声，想唤回他们的注意力，警员似乎半是入迷，半是怀疑。

“也就是说，我们可以像之前一样继续下去了吗？”乔许说，“你会继续和我见面？”

“呃……和你在一起挺有意思的。”卡洛琳说。

“这个镇到底是怎么回事啊？”警员喃喃自语。

乔许看着他说：“因为在床上太美好，你懂吧？”

卡洛琳对警员摆出温和有礼的笑容。“真的很重要，你不觉得吗？”

警员正好端起咖啡喝一口，卡洛琳的下一句话让咖啡喷出来。“你知道，我年纪大了才开始起步，需要努力赶进度。”

卡洛琳认为这代表她赢了，但心中仍然有一小部分祈求他不会说出去，在她旁边的乔许因为憋笑而全身发抖。

官员拼命要抢回主导权。

“说莎拉的事啊。”他说。

乔许与卡洛琳有些吃惊，似乎这时才发现他还在。卡洛琳不禁对乔许微笑，他们的眼眸闪着笑意，默默达成协议。

“莎拉和汤姆，一对璧人啊。”卡洛琳说，“他们很般配的。首先，他们年龄相仿，而且……嗯……呃……他们相遇的时候，双方都没有对象。汤姆单身很久了，你要知道，我们所有人都觉得他们……很相配，非常适合在一起。”

官员揉揉两边太阳穴。

乔许说：“莎拉非常了不起，她帮我在镇上找到工作。”

“那怎么会有人拿猎枪来威胁她？”警员问。

“只是误会。”乔许说。

“噢，没错。”卡洛琳附和，“只是一种庆祝方式，你知道吧？那个臭婆娘，格蕾丝啊，她总能想出很有创意的庆祝方式。”

“麻烦继续说汤姆和莎拉的事。”盖文坚定地说，“他们一拍即合的速度未免也太快了。”

“非常相配。”

“她来美国之前，他们就认识了吗？”

“没有，完全不认识，镇上的人她应该一个也不认识。”

那对情侣离开之后，警员因为无聊，所以又转头看窗户。

“你觉得他们知道我们在看吗？”

“应该是吧。”盖文忙着看笔记，头也没抬，下一场侦讯绝不能再出状况。

“他们结婚真的只是为了居留权吗？”警员继续透过窗户望着等候室。

“应该是吧。”盖文回答。

“我不喜欢这样。”那警员说，“不相爱的人不该结婚，不幸的婚姻已经造成太多问题了。”

盖文不予置评。

“假使他们真的是情侣，有区别吗？”

盖文想了一下，最后说：“其实我也不确定。”

警员看着他说：“你应该知道，我们目前没有掌握到任何证据，无法证明有人搞鬼吧？说不定这次真的是两个相爱的人要结婚。”

盖文确实知道目前没有证据，但他不太相信这两个人真的相爱。“把他们带来就是了。”他说。

感觉非常不现实。

莎拉坐在那儿，呆望着褪色的壁纸。一个角落放着饮水机，她隐约听见收音机播放乡村歌曲。

看来要以这种方式结束了，她想。

办事窗口一片黑暗，透过塑胶玻璃隔板，她看出里面有四张办公桌，隔板上开了小洞口，作为传递护照与其他文件之用，星期六下午，里面一个人也没有。

实在好奇怪，费这么大的工夫，只是为了让她无法和汤姆在一起。

“汤姆……”她叫他，却不知道该说什么，但她很想开口说话，都是她害的，她无助地伸出双手。

他摇头。

“我们应该谈谈。”虽然这么说，但她的语气没什么说服力，连自己都不相信自己说的话，很难说服别人。

“莎拉，再怎么谈也解决不了问题。”

收音机开始播放新的歌曲。她扬起一条眉毛。“不然来跳舞吧？”

她狗急跳墙乱开玩笑，总得想办法疏解紧张的气氛。

他站起来伸出一只手，做了个可笑的华丽邀舞动作，她考虑片刻之后也站起来，有何不可呢?

他握住她的手，另一手搂着她的腰。

她闭上眼睛，依偎在他怀中。

没想到他的白衬衫触感如此柔和，她内心有个东西在闪烁着。

他的手沿着她的背脊往下移动。

一开始，她不确定是不是弄错了，不确定他的手是否真的在动。她碰碰他肩膀，终于得到证实，一个很扎实的动作。他搂紧她的腰，她抚摸他脖子上细柔的毛发，感觉他的牛仔裤贴着她的双腿，他的皮带压着她的腹部，她闭上眼睛，温暖的黑暗将他们包围。他们的身体贴得更近，终于他的一条腿移动到她的腿间，她紧靠着他的大腿。

她脑中一个遥远的角落知道，这样出乎意料的亲密只会让未来的离别更痛苦，但她无法抗拒。

她知道现实在一旁虎视眈眈，随时可能打断他们唯一一次共舞的机会。但目前不知发生了什么奇迹，还没有人来带他们去问话，她第一次想到，假使他也爱她，究竟会比较好还是比较糟?

她不知道，但有件事很确定：这支舞太浓情蜜意了，绝不可能只是两个朋友轻松共舞，她感觉到他手臂的肌肉紧绷，背后那只手更加用力，按住她的后腰与肩胛中间。她依附着他，也可能是双方彼此依附，她的头靠在他肩上，他的脸颊贴着她的头发，世上一切不复存在，只剩下音乐与他们的身体。

歌快唱完了。她的身体比头脑先察觉，曲调抵达高点，然后开始下降到终点。最后一次的副歌，稍微加强一些，示意最好的部分过去，结束的时间到了。

她的身体做出反应，往他靠近，直到不能更紧密。她的身体无意识地想记住他，大腿、腹部、肩膀、下颌的触感，耳后那一小绺发丝的质地，古龙水与柔软衬衫的气味，他闭着眼睛跳舞的模样。他似乎也感受到了，因为他的手臂搂得更用力，他紧紧抱住她，她无法呼吸，但也不需要呼吸。

一支舞结束了，那么简单，又令人感伤。

一只手离开肩膀、腰间；两只手松开，让对方离去，就这样。

汤姆清清嗓子，她不解地看他，他握住她的手，几乎不假思索，然后他将她的手举到唇边，嘴唇轻柔磨蹭她的手腕内侧。

“谁先来？”警员问。

莎拉头脑一团乱，无法做任何决定，于是汤姆轻捏一下她的手，然后抛下她独自失神站在那里，令人困惑的政府机构中，一间令人困惑的等候室。

困惑，她很困惑，她沉沉地坐在旁边的椅子上。

警员原本靠在墙壁上，现在走过来靠在办公桌上。

“他们选你当牺牲品吗？”他问。

汤姆没有说话。

盖文抢回主控权。“这个疯狂计划是谁想出来的？”

“疯狂计划？”

“借由结婚，让她能留下来。”

“啊，那个疯狂计划，”他看着他们说，“是我一个人想出来的。”

盖文靠向前。“也就是说真的有计划吗？假结婚真居留吗？”

“其他人应该跟你说过吧？”

“他们……说了很多有意思的事情。”

汤姆无力地笑笑。“不难想象。总之，全都是我一个人的主意，莎拉不愿意，但我说服她答应，如果要有人为此负责，绝对是我。”

“当然，这是很严重的犯罪行为。”盖文说，“不过，认罪总是有助于减轻刑罚。”

“莎拉会怎样？”

“可想而知，她会被遣返。”他耸肩，“既然你认罪，我可以安排不处以罚款。”他补上一句警告，“不过，以后她恐怕很难取得签证。”

汤姆点头。

“也可能永远无法取得。”

“你不爱她吗？”警员问。

这次盖文·琼斯没有制止。

汤姆愕然看着他。“我当然爱她，我想娶她。”

“那她呢？”

“我猜她大概只想留下。”

警员似乎很感动，但盖文不为所动。

在暗淡的侦讯室中，与汤姆贴近的记忆迅速流逝。

她无法确切想起他古龙水的气味，再过没多久，她也会忘记被他搂腰的感觉，她的身体逐渐遗忘他身体的触感。

有一天，她甚至会忘记他眼睛的颜色、他微笑的表情，也会忘记这一刻，她是如何满心惶恐坐在硬办公椅的边缘。她闭上双眼，然后强迫自己睁开。

婚礼上那个灰灰暗暗的男子坐在办公桌后，他脱掉西装外套，身上的衬衫似乎很廉价，一下子就出现汗渍，不过他好像不在乎，只是一脸好奇地看着莎拉。

警员去等候室带她的时候没有说什么，短短的路程中也一言不发。进到侦讯室之后，他坐在办公桌旁盯着她看。他很年轻，相较之下，灰绿色制服显得太过正式，莎拉觉得他似乎对她很有意见。

她不知道汤姆在哪里，也不知道这样的决定要花多久时间，他们应该不至于连道别的时间也不给吧？她焦急地想着。话说回来，就算能道别她又该说什么？

“好了。”盖文说，“说说看，这个假结婚计划是怎么回事？”

“全都是我一个人的主意。”莎拉说。

他们两个都不相信，她很不擅长说谎。

“汤姆是被强迫的。”好奇怪，这句话不像说谎，她转开视线，“其他人什么都不知道。”

警员大笑。“我们今天侦讯了那么多人，你以为我们会相信他们全都看不出真相吗？”

“都是我一个人的主意。”她顽强地说，但她的表情很忧虑，她的眼睛背叛她，以近乎哀求的神情看着他们，“他们不会被连累吧？”

盖文还来不及开口，警员抢先摇头，莎拉安心微笑。

“太感谢了。”她似乎很真心。

“但你不准留下。”盖文说。

她的微笑消失。

“你单纯是为了取得居留权而结婚？”

“我……”她再次转开视线，她说，“对，为了能留下。”

“为了留在美国工作赚钱吗？”

她大笑。“怎么可能？”

“那么，你打算怎么养活自己？还是说汤姆·哈瑞斯也得扛下这份责任呢？”警员似乎太过投入了。

她脸红了。“不，我……我身上有一点钱，而且镇上的人都不让我付钱，你应该能理解吧？他们会互相帮助，格蕾丝会请所有人喝咖啡，安迪会请喝啤酒，假使有东西需要修理，约翰则让大家借用工具，不必花钱买，而汤姆会帮忙修理。他们都是朋友，等我回国还会剩下不少的钱。”

“也就是说，你不爱他吗？”警员打破砂锅问到底。

她惊讶地看着他。

“我当然爱他，我爱他们所有人，特别爱他，但我很清楚不该做这种事。为了他，我想过要终止计划，因为他应该找个好女人、一个他真心想娶的人，而不是被迫和我在一起，只因为我……只因为我无法想象我离开后，他会有多痛苦。”

“这个镇究竟怎么回事啊？”警员再次自问，然后又再看着她问道，“换句话说，你并非单纯为了取得居留权而结婚的吗？”

她一脸尴尬。“我告诉大家是为了居留权。”她怅然地说，那口吻比较像是自言自语，而不是解释给他们听，“我实在太想留下了，我……我知道汤姆不爱我，但我还是想要继续完成这计划。”

就连盖文也紧张起来了，无论别人怎么想，他不喜欢侦讯。他宁愿花时间调查，将问话的工作交给别人。

最后他只好说：“回家吧。”

她浑身发抖，但努力要掩饰。“回家？”她说，然后小声问，“回瑞典吗？”

“回破轮镇。”他很气恼，这次显然失败了，“暂时而已。”他又阴沉地补上一句，“我们会再联络你。”

莎拉默默地站起来，离开时的姿态平静而庄重，只有早已认输放弃的人才会如此豁达。

破轮镇的新任驻外特派员

她走出分局，明亮刺眼的阳光让她眯起眼睛，感觉好像世界变成了一格格的电影底片，好像所有东西都暂时被切割成小小的块状，冻结了那个时刻，好让她一眼望尽。她看到停车场，有空空的停车格，还有画格子的白线。阳光照着满是灰尘的引擎盖，马路对面是刚粉刷过的白色建筑，前面的草坪被照料得很好，整体感觉犹如背景布幕。

接着汤姆出现了，但只有身体的轮廓，仿佛只有这样她才能将他看进去。他逆着光，不了解他的人可能以为他的姿态很轻松，其实他正以不自然的姿势僵立着，仿佛唯有一动也不动才能避免分崩离析。

她眼前闪过一幕幕的影像，混合了过去、现在、未来与幻想，令人十分混乱。一只鸽子静静停在街灯上，仿佛融为一体：年轻的艾美与约翰并肩坐在公园长凳上；被群书环绕的艾美，但莎拉看不出来那是她的卧房还是书店；早晨的书店，清凉幽暗；艾美家外面的摇椅，两双雨靴；空空的书架；然后是汤姆。紧张迷糊的乔治捧着一本书傻傻地笑着；安妮老师，是一抹幽魂般的模糊轮廓；然后又是汤姆，他在扶手单椅上打盹，表情难得轻松，与现实中的他形成强烈对比。他站在一旁，等她振作起来过去和他说话。

她要过去和他说话，不发牢骚，不怨恨这个不公平的世界，也不流眼泪。最重要的就是不流眼泪，至少要为他做到这件事，她不要成为他无法解决的问题。如果运气好，或许她将成为一段逸事中的主角，有一天，他会带着微笑说起，那个爱读书的疯女人啊，还记得吗？从瑞典来的那个，还是瑞士啊？

这一连串的想法都太令人伤心了，她眨好几次眼睛才忍得住泪水，然后才敢走向他。她步下台阶，穿过宽宽的人行道走进停车场，脑中拼命想着该说什么，她想不出值得说的话。

看到她走来，他将插在口袋里的双手取出，默默做了个无能为力的手势。他对她敞开双臂，她迈开脚步投入他的怀抱，仿佛那是最自然的动作，她吸进他的气味，重温一番，发现其实没有忘记，终于安心了。

她想笑，发出的声音却像啜泣，于是他抱紧她。

"一定能解决的。"他说，大概是因为想不出别的话可说，"你可以再回来啊。"

她明明无法获准入境。

他似乎也知道。"我们可以去看你。"他改口说，"我会带大家一起去，乔治负责开车，阿珍可以把《破轮镇通讯报》做成旅游指南，卡洛琳就负责募款。"

她大笑，他松了一口气。她有一小滴不听话的泪珠滚落到面颊，她想转开脸不让他看见。他轻抚她的下巴，用拇指抹去泪水。

"搞成这样，都是我不好。"他说。

"我不该让事情走到这一步。"她说。

他有些迟疑地说："你觉得，假使我们一开始就抛开顾虑交往……结果会不一样吗？至少他们不能说我们是为了居留权而结婚。"

莎拉说："很难想象你会交往两周就求婚，我不太擅长谈恋爱，绝对没办法让人这么快就想娶我，还是得由其他人出面。"

她看着他，眼神很没有把握。

"你希望从一开始就有发展吗？"她问。

"当你第一次表明喜欢书本胜过我时，我大概就爱上你了。"他停顿下略微思考，"也可能是你说要洗碗来抵酒钱的时候。"

"那个想法明明就很合理！"她抗议，而他吻了她，仿佛证实他刚才所说的话。

盖文和警员都没有看到这一幕，即使看到了八成也不会改变什么。

但分局外还有一个人独自站着，他看到了整段经过，这个吻确实改变了他的想法。

约翰一回到破轮镇就遇到格蕾丝，他迷惑的神情令她停下脚步，她甚至忘记自己本来要点烟。

“我已经猜不出来艾美想要什么了。”他虽然在对格蕾丝说话，但也像是在自言自语，“她想要莎拉来，这点很确定，我一直都知道，她还不敢对自己说出口时我就知道了。可是现在呢？现在她想要什么？”

眼看可能会讲个没完没了，格蕾丝连忙点烟，她只简单说了一句：“现在她什么都不想要了。”但约翰似乎没听见。

“我之前不相信，但现在我忍不住在想，也许她不知不觉中以什么奇特的感应方式，发现我们需要莎拉，就像她一样，而且莎拉也需要我们。尽管如此，我们也不能强迫罗伯的儿子娶不爱的人。她绝不会接受，但他们真的不相爱吗？我想不通。”

“老天，拜托，人都会死的，你活了这么大把年纪，应该早就知道了吧？我个人觉得你想得太多，有什么好想不通的？她一定会希望莎拉留下，当然会，而且她绝对希望那个公务员没有踏进过这个镇。”

约翰似乎仍有疑虑，格蕾丝耸肩。“你打电话给卡洛琳好了。”

坦承爱的共谋

经常有情绪激动的人来找盖文·琼斯，无论程度如何，总之他习惯了。而且他知道一旦扯上破轮镇，什么事都会发生，也见怪不怪了。

不过，以焦虑的平民而言，卡洛琳·罗德镇定得令人害怕。他忍不住想到她的小情人，然后又因为脸红而气恼自己，她反而一派平静。

他带她去会议室。他办公的地方只是一个小隔间，壁板又薄又矮，由于这件案子太特殊，很多事情他不希望同事听见。他在桌边坐下，她不等他开口，自动坐在他对面。

“请问有什么事吗？”

他希望他的语气表达得够清楚，无论有什么事，总之他无能为力。

但她只是微笑不语。

“我必须说，这件案子害得我很头痛。”她似乎不以为意，“以整体状况而言……这是个很有趣的案子。”

她脱下手套，叠好放在腿上，她沉着地说：“你不明白，他们彼此相爱。”

盖文无奈微笑。“是，我知道。”

“那么……还有什么问题呢？”

“法律——”盖文才刚开口就被打断。

“法律准许美国公民嫁娶他们刚好爱上的非美国公民，并且共同生活。”

“是。”盖文承认，“但还是有个小问题，你们整个镇似乎联合共谋犯罪。”

卡洛琳耸肩。“那就逮捕我们啊。”她说，“阿珍、安迪、卡尔，可能连乔治也有罪。”她扳着手指一一点名，“还有克莱尔和蕾西，阿珍的丈夫也有插一脚。”

“你呢？”他摆出凶神恶煞的表情却没有半点效果，只好强迫自己松开眉头。

“当然我也是。”卡洛琳思索着说，“阿珍的小孩也去了婚礼，不过，他们应该太小了吧？有可能。”她吸一口气接着说，“至少不能进监狱，该去少年看守所吧？我要先说明，牧师威廉完全不知情，你可以放过他，不过其他所有人都认定他们应该为居留权而结婚，我们全都准备要……你的同事怎么说来着？”

“他不是我的同事。”

“牺牲汤姆——没错。我们并没有直接强迫他，但说不定能以煽动犯罪的罪名起诉我们？”她微笑，“要知道，我们非常努力地煽动。”

“汤姆和莎拉呢？”盖文问。

“他们没有犯罪。”卡洛琳和善地说，“他们就是想要结婚。”

“从一开始就是吗？”

“当然，他们后来才告诉我。”卡洛琳暗自笑了几声，没想到她的笑声竟然如此开朗，但他并没有因此而心情变好，“他们耍了我们！我们完全不知道，早点说开不就好了吗？”她显然很努力不笑出来，但他依然能够从她的声音和表情感觉出来，她体谅宽容的模样令人恼火，“这么多人被卷入犯罪世界，只因为他们认为感情是两个人的私事，真悲哀。”

“但不能无视法律规定。”盖文说。

“当然，你也没办法，我们所有人都必须被起诉，你无从选择。”

他慌乱地说：“汤姆和莎拉认罪了，其他人一概否认，汤姆和莎拉两人都说是他们的责任。”

卡洛琳似乎有些犹豫，但接着说：“大概是因为太多人认为他们犯了法，他们除了认罪还能怎样？”

"你好像不太担心。"谈话方向完全超出他的预期，"别忘了，犯法的人之中也包括你。"

"法律啊……"她说，盖文怀疑她觉得很好玩，"我完全做好心理准备了，我愿意接受处罚，其他人或许有点难应付，但我相信你应该能够轻易在法庭上证实他们的罪行。即使格蕾丝、阿珍和……唉，就连安迪可能也不会像我这么配合……但还是得依法行事。"她站起来，戴上手套，"至少这点我很清楚。"她说，"没有人比我更重视法律、秩序、规范。相信我们在这方面会有共识。"

说完这番好话之后，她准备离开，拍拍他的肩膀叫他不用送，她自己能找到出去的路。他还来不及想出合适的回答，她已经不见了。

他讨厌这个镇。

一瞬间，他有种冲动想逮捕所有人，至少要逮捕卡洛琳，这让他的心情立刻好转。然而，想到要在同事面前侦讯那些人，甚至可能得上法庭，他立刻笑不出来了。他完全可以想象同事会怀疑他们全是疯子，法官也会被他们逼到抓狂。

他需要找个人商量，只有体验过的人才能理解。他带着满腹疑虑回到办公的小隔间里，拿起电话就拨打。

"那个镇很有爱。"警员只说了这么一句。

盖文疲惫地苦笑。

"你打算怎么处理？"警员的语气可以清楚听出同情，但他也帮不上忙。

"我真的不知道。"盖文回答，然后略微迟疑，"既然他们彼此相爱……话说回来，我十分确信他们一开始就打算欺骗我们，那个叫卡洛琳的女人根本就是来捉弄我的。"

"认罪的事情，她怎么说？"

"他们觉得必须负责，所以一肩扛下所有罪名，一堆空话，都很老套，你知道的。"

“或许她说得没错。”警员说，“他们确实非常坚持要替对方顶罪，仔细想想，其实还挺浪漫的。”

“拜托别跟我说这些，那么共谋的部分该怎么办？那个女人说大家都有份，我觉得八成是真的。”

警员人很好，所以没说可能要对整个镇提出公诉，盖文只会让自己难堪，于是他改口问：“猎枪的事情，你打算要处理吗？”

盖文叹息，比起其他麻烦，武器的威胁根本不算什么。“你也听到那个女人的解释了啊，就像国庆节一样嘛，不用追究了。”

“你说了算。”警员说，“反正没有人报案，我也不能做什么。”

“人不可能每次都赢。”盖文说。他开始以超然的心态看待整个状况。所谓的超然，其实只是厌烦到顶点了，所以不想再管了。

“遇上那样的对手，怎么可能赢？”警员说，“毕竟他们人多势众嘛。”

二〇一一年八月五日
莎拉·林奎斯特　收

亲爱的莎拉：

啊！吉米·库根！我完全忘记要跟你说他的故事了。噢，我的天，吉米·库根，这是多了不起的一个故事。吉米是库根家族第一个穿上西装的人，也是第一个染发的人，更是第一个有街道以他命名的人。等你去到那条街，我会告诉你所有经过，这就当作我们的第一趟小旅行吧。

没问题，你可以搭灰狗巴士到希望镇。希望镇距离我们这里车程不到一个钟头，我会去接你。我应该可以自己去，假如我去不了，也会请别人去。万一遇到任何问题，无论多大多小，尽管打电话给我。

非常期待月底能和你见面。

祝安好！

艾美

尾声：圆满结局
（书本和人生：四比四；最后结果：平手）

人生处处有圆满结局。

今天是莎拉第二次结婚的日子，她站在教堂里，想着真实人生也有不少优点。牧师讲道时她完全不想看书，虽然她已经听过一次了。

她没有穿白纱。

当然，阿珍觉得不妥，但她坚持立场。“我又不是新娘了。”她坚定地解释，“这是我这个月第二次结婚了。”

阿珍说：“但是你嫁给同一个人啊！”莎拉只是微笑摇头，最近她经常笑容满面，破轮镇的其他人也是。最后她妥协了，和克莱尔借了一顶白色牛仔帽来当作象征，不过，阿珍似乎还是不太满意，甚至比之前更不高兴。

这次破轮镇镇民或许用心听牧师说话了，但莎拉很怀疑。卡洛琳和乔许都在。格蕾丝也在，这次同样带着枪。莎拉几乎确定她不会在教堂里开枪，她同样几乎确定这次格蕾丝没有喝醉。

约翰开始来书店，也开始聊起艾美，他偶尔会进店里，坐在扶手单椅上打开话匣子。他的声音总是很轻，几乎有些遥远，他从来不会转头确认她有没有在听，他只是不停地述说那些艾美讲过的话、做过的事，她又是怎样的人。莎拉觉得艾美似乎没有完全离开，她也希望约翰有同样的感觉。现在他坐在与上次相同的位子上，最后一排，稍微和其他人分开。虽然莎拉不太有把握，但从他的表情看来，她认为他好像为这次的婚事感到高兴。

乔治依然有一股确切的忧伤气息，当他以为没人注意时，眼神便会流露出那般心情，莎拉看得出来。但是，他并没有抱怨，他似乎很惊讶自己没有放弃希望。但莎拉并不惊讶，他是如此认命刻苦，她不禁纳闷，是否因为他期待厄运，所以才会招致厄运呢？她微笑着，现在乔治身边有克莱尔了，厄运再也没有得逞的机会，因为克莱尔会帮他击退。

她偷瞄汤姆一眼，发现他在看她，他挤眉弄眼的，而她拼命憋住不笑出来。迟早有一天，她会找到适合他的书，不用急。她有一辈子的时间，她伸手摸摸他的手，只因为她现在可以这么做了。

破轮镇确实踏上了光明道路，即将变成一个充满无比欢乐的小镇。

他们的欢乐，有部分是来源于成功地欺骗了政府。就像以前的美好年代一样，格蕾丝这么说，阿珍似乎也有同感。阿珍全身洋溢着自信，她从不曾真正怀疑过，她一脸得意，仿佛在说，只要是她本人规划的事情，绝对会达成，小小的美国移民局休想阻挠。

当然喽，《破轮镇通讯报》做了婚礼特刊。卡洛琳故作无邪，问阿珍是不是连蜜月也要一起跟去，写篇报道印出来，让这趟旅程永垂不朽。

莎拉改变想法了。

现实人生就像书本一样美好。

威廉的布道即将进入尾声。想到要在这么多人面前说话，莎拉依然很紧张，但这次她要说的内容很简单。

她百分之百准备好了，这时教堂后方的大门再度开启，莎拉想要看清是谁，心中接着想着：啊，唯一缺少的那一块终于补齐了。

站在门口的是一个纤瘦平凡的少女，棕发散乱，穿着一件深蓝色铺棉外套，她说："爸爸？"同时乔治半站起来说："苏菲！"

少女往他的那排座位走去，脚步略微迟疑，克莱尔平静地往旁边移动，拍拍空位说："坐下吧，孩子。"

莎拉暗自微笑，对克莱尔使了一个眼色。之前，她们早将喜帖还有

《伊拉龙》续作一起寄过去给她了。

这世界就是如此美好，处处有幸福圆满的结局，莎拉想着，回头看威廉。白白浪费了人生，未免就太可惜了。

她要嫁给她的汤姆。

她要嫁给破轮镇。

所有人，都将一起从此过着幸福美满的生活。